고려 왕건(태조) 가계도

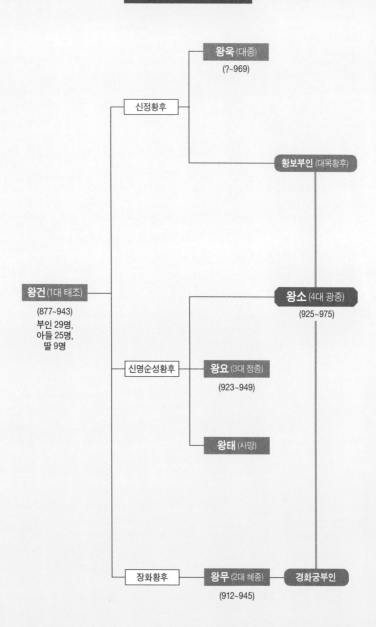

왕건 (1대 태조)

(877~943)
부인 29명,
아들 25명,
딸 9명

신정황후

왕욱 (대종)

(?~969)

황보부인 (대목황후)

신명순성황후

왕소 (4대 광종)

(925~975)

왕요 (3대 정종)

(923~949)

왕태 (사망)

장화황후

왕무 (2대 혜종)

(912~945)

경화궁부인

빛
나거나
미치거나

2

빛
나거나
미치
거나

2

현고운 장편소설

테라스북

작가의 말·5

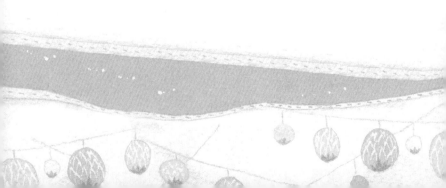

차례

일러두기

1. 『빛나거나 미치거나』는 작가의 상상력으로 만들어진 소설입니다.

2. 실존하였던 등장인물의 행동과 성격, 생각과 이념들은 소설적 개연성을 위해 허구로 재창조하였습니다. 후손 여러분의 넓은 이해 부탁드립니다.

3. 시대적인 상황이나 역사적인 배경은 최대한 고려하였으나, 몇몇 사건에 대한 해석 역시 작가의 상상력으로 재구성하였습니다.

4. 당시의 문체, 고어(古語) 등은 거슬리지 않는 범위 내에서 현대에서 사용하는 단어나 대화체로 바꾸어서 사용하였습니다.

5. 부족한 지식을 채우기 위해 고려에 대한 꽤 많은 양의 책과 논문을 참고했습니다. 참고 문헌을 일일이 표시하지는 못하였지만 다양한 저술 자료와 생각을 나누어 주신 여러분께 고개 숙여 감사드립니다.

第15章

꽤나 고약한

내 연인이 되면 어떻겠느냐

황자가 준비해 온 마른 옷을 바라보며 신율이 옅은 한숨을 내쉬었다. 짓궂게도 그가 준비한 것은 하늘거리는 명주로 만들어진 고운 여인의 옷이었다. 꼼짝없이 여인이라는 것을 보여 주어야겠구나.

　뜨거운 물에 다리가 풀린 것인지 뜨거운 입술에 마음을 빼앗긴 것인지 신율은 온천에서 나와서도 황자의 부축이 없이는 일어서지도 못할 지경이었다. 그야말로 한순간에 황자에게 잡아먹힐 뻔하였다.

　신율은 부풀어 오른 입술을 손끝으로 매만지며 깊은 한숨을 내쉬고는 어쩔 수 없다는 표정으로 왕소에게로 향하였다.

　별궁에 있는 시비의 도움을 받아 머리를 반으로 묶고 허리에 푸른 띠를 두른 여인의 옷을 챙겨 입은 신율이 긴 치마를 살짝 들어 올리며 그에게 걸어오고 있었다.

　하얀 얼굴은 고왔고 눈빛은 짙었으며 입술은 붉었다. 감히 손댈 수 없는 기품까지 넘치는 그녀는 천상 여자였다.

이제 와 다시 생각해 보니 그녀는 어린 사내라고 하기엔 작은 손과 선이 고운 얼굴을 가지고 있었다. 커다란 눈, 단정한 콧날, 하얀 손가락까지 전부 여인의 그것이었다. 왜 그때는 이런 모습이 보이지 않았을까. 내가 귀신이 씌었던 걸까?

그들은 한참 동안 서로를 바라보고 있었다.

"예쁘구나."

"언제 아셨습니까?"

황자의 칭찬에 볼을 붉게 물들인 신율이 새침한 표정으로 물었다.

"며칠 전에."

"고약하시네요."

"네가 더 고약하다는 생각은 안 하고?"

내가 뭘 그리 고약하다고. 본인이 눈썰미 없는 탓을 해야지. 잔뜩 부은 표정의 신율은 마음속으로 중얼거렸다. 지금은 아무래도 그녀가 불리하였다.

"왜 말하지 않았지?"

"의형제를 맺고 기루까지 같이 가자 하는 황자마마께 제가 뭐라 말을 합니까."

신율의 지적에 왕소가 민망하다는 듯 웃음을 터뜨렸다. 그런 일도 있었다. 그는 자신의 멍청함에 혀를 찼다. 문득 그녀가 새삼스럽게 보이고 있었다.

그는 도대체 그녀에 대해서 뭘 알고 형제의 인연을 맺었단 말인가. 아는 것이라곤 달랑 이름뿐이었다. 신분도 사는 곳도 하나도 모른 채 의형제부터 맺었으니, 그가 무모하기는 하였다. 하지만 다른 것이 아무것도 중요하지 않을 만큼 그는 그, 아니 그녀에게 처음부터 끌리고 있었다.

"그래, 그럼 너를 내 집에 두려면 얼마가 필요한 거지?"

왕소는 문득 생각난 듯 물었고, 옛 기억에 두 사람은 웃음을 터뜨렸다.

정주에서 처음 만났을 때 어린 공자가 그에게 그렇게 물었었다. 얼마면 되느냐고. 지난 계절의 일이 벌써 오래전 일처럼 느껴졌다.

"그때 내가 네 사람이 되겠다 했으면 어쩌려고 그런 거지?"

"아마 그랬다면 저는 경이만큼 착하고 훌륭한 호위 무사를 한 명 더 두었겠지요."

"아니, 틀렸다."

황자가 단호하게 고개를 흔들자 그녀가 발끈했다. 이 사람이 날 뭘로 보고 틀리다 하는 것일까.

"마마가 아직 제 명성을 듣지 못하신 듯한데 전 틀린 예측은 하지 않습니다."

"그래도 틀렸어."

"어디가, 어느 부분이요?"

여전히 고개를 흔드는 황자에게 신율이 정색을 하고 물었다. 그녀가 잘하는 것 중에 하나가 사람을 볼 줄 아는 재주였다. 무술이라고는 쥐뿔도 모르는 그녀지만, 그가 감추고 있는 재주가 뭔지는 알 수 있었다. 딱딱하게 못이 박힌 손이나 놀라울 정도로 빠른 움직임은 절대 그냥 생기는 것이 아니었다.

"경이라는 녀석처럼 착한 호위 무사가 되지는 못했을 것이다. 대신 그보다 훌륭한 정인은 되었을 게다."

고백이 분명했지만 뚝뚝한 말투 때문에 고백처럼 들리지 않았다. 작게 웃음이 새어 나온 신율은 저도 모르게 가슴이 두근거리는 것을 느꼈다.

"풋!"

"풋? 감히 웃는다? 내 말을 못 믿는구나?"

웃음소리는 들리나 다행히 심장의 소리까지는 들리지 않던 모양이었다. 신율의 미소를 비웃음이라 생각한 황자가 불만스럽게 중얼거렸다. 아니. 아니. 이 상황에서 사내를 비웃다니, 참으로 겁이 없는 여인이었다.

"죄송합니다. 그런데 경이가 제 정인이 되는 게 상상이 안 되어서요."

"상상하지 마라. 앞으로도 그런 일은 절대 없을 터이니."

황자가 정색을 하고 대답했다. 그녀 옆에 그가 아닌 다른 사람이 있다는 걸 상상하는 것만으로도 몹시 불쾌해지고 있었다. 사내였든 아니든 그녀는 진작부터 그의 사람이었다.

"나는 어떻지?"

"뭐가 말입니까? 제가 아무리 예측을 잘한다 해도 그리 뜬 금없이 말씀하시면 못 알아먹어요."

앞의 말을 다 잘라먹은 황자의 질문에 신율이 새침한 표정으로 물었다.

"너는 내 벗이기도 하고, 내 아우이기도 하고…… 내 연인이 되면 어떻겠느냐 묻고 있는 게다."

"꽃 같은 부인이 두 분이나 있는 황자마마의 욕심이 과하십니다."

주인의 의지와 상관없이 두근거리는 심장은 모른 척하고 신율이 진지하게 말했다.

신율의 지적에 왕소가 나직하게 혀를 찼다.

"그렇구나. 나도 몰랐는데 내가 욕심이 많구나."

"그렇다니까요."

"그래도 네가 참아라. 내 원래 이렇게 생겨 먹었으니."

한 마디 한 마디에 가득 담겨 있는 진정에 왕소는 왠지 서운해지려고 하고 있었다. 그녀를 바라보고 지켜 줄 수 있는 사람은 세상에 오직 그 하나였으면 싶었다.

그러다 그는 문득 고개를 흔들었다.

무엇이냐. 신율에 대해 얼마나 알았다고. 자신을 얼마나 보여 주었다고. 무엇을 알고 무엇을 보여 주었기에 이런 마음이 무작정 생긴단 말인가. 하지만 마음은 자꾸 그녀에게로 가고 있었다. 아니, 진작부터 그는 그녀에게 끌렸고 자신도 모르게 마음을 준 지 오래였다.

붉은 노을이 하늘을 깊게 물들여 가고 아직도 시린 기운이 서려 있는 봄을 담은 바람이 청명하게 스쳐 지나간다. 이제 꽃봉오리가 하나둘 터지기 시작한 동백꽃이 붉은 보석처럼 빛나고 있었다. 신율과 함께 객잔에 도착한 왕소는 두 사람을 발견하고 놀란 백묘와 강명을 향해 씩 하고 웃어 보였다.

"네 가솔들이 꽤나 놀란 모양이구나."

"황자마마들이 객잔에 드나드는 걸 반기지 않으니까요."

신율의 퉁명스러운 대답에 황자의 미간이 살짝 모아졌다.

황자마마들이라. 그러고 보니 여섯째도 상단의 여인과 가깝다 하지 않았는가. 문득 스치고 지난 생각에 다시 표정이 굳어졌다.

어느 날엔가 여섯째가 안고 가던 여인이 신율이었던가? 그러고 보니 왕욱은 인연을 만났다고 했다. 그렇다면 설마 왕욱이 마음에 둔 여인이 신율일까?

그것은 굳이 답이 필요 없는 의문이었다.

얼굴이 굳어진 왕소와 상관없이 신율이 한 발 한 발 객잔의 뒤편에 있는 별채로 향하였다.

시끄러운 객잔의 문을 사이에 두고 전혀 다른 풍경이 펼쳐지고 있었다. 수면 위로 푸른 소나무 그림자가 넘실대는 연못이 있는 작은 정자와 한편에는 사람의 정성이 닿아 있는 정갈

한 가옥이 자리를 잡고 있었다.

"좋은 곳에 사는구나."

"황실만 하겠어요?"

"황실보다 훨씬 좋다. 거긴 사람 살 곳이 못 되거든."

"그건 그래요."

왕소가 다시금 감탄하며 주위를 둘러보자 신율이 순순히 동의하며 고개를 끄덕였다.

어느새 어둠이 조금씩 스며들자 객잔의 심부름을 하는 듯한 여인네가 조용히 다가와 불을 밝힌 초롱을 정자 곳곳에 매달았다. 남은 햇살 탓인지 희미하게 떠오른 달빛이 아직은 초롱의 불빛만큼 환하지는 않았다.

왕소는 다과상을 올려놓는 여인을 유심히 바라보았다. 낯익은 얼굴이었다. 어디서 봤더라. 분명 본 적이 있는 얼굴이다. 사람의 얼굴을 쉬이 잊지 않는 황자였다.

"정주에서 보셨을 겁니다."

황자의 의문을 알아챈 신율이 순순히 그의 기억을 되살려 주었다.

정주. 그 노비 시장에 어린것과 함께 버려져 있던 여자.

"네가 저 아이를 구했구나. 노비 한 명을 구해서는 세상이 바뀌지 않는다 하였을 텐데?"

황자가 빙긋이 미소 지으며 정주에서 그녀가 그에게 해 주었던 이야기를 그대로 되돌려 주었다.

"만백성을 책임지셔야 하는 황자마마께는 그렇지요. 하지만, 춘아의 세상은 바뀌기도 합니다."

그렇다. 저 아이의 세상은 이미 바뀌었다. 황자는 신율의 말에 공감하며 고개를 끄덕였다. 때로 세상을 바꾸는 일은 아주 단순한 것에서부터 시작된다. 운명을 통째로 바꾸는 일 역시 그런 것처럼.

"네 주인에게 잘하거라."

"물론입니다요. 아가씨께서는 우리 두 목숨의 주인이십니다."

나직한 황자의 말에 춘아는 충심이 가득한 얼굴로 고개를 끄덕였다. 아들과 헤어지지 않고 맞지도 않고 굶지도 않고 이곳에서 살게 된 것이 춘아는 꿈만 같았다.

"아, 할 말이 하나 더 남았다."

"오늘은 그만해서도 될 거 같은데요."

"중요한 말이다. 꼭 해야겠어."

"말린다 해서 들을 황자마마도 아니고. 말씀하세요."

신율이 할 수 없다는 듯 한숨을 내쉬었다.

참으로 집요한 황자였다. 안 그래도 오늘 하루가 머릿속에서 붕 떠 버린 느낌이었다. 몸속의 차가운 냉기조차 잊을 만큼 시도 때도 없이 얼굴이 달아오르는 느낌이었다. 그런데 황자는 갈 생각도 없이 그녀의 얼굴에서 시선을 떼지 않고 있었다.

또다시 두근, 도대체 왜 이러는 것일까. 아, 이제 정말 봄인 것인가. 그래서 이렇게 봄바람에 나뭇잎이 흔들리듯이 마음이 움직이는 걸까.

"여섯째와는 그만 만나거라."

"그건 형님이 참견하실 일이 아닙니다."

"참견이 아니라 명령이다."

"명령이라면 더더욱 안 되지요."

황자의 표정이 굳어지거나 말거나 신율은 고개를 흔들었다. 가슴 두근거리는 것과는 상관없는 참견이었고 명령이었다.

"좋은 분입니다. 더할 나위 없는 벗이구요."

"남녀 사이에 벗이라니, 말도 안 되는 일이다."

조곤조곤한 신율의 설명에 황자의 눈썹이 치켜 올라갔다.

"남녀 사이에 의형제도 맺는 마당에 무엇이 말이 안 됩니까?"

"너와 나와는 달라."

"그렇긴 하지요. 어느 분이 형님처럼 고집이 세겠습니까?"

신율이 빙긋 웃었지만 황자는 따라 웃지 않았다. 그녀는 여섯째와 다시 만나지 않겠다는 말을 절대 하지 않았다. 그리고 앞으로도 그 결심은 변치 않으리라. 그런데 누가 누구보고 고집이 세다고.

하지만 신율도 알아야 할 것이 하나 있었다.

그는 그녀를 누구와도 나누어 가질 생각이 없었다.

절대로, 결코 말이다.

숙부가 드디어 서경으로 돌아갔다. 황실은 다시 조용해졌고, 황자들은 더욱더 분주해졌다.

조금의 여지라도 있다면 어떻게든 왕식렴을 설득해 자신들의 편으로 만들 방법을 찾고자 했다. 권력에 눈이 먼 황족과 종친들이 저마다의 꿍꿍이로 몸이 닳아 갈 때 편전에 홀로 남은 황제의 생각이 깊어졌다.

그깟 황자들이 문제가 아니었다. 원래 사람의 권력욕이란 끝이 없는 법이다. 숙부는 황자들을 이용하여 황제보다 더한 권력을 가지려는 것이었다.

요즘 들어 황제의 기력은 더 약해지고 있었다. 황제는 그 원인을 알고 있었다. 두려움. 그는 제대로 잠을 이루지 못하고 있었다. 당장이라도 황제의 자리에서 물러나고 싶었지만 또 그리할 수도 없는 것이 황제의 자리였다. 그 하나만을 바라보고 있는 권력들. 그들은 그것을 두고 보지 않을 것이다.

어찌해야 하는가. 숙부는 죽이려 하고, 피할 곳은 없었다. 황제는 한 발 한 발 자신을 향해 다가오는 반역의 그림자에 목이 죄어 오는 느낌이었다. 무서웠다. 황궁이 갈수록 무서워지고 있었다.

걱정스럽게 한숨을 내쉬던 황제가 아픈 머리를 쥐어 잡으며 자리에서 일어났다. 무엇인가 방법을 찾아야 했다.

황제는 그를 따르는 궁인들을 물리고 남몰래 왕소를 마주했다. 궁 깊숙이 있는 정자에는 바람 소리조차 들리지 않았다. 뒷짐을 지고 있는 황제의 얼굴에는 표정이 없었다.

"오늘 아우를 이리 부른 건 조용히 부탁할 게 있어서네."

"하명하소서."

"내가 미력하다 보니, 황실의 앞날이 어찌 될지 모르겠네. 그래서…… 혹시라도 있을 일에 대비해 내 후사(後嗣)를 정리하고 싶네."

후사를 정리한다는 말에 왕소의 눈썹이 살짝 올라갔다. 그렇다면 설마 이 상황에서 어린 경춘원군을 정윤(正胤)으로 책봉하실 생각인가? 그것은 너무나 위험한 일이었다. 호시탐탐 기회를 노리고 있던 황자들이 아마도 책봉을 계기로 역모를 준비할지도 모른다.

황제는 손짓을 하여 왕소를 가까이에 불러 세웠다. 그러곤 조용히 무언가를 그의 귓가에 속삭였다. 그 내용이 무엇이건 간에 꽤나 대단한 일임에 틀림없었다. 그다지 표정의 변화가 없는 왕소의 얼굴이 대번에 굳어지고 어깨가 경직되었다.

황제는 숙부를 제거할 계획을 세우고 있었다. 그것이 과연 가능할 것인가. 분명 쉽지 않은 일이었다. 하지만 제국의 평화를 위해서는 꼭 이루어져야 할 일이기도 했다.

개경의 황제와 서경의 집정 사이의 갈등은 점점 깊어지고 있었다. 서경의 왕 집정은 더 많은 것을 요구했고, 황제는 더 이상 숙부의 비위를 맞추어 줄 수 없을 지경에 이른 것이다.

"그런데 황제 폐하가 광군을 조직한다 하옵니다."

"광군?"

새로운 군사 조직이라는 이야기에 왕 집정의 짙은 눈썹이 치켜 올라갔다.

"거란의 움직임이 심상치 않아서 호족들에게서 병사를 선발한다 하였습니다. 혹시 이것이 다른 움직임이 아니겠습니까?"

"아니다. 우리 황제는 그럴 그릇이 아니야. 그렇게 영악한 황제가 아니다."

왕함민의 의심에 집정은 고개를 흔들었다.

"그래도 광군의 인원이 삼십만 명이라 합니다."

"호족의 사병을 선발한다고 하지 않느냐. 그것이 되겠느냐? 또 황제가 되지도 않는 쓸데없는 일을 저지르는 것이지."

왕 집정이 비웃듯 중얼거렸다.

세월이 흐르고 황제가 바뀌어도, 심지어는 그가 멀쩡하게 군사를 지휘하고 있음에도 불구하고 호족들의 세력은 줄어들 기미가 보이지 않았다. 형님 마마께서 애초에 너무 많은 혼인 정책을 쓰신 것이 화근이 되고 만 것이다.

그리고 거란의 움직임이 심상치 않다는 것은 왕 집정도 진작에 알고 있는 일이었다. 하지만 그를 대비하려면 광군이 아닌 서경에 더 신경을 쓰는 것이 옳은 일이었다.

서경에 황궁을 쌓는 일이 지연될수록 왕 집정은 그 모든 일이 황제의 무관심 탓이라고 여겼다.

이제 왕식렴은 황제를 바꾸어야겠다고 결심하기에 이르렀다. 그러기 위해서는 황제의 주변 사람들부터 없애는 것이 우선이었다. 그 맨 앞에는 조의선인과 왕소가 있었다. 가장 좋은 방법은 황제의 손으로 그들을 죽이는 것이다.

어떤 방법으로 황제와 왕소를 갈라놓을지 고민하던 왕식렴은 드디어 방법을 생각해 내고 잔인한 미소를 지었다.

꽤 깊은 밤이었다. 황주 가문에서는 집정의 부름에 부랴사랴 서경으로 사람을 보내었다. 다음 황제 자리를 약속받은 황주 가문에서는 왕식렴의 명이 곧 황제의 명과 다르지 않았다.

"네가 온 것이냐?"

"외조부께서 아우가 직접 움직이는 것보다는 제가 숙부님을 뵙는 것이 아무래도 덜 시끄러울 것이라 여기셨습니다."

"맞는 말이구나."

왕식렴은 황보부인을 향해 고개를 끄덕였다. 황주 가문에서 왔다고 해서 왕욱이나 다른 측근일 것이라 생각하였는데 여인인 조카가 그를 깊은 눈으로 마주하고 있었다.

고려 제일의 미인이라더니, 과연 명불허전이었다. 오랜만에 보는 황보부인은 촛불 아래서 더 고운 모습이었지만 표정에는 서늘한 기운만이 가득했다.

"왕욱이 황제가 되려면 왕소를 죽여야 할 것이다."

"알고 있습니다."

"네 남편인데 상관없겠느냐?"

조카인 황보부인의 마음속에 누가 있는지는 왕식렴 또한 알고 있었다. 그가 많은 부하 중에서 황주 가문에 세원을 골라 보내는 이유도 그 때문이었다. 아마 이번에도 세원과 함께 서경에 도착하였을 것이다.

"제 아우가, 저희 가문이 제국의 주인이 되는 일입니다. 저는 아무 상관없습니다."

황보부인은 단박에 고개를 끄덕였고, 그 모습에 왕식렴은 오히려 희미하게 미간을 모았다.

꽤나 영특하고 또한 아주 독한 조카였다. 이 아이, 진정으로 여인으로 태어난 것이 다행이었다. 그녀가 여인이 아니었다면 왕소보다 먼저 왕식렴의 근심이 되었을지도 모를 일이었다.

"황제가 죽고 네 남편이 다음 황제가 된다면 넌 황후가 될 터인데 그것이 더 낫지 않느냐?"

"그렇게 된다면 황주 가문은 분명 멸하게 될 것입니다. 가문이 멸하면 저 또한 미래가 없습니다."

지금의 황제는 충주 사람이었다. 지금 충주 가문은 황제의 뒤에서 황제의 권력을 이용하여 점점 그 세를 넓혀 가고 있는 중이었다. 그런데 똑같은 충주 가문 사람인 왕소가 연이어 황제가 된다면 황주의 힘은 더욱 약해질 것이며 더 이상 황제를 만들지 못할 것이다.

그녀에게는 마음 없는 남편보다 가문이 훨씬 더 중요하였다.

"그렇다면 걱정 안 해도 되겠구나. 내가 황주에 급히 사람을 보낸 데는 이유가 있다."

"조카가 가문을 대신하여 듣겠습니다. 무엇을 하면 되겠습니까?"

왕식렴이 어떤 말을 하여도 진심 무엇이든 할 수 있다는 듯 그녀의 대답에는 조급함이 묻어 있었다.

왕식렴은 그런 조카를 잠시 바라보다 나직한 목소리로 무어라 지시하였다. 왕식렴의 말이 길어질수록 황보부인의 표정도 점점 더 서늘해지고 있었다.

"그리고 요즘 여섯째 조카가 발해 여인과 가까이한다 들었는데."

"그저 상단의 재물 때문에 그런 것입니다. 숙부께서 심려할 정도는 아닙니다."

"너무 깊이 마음을 주면 안 될 것이야. 때가 되면 모두 없애야 할 존재들이다."

"걱정 마세요. 발해 여인 따위가 무엇이 중요하겠습니까. 죽이려 들면 내일이라도 죽일 수 있는 사람인데."

황보부인이 피식 하고 나직하게 웃어 보였다. 그 웃음에 한쪽 눈썹을 치켜 올리던 왕식렴은 너털웃음을 터뜨렸다. 참으로 독하구나. 하기는 황실은 사람을 독하게 만드는 곳이었다.

　상단 여인의 목숨을 저렇듯 자신하고 있는 것을 보니 진작에 손을 써 놓은 게 분명했다.

　"황제에게 독을 쓰는 일도 게을리해서는 안 될 것이야. 누구도 눈치채지 못하게 서서히 죽게 해야 한다. 알겠느냐?"

　"네, 숙부님. 명심하고, 받들겠습니다."

　고개를 끄덕이며 대답하는 황보부인의 표정에는 아무런 감정이 담겨 있지 않았다. 지나치게 담백해서 오히려 듣는 사람이 오싹해질 정도였다. 그런 조카를 바라보며 왕식렴은 희미하게 미소를 감추었다.

　뛰어나게 고운 모습에 먼저 눈이 가는 바람에 조카인 황보부인 역시 황실의 핏줄인 것을 잠시 잊었던 듯하다.

　힘 있는 자가 황제가 되는 것. 황좌를 향한 탐욕으로 가득한 눈빛이 그들이 태어나면서부터 배운 것들이다. 지금 황보부인의 눈빛이 바로 그러하였다. 아마도 이 아이가 사내로 태어났다면 지금 황제의 자리에 올라 있을 수도 있겠구나.

第16章

다른 사람

진작부터 내 사람이다

　여섯째 황자와는 만나지 말라는 왕소의 경고와는 상관없이 신율은 아주 우연한 기회에 왕욱을 다시 만나게 되었다.

　아니, 그녀에게는 우연이었지만 왕욱에게는 아니었다. 진작부터 그는 신율에 대해서 많은 것을 알고 있었다. 그녀가 어느 날 상선을 따라 움직이는지, 그녀가 가끔씩 들르는 곳이 어디인지. 사람이란 희한하게도 마음이 가면 눈길이 가고, 또 눈길이 가면 몸도 따라 움직이게 되어 있었다.

　주지 스님에게 허리를 굽혀 작별 인사를 전하던 신율이 살포시 한숨을 내쉬었다. 고려의 사찰 어디에도 어머니는 없었다.

　모후와 함께 발해를 떠나 고려를 선택한, 이제는 백주에서 자리를 잡은 발해의 마지막 황자였던 오라버니의 서찰에는 분명 어머니가 개경 어느 사찰의 비구니가 되었다 하였다. 그 이야기에 개경의 작은 사찰 하나하나까지 다 직접 찾아다니고 있었지만, 모후와 비슷한 행색을 가진 이는 아직까지 발견되지 않았다.

오후 햇살이 뜨겁게 내리쬐고 있지만 몸은 한기로 오싹해지고 있었다. 주지 스님이 챙겨 주시는 귀한 약초를 가지러 간 경이 꽤 오래 도착하지 않고 있었다.

몸에 좋다 하니 백묘가 좋아하겠구나. 잘 먹고 몸이 조금이라도 따뜻해져서 열심히 어머니를 찾을 수 있다면 정말이지 좋을 텐데. 나른한 햇살에 살짝 어지러움을 느낀 신율은 눈을 감았다. 선한 바람에 풍경 소리가 흔들렸고 옅은 구름이 따가운 오후 햇살을 가리며 그림자도 엷어졌다.

조용한 사찰이 소란스러워진 것은 한순간이었다.

칼날이 부딪히는 소리와 함께 찢어질 듯한 비명에 신율은 얼른 눈을 떴다. 그 순간 살기로 눈빛을 번득이는 자들이 복면도 쓰지 않고 신율에게 칼날을 들이밀었다. 무술은 비록 못하지만 검에서 뿜어 나오는 살기를 느끼지 못할 정도로 무딘 그녀는 아니었다.

뭐지? 왜, 무슨 이유로 그녀에게 검을 들이미는 것일까?

장사치에게 좋은 친구만 있는 것은 아니었지만, 이렇게 검을 들고 덤빌 만큼 비열한 짓은 하지 않았다. 더욱이 그녀는 상단을 대표하는 단주도 아니었다.

이렇게 죽는 건가? 머릿속에서 여러 가지 일들이 순식간에 스쳐 지나가고, 또 사라진다. 죽는 것은 별반 아깝지 않았다. 어차피 오래 살 수 있는 몸도 아니었다. 아니, 태어날 때부터 죽었어야 할 몸이었다. 그래서 지금의 삶은 하늘이 주신 덤이라 생각했다. 그러기에 살고 죽는 것에 그다지 연연해하지 않는다고 생각했다. 어쩌면 그녀의 죽음으로 마음 아파할지도 모를 사람들, 그리고 그녀가 내내 그리워했던 사람들이 눈앞에 떠올랐다. 얼굴도 모르는 어머니, 백묘 할멈, 경, 그리고 마지막으로 온통 가슴을 채운 사람은 왕소였다.

아, 왜 이 순간에 그 사람이 생각나는 것일까. 그녀는 이미 알고 있었다. 그에게 진작에 마음을 주고, 그래서 마음을 빼앗겼다는 사실을.

"어떤 놈들이냐!"

날카로운 칼날의 부딪힘이 귓가에 들려왔다. 마치 마법처럼 누군가 그녀를 가로막고 나섰다. 신율은 감았던 눈꺼풀을 천천히 들어 올렸다.

"황자마마?"

뜻밖에도 왕욱을 발견한 신율의 눈이 커졌다. 이것은 절대 우연으로 일어날 수 있는 일이 아니었다.

"괜찮으시오?"

"아마도요."

왕욱의 다급한 질문에 나직하게 대답한 신율이 그대로 무너져 내렸다. 맥을 놓쳐 버린 것이다. 처음부터 이런 일을 감당할 만한 몸이 아니었으니 어쩌면 당연한 일인지도 몰랐다.

눈을 뜨니 황자와 경이 걱정스럽게 지켜보고 있었다. 주지 스님이 다행이라며 안도의 한숨을 내쉬고 있었다. 산속 깊은 곳에 자리한 조용한 사찰에 자객이 오거나 혹은 황자가 머무는 것은 흔치 않은 일이었다.

"괜찮으십니까?"

"네…… 긴장이 풀렸던 모양입니다."

"정말 많이 놀랐습니다. 제가 옆에 있어서 천만다행이었습니다."

다행……이었다. 왕욱은 진심으로 그렇게 생각했다. 정말 간발의 차이였다. 생각하기도 끔찍한 일이었지만, 찰나의 순간이라도 놓쳤다면 이렇게 이 얼굴을 마주 보고 있을 수 없었을 것이다.

왕욱은 저도 모르게 손을 뻗어 신율의 차가운 손을 부여잡았다. 차갑기는 하지만 몸의 온기가 느껴진다. 살아 있다는 사실에 그는 깊은 안도의 한숨을 내쉬었다.

"누구의 짓인지 짐작되는 사람이 있습니까?"

"백주 대낮에 칼부림을 당할 만큼 죄를 많이 짓지는 않은 듯한데……."

황자의 손에서 자신의 손을 빼내며 신율은 고개를 흔들었다. 하도 순식간에 당한 일이라 상황이 채 정리되지는 않았으나 자객은 경이 없는 그 순간을 정확하게 짚어 냈다.

누구일까. 누가 그녀를 감시하고 그녀를 죽이려고 하는 것일까. 신율의 머리가 복잡하게 움직이며 미간이 모아졌다.

"행여나 오해가 있을까 미리 말씀드리지만, 제가 보낸 사람들은 아닙니다."

"당연하지요. 그런 건 진작에 알고 있었습니다."

"절 그렇게나 믿는 것입니까?"

자객이 나타나자마자 왕욱이 등장한 것은 오해하기 딱 좋은 상황이었다. 하지만 그녀의 표정은 그를 향한 신뢰로 가득했다. 문득 나를 이렇게 믿어 주는 사람이 또 있을까 하는 생각에 가슴 한구석이 묵직해졌다.

"그럼요. 마마의 위엄에 이런 치졸한 짓을 하시진 않을 것이라는 것 정도는 알고 있습니다."

그녀가 왕욱을 향해 살며시 고개를 끄덕였다.

자객들은 황자의 얼굴을 알아보았다. 그래서 순순히 사라진 것이다. 그들이 손댈 수 있는 사람이 아니란 걸 알아챘으니. 만약에 황자가 보낸 이들이라면 좀 더 시간을 들여서 그럴듯하게 검을 휘두르고 갔을 것이다.

황자의 얼굴을 알고 있는 사람들.

결국 개경 사람들이라는 뜻이었다.

누구일까.

"짐작 가는 이가 있으십니까?"

"아뇨. 그보다 지금 제가 궁금한 것은…… 황자마마는 이곳에 어쩐 일이십니까?"

"찾고자 하는 분은 찾으셨습니까?"

황자는 신율의 질문에 질문으로 대답하였다.

황자가 괜히 황자가 아니구나.

내가 사람을 찾는 것은 어찌 알았느냐고 물을 이유도 없었다. 확실히 그는 제국에서 가장 힘 있는 황자 중 하나였다.

"제가 누굴 찾는지도 알고 계십니까?"

"한 가지는 알고 있지요. 이 절에 그분은 안 계십니다."

"한 가지만 알고 계신 게 아닌가 봐요."

"네. 아직 청해 상단에서도 모르는 몇 가지들을 알고 있지요."

황자의 말에 신율의 시선이 그에게 머물렀다. 나직한 한숨이 새어 나왔고, 그러고는 금세 덤덤한 웃음을 지어 보였다. 나무 창살 사이로 쏟아지는 오후 햇살에 미소가 눈부시다.

"아가씨를 구한 것은 이번으로 두 번째입니다. 그리고 이번만큼은 공짜로 은혜를 베풀 생각이 없습니다."

"그러게요. 아무래도 지금이 거래가 필요한 시간인 듯하네요."

"제가 원하는 답이 바로 그것입니다."

왕욱은 만족한 듯 활짝 웃어 보였다. 드디어 원하는 것을 손에 넣을 수 있을 것 같았다.

황자는 어디서 구했는지 이미 신율을 위한 가마를 준비해 두고 있었다. 왕욱은 경을 대신해 손수 가마 문을 열고 신율이 올라타기를 기다렸다. 황자는 여러 가지로 그녀를 놀라게 하고 있었다.

"산길이 험할 것입니다."

"걱정 마세요. 걸어서도 올라왔는데요."

황자의 호의를 사양하기에는 너무 지쳐 버린 신율은 순순히 가마에 오르면서 중얼거렸다. 경이 딱딱하게 굳은 얼굴로 황자를 견제하고 있었지만 이미 거래는 끝났다.

온전한 하루.

여섯째 황자가 요구한 것은 황금도 아니었고, 상단의 비싼 정보도 아니었다. 오직 그녀의 시간이었다.

황자는 이미 그녀가 누구를 찾는지 알고 있었다. 아마도 그가 확신할 수 없는 것은 발해의 후궁과 그녀와의 관계일 것이다. 그 역시 금방 알게 되겠지. 그것이 황자에게는 오히려 독이 될지도 모를 일인데.

거친 산길임에도 불구하고 조금의 흔들림도 없는 마차 안에서 신율은 잠시 미간을 모았다.

객잔 앞에 도착한 두 사람은 서로 미소 짓고 있었지만 속마음은 복잡할 수밖에 없었다. 온전한 하루를 얻은 왕욱은 기대감으로 가슴 설레면서도 오늘 만났던 자객이 내내 걸렸고, 그와 거래를 끝낸 신율은 과연 황자가 그녀가 원하는 것을 제대로 알고 있는지가 궁금했다.

"이번 일에 조금이라도 의심이 가는 자가 있습니까?"

황자가 그녀의 답을 기다렸다. 누가 그런 짓을 했는지 밝혀야 했다. 그래야 행여 또 일어날지 모를 일을 미리 방비할 수 있지 않겠는가.

"글쎄요…… 그냥 산 도적이 아닐까 싶습니다."

그렇게 말은 하였지만 두 사람 다 단순한 도적이 아니라는 것을 알고 있었다. 그들은 훈련받은 자들이었고, 정확하게 신율의 목숨을 노리고 있었다.

"당분간 조심하셔야 할 것입니다."

"그보다……."

"누굴 조심해야 하는 거지?"

두 사람의 대화에 다른 목소리가 끼어들었다. 고개를 돌려보니 객잔에서는 진작에 왕소 황자가 기다리고 있었다.

아니 저 양반이 왜 이곳에서 그녀를 기다리고 있단 말인가. 왜 하필 지금.

왕욱과 함께 들어오는 신율을 바라보는 왕소의 얼굴에는 별반 표정이 없어 보였으나 눈빛만은 서늘한 기운이 가득했다. 신율은 그런 왕소를 바라보며 가볍게 혀를 찼다. 왕욱과 왕소가 그다지 친한 사이가 아니라는 것은 황실에 떠도는 소문을 듣지 않아도 충분히 짐작할 수 있는 일이었다.

"별일 아닙니다."

"별일 아니니까 말해라. 무슨 일인지?"

왕소는 왕욱의 말을 싹 무시한 채 오직 신율만을 바라보며 말했다. 마치 제대로 허리를 굽히지 않는 여섯째 아우 따위는 눈에 들어오지 않는다는 듯이. 그런 황자를 바라보며 신율은 살짝 미간을 모았다.

이 사람의 이런 거만하고 서늘한 표정은 사람을 가끔씩 오싹하게 만드는 재주가 있다.

"형님을 여기서 만날 거란 생각은 하지 못했습니다."

"나도 그렇구나. 여기는 웬일이지?"

왕욱의 인사에 그제야 왕소의 시선이 자신의 아우에게 머물렀다. 한눈에 봐도 서로에게 호감이라고는 눈곱만큼도 없는 그들이 애써 불쾌함을 감추고 객잔의 한가운데에서 떡하니 서로를 마주하고 있었다.

누가 황자마마님들 아니랄까 봐 그들은 외양이며 풍채가 객잔에 있는 다른 이들을 압도하고 있었다. 좀처럼 볼 수 없는 진귀한 풍경에 객잔에 있는 사람들의 시선이 모이고 있었다.

"신율 아가씨와 함께 잠시 산책을 하였습니다만."

"산책이라. 끝났으면 가거라."

그것은 명령이었다. 하지만 왕욱이 순순히 왕소의 명에 응할 이유가 없었다. 황실에서의 권위도, 가문의 세력도, 가지고 있는 권력도 충주 가문에서 버려두다시피 한 왕소에 비할 바가 아니었다.

왕욱이 칼자루에 손을 가져가자 그들의 심복들이 긴장했지만 왕소는 피식 하고 낮게 실소했다. 감히 검에 손을 대다니 어림도 없는 이야기였다. 그를 베려고 마음먹는다면 왕소는 여섯째를 죽이게 될 것이다. 왕소는 자신의 실력을 알고 있었다.

객잔의 공기가 팽팽해지고 있었다. 무공을 전혀 모르는 신율조차도 갑자기 변한 객잔의 분위기에 얼굴을 찡그렸다. 저 양반들이 왜 저러시나.

"허튼짓은 하지 마라. 넌 절대 날 이길 수 없으니."

나직한 중얼거림과 함께 자신을 압도하는 어마어마한 내공의 힘에 왕욱은 잠시 움찔거리며 왕소를 바라보았다. 그것은 무지막지한 경고였다.

왕소는 숨도 쉬지 못하게 그를 몰아붙이고 있었고, 왕욱은 이를 악물고 신음을 삼켜 내었다. 객잔의 공기가 부르르 떨리고 있었다.

"그만들 하시지요. 이곳을 두 분의 싸움터로 만들 생각은 하지 마세요."

"아가씨의 뜻이 그러시다면 당연히 제가 그리해야 하겠지요."

왕욱이 검에서 손을 떼자마자 파도처럼 밀려오던 힘이 순식간에 사라졌다. 한순간이지만 그 기세를 고스란히 감당해야 했던 왕욱의 시선에는 경계의 빛이 가득했다. 이 사람이 이렇게 강한 힘을 가지고 있는 사내였단 말인가.

"또 한 가지, 미리 말해 두지만 신율은 진작부터 내 사람이다."

"미처 들어 보지 못한 말씀입니다."

방금 전의 경고에도 불구하고 왕욱이 어깨를 슬쩍 들어 올리며 웃어 보였다. 그 분명한 도발에 왕소의 눈빛이 무섭게 얼어붙고 있었다. 잘못하면 이번에는 제대로 싸움이 날지도 모를 일이었다.

하여튼 남자들이란. 신율은 두 황자가 확실하게 들을 수 있도록 한숨을 크게 내쉬었다.

"형제간에 말씀이 험악해지시는 건 상관없지만, 저랑 관련이 있으니 아무래도 분명히 해야겠네요. 전 누구의 것도 아닙니다."

명료한 신율의 선언에 왕욱의 눈은 빛났고 왕소의 얼굴은 순식간에 굳어졌다.

"그럼 지금까지 그랬던 것처럼 제 벗은 되어 주시는 겁니까?"

"여섯째 마마."

신율이 짧은 한숨을 내쉬며 왕욱을 나무라듯 바라보았다. 여섯째 황자까지 왜 이렇게 심술 맞아진 것일까.

"네. 답을 기다리고 있습니다."

"진작부터 우리는 벗이었습니다. 그러니 황자마마께서 벗인 저를 황실의 소용돌이 속으로 끌어들이시지는 않으리라 믿습니다."

"명심하겠습니다. 그리고 그 말씀이 은애하지 말라는 의미는 아닌 걸로 이해하겠습니다."

신율이 다시 뭐라고 타박하기 전에 왕욱은 자기가 하고 싶은 말을 끝내고 한 걸음 뒤로 물러섰다. 의도적으로 사용한 '은 애'라는 단어에 왕소의 얼굴이 순식간에 굳어지자 신율은 다시 인상을 썼고, 백묘는 웃음을 삼켰다.

아이고, 단순한 황자 같으니.

"아 참, 이걸 드리고 싶었는데 여러 가지 일 때문에 깜빡하였습니다."

왕욱은 그제야 생각이 났다는 듯 품 안에서 비단으로 싸인 무언가를 신율에게 내밀었다. 그 모습에 왕소의 눈썹이 치켜 올라갔다.

"보시면 재미있을 서책입니다."

"세상에나. 이것을 어떻게 구하셨습니까?"

"대륙에서 귀하게 구했습니다. 책 주인이 절대 넘길 수 없다 하여 제가 옮겨 적었습니다. 꽤나 어려운 병서라 고생을 많이 했습니다."

예상대로 패물을 보내도 시큰둥하고 비단을 안겨도 눈 하나 깜짝하지 않던 신율의 눈이 별처럼 반짝였다.

왕욱과 신율을 바라보는 왕소의 눈빛이 무섭게 번득였다. 신율이 왕욱이 쓴 글을 읽는다는 사실만으로도 왕소는 숨이 턱턱 막히는 것 같았다. 연서도 아니고 병서 하였는데도 마음속에 불이 지펴 올라오고 있었다.

"내일 뵙게 되면 지난번에 약속드린 서책도 보여 드리겠습니다."

"정말이요?"

내일 뵙는다는 소리에 왕소가 눈썹을 치켜 세우며 신율을 노려봤지만 그녀의 시선은 서책에서 떨어질 줄 모르고 있었다. 아니 지금껏 함께 있었다는 것만으로도 이렇게 화가 나는데 내일 또 보겠다고?

"물론입니다. 오늘 한 약속은 잊지 않으시리라 믿습니다."

"잠깐. 무슨 약속이지?"

반 치 정도를 움직였다고 생각한 왕소는 어느새 왕욱의 출로를 막아 버렸다.

"형님과는 상관없는 일입니다."

왕욱의 대답에 왕소는 몸을 돌려 신율을 바라보았다.

왕욱의 말대로 그는 왕욱이 무슨 짓을 하는지에 대해서는 관심이 없었다. 하지만 신율은 아니지 않는가. '네가 대답해 보거라.' 하는 눈빛으로 신율을 향했지만 그녀는 무심하게도 왕욱에게 고개를 끄덕이고 있었다.

"알겠습니다, 여섯째 마마. 내일 뵙겠습니다."

"뭐?"

내일 뵙겠다는 신율의 대답에 왕소의 눈썹이 다시 훌쩍 올라가 버렸다.

"그럼 제가 내일 가마를 보내도록 하겠습니다."

자신이 원하는 걸 얻어 낸 여섯째 황자는 환히 미소 지으며 객잔을 떠났지만, 남겨진 왕소의 표정은 잔뜩 굳어 있었다.

왕소는 홱 하고 신율의 손목을 잡아 이끌었다.

아무래도 객잔에는 보는 눈이 많지 않은가. 아마도 차가 식기도 전에 두 황자의 다툼에 대해 온 고려 제국이 다 알게 될 것이다.

그들의 뒷모습을 바라보며 백묘는 설레설레 고개를 흔들었다. 요령 없는 황자 같으니. 백묘가 보기에는 왕욱이 넷째 마마보다는 여자에 대해서 훨씬 더 잘 알고 있었다.

할멈이 어떻게 생각하거나 말거나 신율의 손목을 아플 만큼 꼭 잡은 왕소가 성큼성큼 큰 걸음으로 객잔을 빠져나와 별채로 향했다.

꽤 길어진 햇살이 어느새 산 너머로 넘어가면서 별채에는 조금씩 붉은 어둠이 내려앉기 시작했다. 노을이 작은 연못에 거울처럼 비치고 소담스러운 백련이 꽃봉오리를 활짝 열고 있었지만 눈앞의 풍경 따위는 보이지도 않았다. 그저 왕소의 머릿속에는 내일 신율이 왕욱을 만난다는 사실만이 각인되어 있었다.

"그래서, 내일 여섯째에게 가겠다는 말이냐?"

"그럴 생각인데요."

"안 된다. 허락할 수 없다."

"형님의 집으로 가는 것이 아닙니다. 마마의 허락이 필요치 않은 일이에요."

신율이 당돌하게 고개를 흔들자 왕소의 얼굴이 딱딱하게 굳어졌다.

그의 집에 오겠다 하면 차라리 나았다. 그런데 왜 그녀가 여섯째의 집에 간단 말인가. 그리고 무엇보다 그의 허락은 필요치 않다는 말에 더더욱 부아가 치밀었다.

"너……."

"형님이 가란다고 가고, 가지 말란다고 안 갈 수는 없습니다."

조금의 여지도 없는 답변에 왕소의 눈빛이 다시 일렁거렸다.

틀린 말은 아니었다. 하지만 틀리지 않기 때문에 화가 나는 대답이었고, 또한 그가 원하는 답변도 아니었다.

"그럼 나보다 왕욱이 더 좋다 이 말이야?"

"이번 일은 누굴 더 좋아하느냐 아니냐의 문제가 아닌데요."

말도 안 되는 왕소의 트집에 신율은 어이없다는 듯 중얼거렸다.

아니 애도 아니고, 황자라는 양반이 어쩌면 이렇게도 가볍고 단순한 질문을 할 수 있단 말인가.

"너는 그리 생각할지 몰라도 난 아니다. 넌 내 아우이고, 내 사람이야. 내가 가지 말라는데도 굳이 가려는 이유가 도대체 뭐지?"

"약속을 하였습니다. 그리고 그곳에 제가 보고 싶은 책이 있다니까요."

"좌전에 이르기를 선물이나 달콤한 말에는 반드시 숨겨진 목적이 있다 했다."

단순한 황자의 주장에 신율이 피식 미소를 지어 보이자 왕소는 더더욱 인상을 썼다.

허허, 웃는다. 말하는 나만 심각한 거 같아 또 약이 오른다.

"지금 웃음이 나올 때가 아닐 텐데?"

"그럼 뭐 울겠습니까? 형님께서 뭘 모르시는 것 같은데 원래 선물과 달콤한 말에 약한 것이 여자거든요."

"그래서 너도 그렇다고?"

"당연하죠. 제가 아무리 남장을 하고 다녀도 여인인걸요. 모르셨습니까?"

황자가 자꾸 인상을 쓰니 그의 짙은 눈썹이 치켜 올라가 안 그래도 반듯한 이마 끝에 닿을 듯했다.

여인이라는 것을 왜 모르겠는가. 신율이 사내였다면 왕욱에게 들르든 말든 아무 관심이 없었을 것이다.

아, 아니다. 그저 신율이 신율이기 때문에 말리고 싶은 것이다. 하지만 왕소의 속마음을 아는지 모르는지 그녀는 안 간다는 얘기는 절대 하지 않았다. 마음을 바꿀 생각이 전혀 없는 듯했다. 꼭 가야겠다는 의지가 분명했다.

한참 신율을 노려보던 왕소가 홱 하고 고개를 돌려 별채를 나가 버렸다.

객잔을 나온 황자의 걸음걸이는 오늘따라 꽤 빨랐다. 다른 이들보다 키가 커도 워낙에 느릿느릿 걸어가는 양반이라 쫓아가기 힘들다 생각한 적은 없었는데 오늘 길복의 걸음으로는 숨이 찰 정도였다.

표정이야 언제나처럼 웃음기 없는 얼굴 그대로였지만 방금 전의 상황을 보건대 화가 단단히 난 것이 분명했다. 그리고 이번에는 그가 보기에도 주인이 화를 낼 만했다. 멀쩡히 우리 주인이 옆에 있는데 달랑 여섯째 마마를 따라가겠다니. 지금껏 정리를 봐서도 그래서는 아니 되지 않는가. 듣기로는 형제의 연도 맺었다면서. 우리 마마가 그리 간곡하게 가지 말라 했으면 안 가는 것이 옳은 일이지 왜 꼭 여섯째 마마 댁에까지 가서 그 책을 읽어야 한단 말인가. 그깟 서책 따위가 무엇이 중요하다고.

어쨌거나 지금 중요한 것은 얼른 자신의 주인을 진정시키는 일이었다. 이러다 잘못하면 오늘 경을 칠 사람들이 하나 둘이 아니었다.

제 주인의 심상치 않은 심기를 용케 눈치챈 길복이 인상을 쓰면서 주위를 둘러보았다. 이렇게 여인으로 마음이 상할 때는 그저 친구가 최고이리라. 길복의 머리가 재빠르게 돌아갔다.

길복이 이 말 저 말 떠들지 않아도 황자가 완전히 열 받아 있다는 것은 얼굴만 딱 봐도 알 수 있었다. 은천은 느닷없이 들이닥친 황자의 표정을 바라보며 내심 놀라고 있었다.

황자는 어지간해서는 자신의 감정을 표정으로 드러내는 이가 아니었다. 마음속에 무슨 일이 일어나는지 짐작하기 어려운 이

중에 한 명이었다. 그런데 이렇게 한눈에 불쾌하고 불안한 표정
이라니, 놀라운 일이 아닐 수 없었다.

"청해 상단 때문에 마음이 상하신 겁니까?"

"길복이가 입이 싸구나."

"빠르기도 하지요."

황자가 슬쩍 미간을 모으며 중얼거렸다. 이곳으로 끌고 올 때
부터 짐작은 하고 있었지만 고새 객잔에서 있었던 일을 종알댔
구나.

쓰게 웃는 황자의 얼굴이 다시 굳어지고 있었다. 신율에게
왕욱 따위의 집에는 얼씬도 하지 말라 하고 싶지만, 왠지 옹졸
하고 치졸해 보인다. 이러지도 저러지도 못하는 자신이 더 마음
에 들지 않았다. 왠지 제 속을 신율에게 빤히 들킨 느낌이었다.

"필시 다른 이유가 있을 것이옵니다."

"그랬으면 좋겠구나."

은천이 덤덤하게 그를 달랬지만 쉽게 달래지는 마음이 아니
었다. 입으로는 그랬으면 좋겠다 했지만 내심은 더 화가 나려
하고 있었다.

황자는 신율이 그 외에 다른 이유가 있는 게 싫었다. 그 역시
스스로 옹졸하다는 걸 잘 알고 있었다. 게다가 제 감정을 드러
내기에 바빠 정작 들어야 할 말은 제대로 듣지 못했다.

누구를 조심해야 한다는 것일까. 혹시나 숙부 쪽에서 손을
쓰고 있는 것일까. 행여 신율이 위험에 노출된 것인지 불안해진

황자의 미간이 모아졌다.

물끄러미 왕소를 바라보던 은천이 나직하게 입을 열었다.

"한번 뵈었으면 좋겠습니다."

"나도 만나기 바쁜 여자인지라 쉽지는 않을 듯한데."

황자가 희미하게 웃으며 고개를 흔들자 은천과 신성의 눈이 커졌다. 눈빛과 어조에 애틋함이 가득하였다. 한 번도 여인에 대해서 이렇게 말하는 황자를 본 적이 없었다.

"도대체 어떤 여인이길래 황자마마의 마음을 이렇게 흔든단 말입니까?"

"꼭 신율이 때문은 아니야."

"그럼……."

불쾌한 듯 인상을 쓰는 신성에게 황자는 고개를 흔들었다.

"왕욱의 검법이 아무래도 마음에 걸린다. 낯이 익어."

"그럼 혹시……."

은천의 눈빛이 번득였다.

황자가 전국을 돌며 희한한 검법을 쓰는 자를 찾고 있다는 것을 알고 있었다. 지금껏 수많은 용병과 호족의 사병들을 훑고 다녔지만 지난번 원주에서 마주한 이후로는 아직 찾아내지 못하고 있었다. 그런데 왕욱 황자가 그 검법을 사용한다는 것은 의외의 일이었다.

"그는 아니다. 비슷하지만 달라."

고개를 흔드는 황자의 눈빛이 어두워졌다. 그날 밤 은천을 공격하던 그자는 검을 독특한 방법으로 잡고 있었다. 그리고 오늘 여섯째가 비슷한 동작으로 검에 손을 가져갔다. 하지만 분명 그날 밤의 검법은 아니었다.

"아무래도 황주 쪽을 뒤져야 할 것 같아. 연관이 있을지도 모르겠다."

"알겠습니다."

황자의 명에 은천이 고개를 끄덕였다. 조의선인의 수장인 황자가 맨 먼저 그에게 찾으라 지시하였던 검법을 은천은 분명히 기억하고 있었다. 검집에서 검을 잡는 방법부터 독특했던 검술이었다. 오랫동안 숨어 있던 그들의 정체를 알려 줄 중요한 흔적들이 하나씩 나타나고 있었다.

약속대로 신율은 왕욱의 집을 방문하였다. 별반 부산스럽지 않게 그녀를 맞이하는 여섯째 황자의 얼굴에는 기쁜 빛이 역력하였다. 서고가 있는 별채로 가는 동안 곱게 피어 있는 약초 꽃들을 보고 신율은 잠시 걸음을 멈추었다. 왕욱도 신율의 시선을 따라 노란색 꽃잎들을 바라보았다.

"귀한 풀들입니다. 하지만 약이 되기도 하고 독이 되기도 합니다."

"제 누이의 꽃밭에서 가져온 것입니다. 안으로 들어가면 발해에서 온 진귀한 화초도 있습니다. 보고 싶지 않으십니까?"

그녀의 관심에 왕욱이 은근히 다음 날을 기약하고자 했다. 하지만 신율은 왕욱의 말에서 다른 것을 먼저 눈치챘다.

"제가 발해 사람이라는 걸 아셨습니까?"

"그렇지 않으면 제가 어떻게 아가씨가 찾는 사람을 알아냈겠습니까?"

왕욱의 대꾸에 신율은 피식 웃으며 고개를 끄덕였다. 어쩌면 당연한 이야기였다. 왕욱은 그녀가 찾고자 하는 사람의 존재를 귀신처럼 알아내었다. 그러니 그녀의 출신 정도는 쉽게 알 수 있으리라.

신율의 머릿속이 잠시 복잡해졌다. 생각보다 빨리 신분이 들통 나 버렸다. 여섯째 황자가 알고 있으니 황실에서도 이미 그녀의 신분에 대해 알고 있으리라.

"그렇군요."

"찾고자 하는 분은 발해 황실의 분이라 들었습니다. 맞지요?"

답을 필요치 않는 왕욱의 질문에 신율은 다시 고개를 끄덕였다. 역시나 황자는 정확하게 알고 있었다.

"개경의 모든 사찰에서는 찾을 수 없었습니다."

"설마 개경의 사찰을 다 찾아다니신 것입니까?"

"물론이지요. 우리 황주 가문은 그 정도의 사람과 능력은 가지고 있습니다."

왕욱이 조금은 자신만만한 표정으로 말했다.

그렇겠지. 지금 고려에서 가장 강력한 세력을 가진 호족 중의 하나가 바로 황주 가문이었다. 황자의 말대로 마음만 먹으면 무슨 일이든 할 수 있으리라. 원하는 어떤 것이든 손에 넣을 수 있듯이 말이다.

"비슷한 조건 중에 두어 분이 백천과 동주에 있다는 소식을 들었습니다."

"어느 사찰인가요? 상단에서 직접 움직여 찾아보겠습니다."

지금껏 별다른 반응이 없었던 신율의 눈빛이 달라졌다. 그녀 역시 개경의 모든 사찰을 다 뒤졌었다.

왕욱은 물끄러미 신율을 바라보다 잠시 생각에 잠겼다.

비슷한 사람을 찾았다는 이야기는 절대 거짓이 아니었다. 하지만 그녀가 찾고 있는 사람이 이미 이 세상에 없다는 사실을 쉬이 알려 줄 마음도 없었다. 굳이 알려 줄 일도 아니지 않은가.

"일단은 제가 더 정확히 알아본 후에 말씀드리겠습니다."

"마마."

"믿어 보세요."

신율의 급한 마음을 모른 척하며 왕욱은 빙긋 웃으며 그녀를 달랬다. 쉬이 알려 줄 내용이 아니지 않은가. 상대가 누구인가. 영특하기로 소문난 그녀였다. 섣불리 접근하였다가는 진실이 들통 날 것이다.

신율의 미간에 잠시 짜증이 스치고 지나갔지만 이내 하고 싶은 말을 참는 눈치였다.

"아, 어제 그 책과 함께 한비자가 쓴 서책이 있습니다. 읽어 보시겠습니까?"

마치 이제야 생각났다는 듯 황자가 함께 가자는 표정으로 신율에게 손을 내밀었다. 잠시 그가 내민 손을 바라보던 신율이 웃으며 한 걸음 먼저 발을 내디뎠다. 무색해진 손을 거두는 황자의 얼굴에는 그래도 희미한 미소가 가득했다.

상관없었다. 순순히 함께 걸어가면 좋겠지만 지금은 이처럼 한 공간에 있는 것만으로도 충분하였다. 어차피 그녀는 그의 옆에 있게 될 터이니.

왕욱은 자신의 집에 그녀가 있다는 사실이 마음에 들었다.

생각 같아서는 계속하여 손을 잡고 여기저기 그가 아끼는 곳을 보여 주고 싶었지만, 신율이 관심을 갖는 곳은 오직 서고뿐이었다.

그리 좁지도 넓지도 않은 곳에는 오동나무로 만들어진 단단한 탁상과 가죽으로 덧댄 의자가 놓여 있었고 벽면의 한쪽은 서책들이 빽빽하게 자리를 채우고 있었다. 그리고 그곳에서 신율은 왕욱이 건네준 서책을 마치 커다란 선물이라도 받은 것처럼 곱게 받아 들어 코를 박고 읽어 내렸다. 벌써 꽤 오랜 시간 그녀는 꼼짝도 하지 않고 책장만 넘기고 있었다. 무서운 집중력이었다. 분명 그가 옆에 있는지조차도 모를 것이다.

왕욱은 아랫것들이 챙겨 온 찻잔을 그녀의 앞에 내려놓았다. 그윽한 차향에 드디어 그녀가 고개를 들었다.

"어쩌면 그리 한 치도 한눈을 팔지 않고 서책에 빠질 수 있습니까?"

"워낙 좋은 서책이라서요."

"아무리 그래도 보통의 여인들은 좋은 책보다 날 더 좋아하지요."

왕욱이 부러 입을 비죽이며 말했다.

사실이기도 했다. 그가 여자에게 관심이 없었을 뿐이지 황자인 그에게 마음을 주지 않는 여인들은 없었다. 한 공간에서 단둘이 있음에도 이렇게까지 그를 홀로 버려두는 여인은 그야말로 처음이었다.

"음, 원래 제가 보통하고는 좀 거리가 있다고 합니다."

"그런 듯합니다. 그래서 제가 더 끌리는 듯합니다."

왕욱의 고백에 신율이 난감한 듯 웃어 보였다.

"한 가지 묻고 싶은 게 있습니다."

"뭐가 궁금하십니까?"

"왜 사람들은 나보다 왕소를 더 좋아하는 겁니까?"

뜻밖의 질문을 이해하지 못한 신율이 고개를 갸웃거렸다.

왜 이 상황에서 왕소 황자 이야기가 나오는 걸까.

신율은 왕욱의 의중이 궁금했다.

"잘못 알고 계신 거 아닌가요? 제가 알기론 여섯째 황자마마님이 제국에서 가장 사랑받는 황자라 들었습니다만."

"그게 잘못 알고 있다는 겁니다. 아버님조차 말씀 한마디라도 왕소를 더 아끼셨습니다."

"뭐라 하셨는데요?"

신율이 궁금하다는 듯 물었고, 왕욱은 피식 하고 미소를 지어 보였다.

"금방 고려 제국에서 가장 사랑받는 사람은 저라 말씀하셨습니다."

"네. 그리 말했습니다. 그런데 제가 호기심이 많다는 얘기는 하지 않았나 보네요."

"그럼 저한테 호기심을 가져 보시는 건 어떻겠습니까. 얼마든지 얘기해 드릴 생각이 있습니다."

왠지 섭섭한 마음에 왕욱은 신율에게 부러 생짜를 부려 보았지만 그녀는 그저 희미한 미소만 지을 뿐이었다. 아바마마는 겉으로는 왕소를 홀대하셨을지 몰라도 진심은 그렇지 않으셨다.

어려서부터 왕소는 개경이 아닌 금강산에서 전전하였다. 그리고 거기서 그가 무엇을 하며 살았는지 왕욱은 알고 있었다.

아바마마와 함께 사냥을 다녀오던 날 그 깊은 어둠 속에서 왕소를 보호하는 호위 무사에게 나직하게 지시하던 그 목소리를 왕욱은 분명히 기억하고 있었다.

'왕소가 맏이로 태어났다면 제국의 역사가 달라졌을 텐데 그게 아쉽구나. 그래도 가르침에 소홀함이 없도록 하거라.'

황제 폐하의 아쉬운 한숨과 비밀스러운 지시가 그저 눈을 감고 처음처럼 잠든 채로 있어야 했던 왕욱의 귀에 선명하게 남아 있었다.

아바마마는 그에게 더할 나위 없이 살가운 부친이었다. 하지만 그것은 그의 능력 때문이라기보다는 어마마마의 영향 때문이었다. 더 정확히는 황주 가문의 입김 때문이었다. 황제는 당신처럼 훌륭한 장수가 되고 싶다는 넷째 형님의 말에 단호하게 고개를 흔들며 매정하게 말씀하셨다.

네가 살아야 할 시대는 평화로운 고려가 될 것이니 무술을 익히는 것보다 글을 읽는 게 더 나을 것이라고. 하지만 그에게는 정작 아무 말씀도 없으셨다. 그저 묵묵한 미소만 지으실 뿐이었다.

그건 그가 뭘 해도 위협이 될 만한 존재가 아니었기 때문이었을 것이다. 아마 그때부터 왕소에 대한 경쟁심이 싹텄을지도 모른다. 저 고집불통 왕소 형님에게 아바마마의 진심을 알려 줄 생각은 전혀 없었다.

부친의 뜻과 하늘의 선택이 같으리란 법은 없다.

언젠가 꼭 보여 줄 것이다. 그의 능력을.

"그런 건 아닌데요."

"응? 무어라 했습니까?"

생각에 잠겨 있던 왕욱은 신율의 중얼거림을 듣고 얼핏 고개를 들었다.

"황자께서 돌아가신 태조마마의 뜻을 곡해하고 있다 말씀드렸습니다."

"곡해한다?"

"네. 가야 할 길과 방향을 알려 주어야 하는 이가 있고, 아무 말 하지 않아도 제 길을 올바르게 찾아가는 이가 있습니다. 굳이 자기 길을 잘 가고 있는 황자마마께는 무어라 다른 말을 할 필요가 없었던 게지요. 그건 곧 마마께서 그만큼 영특하셨다는 뜻이지요. 결론적으로 말하면 넷째 마마보다 여섯째 황자마마를 더 앞서 치셨다는 뜻입니다."

신율의 담담한 설명에 왕욱의 눈이 잠시 커졌다. 단 한 번도 그런 생각은 해 본 적이 없었다. 왕소를 바라보던 부황의 눈빛을 그는 분명히 기억하고 있었다. 하지만 그를 향하던 눈빛은……
왕욱은 자신을 향하던 그 눈빛을 기억해 내려고 애썼다.

"말도 안 되오. 설마 아바마마께서 그런 이유로 그러실 리가 없소."

"당연히 그 이유뿐만은 아니겠지요. 아마도 마마께서 위협적인 존재였기에 아무 말씀도 안 하셨을 겁니다."

"내가? 왕소 형님한테?"

"왕소 황자라니요? 그럴 리가 없지요. 그건 마마 말씀대로 말도 안 되는 일입니다."

한쪽 눈썹을 치켜 올리며 놀라움을 표시하는 왕욱에게 신율이 살짝 웃으면서 고개를 흔들었다.

"저는 혜종 폐하를 말씀드리는 것이옵니다. 태조마마께서 정윤을 삼으신 황자는 아끼는 넷째 황자가 아니라 다름 아닌 혜종 폐하이셨습니다."

"단 한 번도 그리 생각한 적이 없소."

"그럼 이제부터 생각해 보시면 되겠네요. 마마께서 정말 황제 폐하에게 위협적인 존재였는지."

여전히 혼란스러워하던 왕욱은 신율의 충고에 웃음을 터뜨렸다. 어찌 보면 분명 뼈가 담긴 말이었다. 황제에게 위협적인 존재. 그는 결코 돌아가신 혜종마마의 편이 되었던 적이 없었다. 지금의 황제 폐하에게 그러하듯이.

"그 말씀을 하시려고 오늘 여기에 온 것입니까?"

한참을 웃던 그가 정색을 하고 말했다. 조금은 상처받은 듯한 그 표정에 신율은 고개를 저었다.

"설마 그럴 리야 있겠습니까? 마마께서 오해하시는 부분을 알려 드린 것뿐입니다. 저한테 중요한 것은 아까의 그 약속과 이 서책입니다."

"넷째 형님이 아니고?"

"그랬으면 제가 이곳에 있지 않겠지요."

집요한 왕욱의 질문에 신율이 빙긋 웃으며 대답했다.

"그렇다면 신율 아가씨의 그 마음을 믿게 해 줄 수 있을는지요?"

"어떻게요?"

자신의 머리로도 이해할 수 없는 황자의 제안에 신율이 고개를 갸웃거렸다. 황자가 무엇을 원하는지 전혀 짐작할 수가 없었다.

"저와 혼인하시겠습니까?"

"전 다녕 아가씨가 아닙니다."

"처음 만났을 때부터 단 한 번도 당신과 다녕을 헷갈린 적이 없습니다."

맹세컨대 그것은 사실이었다. 얼굴은 비록 닮았는지 모르지만 그 안에 담고 있는 성정은 전혀 다른 사람이었다.

"그래도 안 됩니다."

"어째서 말입니까?"

"언젠가 말씀하셨지요? 누군가를 마음에 담게 되면 가슴이 두근거린다고?"

황자의 질문에 신율이 잠시 망설이다 입을 열었다.

그녀의 덤덤한 목소리에 왕욱은 덜컥 가슴이 내려앉았다. 한눈에 봐도 그와 같은 두근거림이 그녀에게는 느껴지지 않았다.

"저와 함께하면 두근거리지 않으십니까?"

"마마의 잘생긴 얼굴에는 항상 감탄합니다. 그리고 친절한 마음에 언제나 고맙구요."

"그런데 그뿐이다…… 이거군요."

한숨 섞인 황자의 말에 신율이 미안한 듯 고개를 끄덕였다.

좋은 사람이었다.

이 황자와 함께한다면 아마도 편안할 것이다.

하지만 가슴이 두근거리지 않는다.

즐겁기는 하지만 행복하지는 않으니 어쩌란 말인가.

"그럼 왕소 형님에게는 두근거리십니까?"

"그게…… 아니었으면 좋겠는데 말이죠."

진심으로 그랬으면 좋겠다. 솔직하게 중얼거린 신율의 얼굴이
심각해졌고, 왕욱의 표정에 그림자가 생겼다. 이 여인 또한 다녕
처럼 왕소만을 바라보고 있었다. 어쩌면 이렇게 서로의 만남이
쉽지 않은 것인가. 어쩌자고 그의 인연은 이렇게 고약하기만 한
것일까.

"형님은 부인이 둘이나 있습니다. 저와 혼인하시면 저한테는
아마 아가씨 한 명뿐일 것입니다."

"전 가슴이 두근거린다 하였지 혼인한다 하지 않았습니다. 마
마와도 하지 않지만 왕소 형님과도 혼인은 하지 않습니다."

빙긋 미소를 담은 그녀가 의도적으로 왕소를 '형님'이라 부르
며 고개를 흔들었다. 너무나 단호한 부정에 왕욱의 얼굴에 잠
시 희망이 스쳐 지나갔다.

"그렇다면 저와……."

"전 개경에서 살고 싶은 생각이 전혀 없습니다. 황자마마께서
는 개경을 떠나실 수 있겠습니까?"

진지하고 직설적인 신율의 질문에 왕욱이 움찔하고 말을 멈

추었다.

"제가 개경을 떠날 수 있다고 한다면⋯⋯."

"아니요. 절대 그럴 수 없다는 것을 피차간에 알고 있는 일이니 행여나 속일 생각은 마세요. 마마는 가문의 뜻을 벗어나실 분이 아닙니다. 그리고 마마가 원하는 것도 이곳 개경에 있지 않습니까."

여전히 미소를 짓고 있기는 했지만 신율은 단호했고 황자는 수긍할 수밖에 없었다.

그의 가문과 그가 원하는 것. 황좌. 황제.

"왕소 형님이라면⋯⋯."

"그 사람이라면 개경을 떠날 수 있을지 모르겠네요. 하지만 왕소 황자와는 절대, 제가 함께 개경을 떠나지 않습니다."

이번에도 그녀는 더할 나위 없이 단호했다. 그리고 분명 진심이었다. 다행이어야 하나, 아니면 안타까워해야 하나. 왕욱의 눈썹이 살짝 찡그려졌다.

상단에서 그녀를 모시기 위해 가마가 도착했다는 소식에 황자는 쓰게 미소 지었다. 직접 데려다 줄 수도 있었는데 꽤나 머리가 빠른 상단의 움직임이었다.

아마도 신율을 이곳에 붙들어 두기 위한 그의 계책을 미연에 방지하기 위해서 서둘러 가마를 보낸 것이리라. 하기는 상단이 그의 이름과 함께 오르내리면 별반 그들로서는 이득될 일이 없을 것이다.

가마에 올라타기 전 신율은 그에게 가볍게 머리를 숙여 인사를 전하였다. 따뜻하지만 건조한 뒷모습에 왕욱은 저도 모르게 깊은 한숨을 내쉬었다.

"저 여인과 거리를 두심이 어떠십니까?"

"네가 간섭할 일이 아니야."

몇 걸음 그의 뒤에서 자리를 지키고 있던 자신의 가신에게 왕욱이 확 바뀐 표정으로 쏘아 말했다. 그리고 엄한 얼굴로 단단히 경고했다.

"발해 후궁을 대신할 여자를 찾아봐라. 그리고 시간을 들여서라도 제대로 훈련시키거라."

"존명!"

허리를 굽혀 명을 받드는 가신에게 왕욱은 고개를 끄덕여 물러갈 것을 지시했다.

신율과 식솔들이 가고 난 서재에서 혼자가 된 왕욱은 눈을 감았다. 이것이 잘하는 짓인지. 꼭 이래야만 하는 것인지. 하지만 그녀를 누구에게도 빼앗기고 싶지 않았다. 다녕을 보낸 것처럼 다시 그녀를 떠나보내고 싶지 않았다.

거짓으로 시작했을지 모르지만 마음만은 진심이었다. 어느 날에 그녀가 그의 이런 진심을 알아줄는지.

第17章

좋은가

난 이미 찾았다

왕소 황자는 그날 이후 벌써 며칠째 청해 상단에는 얼씬도 하지 않고 있었다.

"넷째 마마께서 많이 서운하신 모양입니다. 아주 발걸음을 딱 끊으신 걸 보면."

백묘의 보이지 않는 재촉에 춘아가 슬쩍 눈치를 보며 은근한 목소리로 중얼거렸다. 신율은 별반 내색하지 않고 있었지만 백묘는 내심 넷째 황자가 신경 쓰이고 있었다. 백묘의 조바심과는 달리 그의 주인은 여섯째 황자에게서 빌려 온 서책에 함빡 빠져 넷째 황자의 일은 까맣게 잊어버린 듯했다.

"벌써 며칠째 그림자도 보이지 않고 있구만. 아가씨, 안 궁금하십니까?"

"바쁜가 보지. 일국의 황자가 되어서 매일 객잔만 들락거려서야 되겠어?"

"그냥 좋게 말씀하시지, 그리 박대하시면 어쩝니까?"

너무 덤덤한 신율의 대답에 백묘가 못마땅하다는 듯 혀를 찼다. 백묘 역시 넷째 황자가 딱 마음에 들지는 않았다. 하지만 황자가 옆에 있을 때 백묘의 공주마마는 여인네 같았다.

그것이 무엇을 의미하는지 모를 백묘가 아니잖은가. 비록 겉으로는 아무렇지 않은 척해도 신율 아가씨의 살 날이 얼마 남지 않았다는 것은 백묘도 진작에 알고 있었고, 각오도 하고 있다. 그렇다면 한 번쯤 좋아하는 사내를 마음 놓고 좋아하는 것도 나쁘지 않다고 생각했다.

백묘는 서책에 빠져 있는 신율을 물끄러미 바라보았다. 책장이 오랫동안 넘어가지 않고 있었다. 흠, 이걸 어찌해야 하나.

신율은 백묘의 눈빛을 모른 척하고 생각에 잠겨 있었다.

어쩌면 좀 더 친절했으면 좋았을지도 모른다. 하지만 한편으로는 이리 되어야 서로에게 편안하리라는 것을 알고 있었다. 너무 많이, 너무 깊이 빠져들면 안 되었다.

그때 객잔에서 별채로 이어진 작은 정원을 거쳐 그가 나타났다. 마치 그녀의 마음속 질문에 대한 답이라도 되듯이 성큼성큼 다가온 왕소가 그녀 앞에 섰다.

"황자마마, 오래간만입니다."

백묘가 얼른 몸을 일으키며 꾸벅 인사를 건넸지만, 황자의 시선은 오직 신율에게만 머물러 있었다. 백묘가 호기심이 가득한 얼굴로 두 사람을 번갈아 바라보고 있는 춘아에게 눈짓을 하며 자리를 비켜 주었다.

인연이든 악연이든 무슨 상관이랴. 우리 아가씨가 좋으면 그걸로 족한 일이었다.

"서책을 봐서 좋으냐?"

반가운 기색도 없이, 혹은 지나가는 인사말도 생략한 채 왕소가 물어 왔다.

신율은 고개를 들어 찬찬히 그를 바라보았다. 여전히 잘생긴 그의 얼굴은 그녀로 인해 서운했다는 걸 숨길 마음이 없음을 그대로 보여 주고 있었다.

"네. 고려에서는 볼 수 없었던 귀한 책이었습니다."

"진정 책을 봐서 좋은 것이야? 아니면……."

"아니면?"

"아니다."

그를 만나 즐거웠느냐고 묻고 싶었지만 왕소는 하고 싶은 말을 꾹 눌러 참았다. 자신의 연인 앞에서 옹졸한 모습을 보여 줄 수는 없지 않은가.

"여섯째 마마는 학문에 관심이 많은 모양입니다."

"여섯째와 아주 친해진 모양이구나."

"재주가 많으신 분입니다."

"흥. 그만큼 여자도 많을 게다."

불퉁스럽게 중얼거린 왕소의 얼굴이 일그러졌다. 누가 들어도 치기가 가득하다. 스스로 입 밖에 내놓고도 낯부끄러웠다. 하지만 이번만큼은 그대로 입을 다물고 있기도 싫었다.

"마마만큼은 아닐걸요. 개경 기루에 마마 때문에 상사병으로 말라 죽는 기녀들이 수두룩하다 하던데."

"그래서, 너도 그런가?"

심사가 단단히 꼬인 채 자신을 빤히 바라보는 왕소의 질문을 이해하지 못한 신율이 고개를 갸웃거렸다.

"답답하긴. 너도 나 때문에 밤잠을 설치느냐 묻고 있는 거잖아."

"아……."

"너는 아닌 모양이구나. 난 너 때문에 잠을 설치는데."

"아……."

뭐라 대답을 하지도 못할 만큼 솔직한 왕소의 고백에 신율은 이번에도 그저 작은 소리를 입안으로 삼킬 수밖에 없었다. 이 양반이 안 보이는 동안에 어째 더 과격해진 것 같다.

"갑자기 말하는 법을 잊은 건 아닐 테고. 그래서, 대답은?"

"형님 때문에 말라 죽지는 않을 듯합니다."

그녀의 대답이 불만스러운 듯 황자는 미간을 모으고 있었지만 차마 잠을 설친다는 말을 곧이곧대로 할 수는 없었다.

"그럴 때마다 형님 소리는 아주 잘도 써먹는구나."

고르고 고른 대답에 그가 대놓고 코웃음을 쳤다. 형님 아우는 자기가 먼저 하자 우겨 놓고 저렇게 인상을 쓰고 있다.

"오늘은 무슨 일로 오신 겁니까?"

"이유가 없으면 오면 안 되는 곳이었나?"

신율의 질문에 왕소가 심술궂게 되물었다. 잠시 부아가 나서 아직 중요한 이야기를 꺼내지 못하였다.

"설마요. 마마는 그래도 제 형님 아니십니까."

또 형님이란다. '형님'이라는 단어가 오늘따라 계속하여 귀에 걸린다. 그는 이제 그녀의 형님 따위는 절대 되고 싶지 않았다. 하지만 어쩌겠는가. 진작에 신율이 여인임을 몰라본 자신을 타박할밖에.

"가자."

"아니 어딜……."

들어올 때보다 훨씬 굳어진 얼굴로 왕소가 신율의 손목을 홱 하고 잡아당겼다. 그러곤 그녀가 뭐라 입도 열기 전에 긴 다리로 성큼성큼 객잔을 걸어 나갔다.

예전에는 그녀를 배려해 언제나 같은 보폭으로 걸어 주던 그였다. 하지만 이번만큼은 신율은 거의 그의 힘에 끌려 나가다시피 객잔을 빠져나와야 했다.

신율이 황자의 손에 이끌려 어디론가 사라지고 난 후, 객잔은 묘한 침묵으로 가득했다. 보통의 경우, 아가씨가 그렇게 강제로 끌려 나간다면 백묘가 그 손모가지를 베어 버리거나 경이 목숨을 취하거나 대부분 피를 보고 끝나게 될 것이지만 방금 전에는 황자의 기개에 눌린 채로 감히 아무도 나서지 못했다. 물론 자신들의 주인을 아끼는 사람이니 별일은 없을 것이라는 생각이 없던 것도 아니지만 그 순간 누구의 접근도 허락하지 않는 황자가 내뿜는 기세는 그야말로 대단했다.

"강명, 자네는 저 두 사람이 어떤가?"

"보기는 좋습니다."

두 사람의 뒷모습을 잡아먹을 듯 노려보고 있던 백묘의 질문에 강명이 싱긋 미소를 지으며 대답했다.

뜻밖에 튀어나온 넷째 황자 이야기에 경의 시선이 그들을 향했다. 하여튼 저 귀신같은 녀석은 세상 아무 일에도 관심이 없다가 신율 아가씨 얘기만 나오면 사람이 되어 눈을 번득인다. 백묘는 혀를 찼다.

경이 아가씨에게 품은 감정이 연정이 아니길 빌 뿐이다. 그저 어미에게서 버림받은 어린 강아지가 자신을 돌보아 주는 주인에게 갖는 애정이었으면 싶었다. 하지만 지금 급한 것은 저 녀석이 아니라 신율 아가씨였다.

"여섯째 황자마마와도 보기는 좋잖아."

고려의 황자들은 모두 인물이 출중하여 누구와도 잘 어울리는 것은 사실이었다.

"아무리 그래도 아가씨와의 인연은 아닙니다."

"어째서?"

"보면 모릅니까. 아가씨의 시선이 여섯째 마마에게 머무르지 않잖습니까."

그건 또 그렇다. 그건 말 안 해도 백묘 역시 알고 있던 일이다. 그들의 주인이 원하는 남자는 왕욱이 아니었다. 굳이 궁합을 보지 않아도, 점을 치지 않아도 그것은 누구라도 한눈에 알아차릴 수 있는 일이었다.

"에잇, 아무리 그래도 난 넷째 황자는 왠지 껄끄럽단 말이다. 뭔가 위험해. 안 그러냐, 경아."

"저는 나쁘지 않습니다."

경의 의외의 대답에 강명과 백묘의 눈이 커졌다. 저놈이 순순히 묻는 말에 대답을 한 것도 신기하고 왕소가 나쁘지 않다는 것도 희한했다. 경에게 아가씨가 누구인가. 부모이고 누이이고 주인이었다. 지금껏 아가씨 근처의 남자들에게는 무조건 찬바람이 일던 그가 의외로 왕소를 편들고 있는 것이다. 생각보다 왕소 황자가 괜찮은 사내인 건가. 백묘가 고개를 갸웃거렸다.

"전 여섯째 황자마마가 훨씬 더 좋습니다. 부드럽기가 봄바람 같은 것이, 볼 때마다 가슴이 설레요."

"춘아, 네 가슴이 설레서 어쩌라고."

강명의 타박에 춘아의 얼굴이 새초롬하게 붉어진다.

넷째 황자라. 넷째 황자에게는 쉽게 범접하지 못할 무언가가 있었다. 황실에서 몇십 년을 살아온 백묘는 그 무언가가 무엇인지를 알고 있었다. 그것은 오직 황제의 자질만이 가지고 있는 기개였고 위엄이었다.

분명 우리 아가씨와 더없이 어울리는 한 쌍이 될지도 모른다. 그런데 황실이라니. 저절로 나직한 한숨이 새어 나온다.

신율은 자신이 도착한 곳을 바라보며 몸을 돌려 왕소를 바라보았다. 그들이 도착한 곳은 바로 황궁이었다. 가마 안에서 얼굴에 너울을 쓰게 하고 장옷을 입힐 때부터 무언가 이상했다. 성문을 지키고 있던 나졸들이 황자를 발견하고 허리를 숙여 예를 표했다.

"도대체 왜 이러시는 겁니까."

"네가 좋아하는 일을 하려고 하는 게다."

"제가 세상에서 가장 좋아하지 않는 일이 있다면 바로 입궁입니다."

머리 위에 너울을 완전히 내린 채 신율이 불만스럽게 중얼거렸지만 황자는 아랑곳하지 않았다.

고려의 황궁은 넓었다. 회경전까지는 다섯 개의 문을 지나야 할 것이지만 황자는 네 번째 대문과 세 번의 중문을 지나 현판이 붙어 있지 않은 작은 별궁 앞에서 걸음을 멈추었다.

이곳이 어디인지 묻기도 전에 계단을 올라선 황자가 미닫이 문을 열어젖히자 신율은 눈을 동그랗게 뜨고 잠시 감탄사를 내뱉었다.

얇게 여민 창호지 사이로 햇살이 은은하게 쏟아지고 있었고, 다른 한쪽 창가는 명주로 만들어진 햇살 가리개 밖으로 동백나무 꽃이 붉게 타오르고 있었다. 그리고 무엇보다 단단한 오동나무로 만들어진 책꽂이에는 수많은 서책이 종류별로 빽빽하게 꽂혀 있었다.

"이곳은……."

"황실의 서고다. 고려에서 이곳만큼 서책이 많은 곳은 없다."

왕소의 단언에 신율은 고개를 끄덕일 수밖에 없었다. 서늘함을 함께 가지고 있는 서고 안은 묵향과 비단, 종이 냄새로 가득했다.

"정말 좋은 곳이네요."

"그래. 네게는 정말 좋은 곳이 될 것이다."

그리고 그녀와 함께 있는 그에게도 좋은 장소이고, 좋은 시간이 될 것이 분명했다.

"마마는 무얼 하실 건데요?"

"내 걱정은 말고, 네가 보고 싶어 하던 책이나 실컷 보도록. 그리고…… 다시는 그곳에는 얼씬도 하지 말아라."

그곳이 어느 장소를 말하는지는 굳이 언급하지 않아도 왕소도 신율도 잘 알고 있었다. 여섯째 황자와 가까이 하지 말라는 무언의 경고이리라. 하여튼 집요한 황자였다. 하지만 그런 그의 모습에 왜 자꾸 배시시 웃음이 새어 나오는 것일까.

신율은 천천히 서고 안을 둘러보았다. 귀한 책자들이 그녀의 시선을 사로잡았다. 그런 신율을 흐뭇한 미소로 바라보며 황자는 서재 한편에 자리를 잡고 털썩 주저앉았다.

"마음에 드는 책은 찾은 건가?"

"이곳에서 평생 살라 해도 살겠습니다."

"미안하지만 그건 절대 안 되는 일이야. 난 황실에서 평생 살고 싶지는 않다."

신율의 중얼거림에 왕소가 인상을 쓰며 단호하게 고개를 흔들었다.

"저도 황궁은 싫습니다."

"나는 그렇다 치고 너는 왜 황실이 그리 싫은 거지? 보통 여인의 꿈은 궁에 있다고 하던데."

자신만큼이나 기겁을 해서 고개를 흔드는 신율을 왕소는 의외라는 듯 바라보았다.

"모르시는 말씀. 황궁에서 가장 비참한 사람은 다름 아닌 여인입니다. 사내는 입신과 양명이라도 하겠지만 여인에게는 그조차 허용되지 않으니까요."

그것은 황자에게도 마찬가지였다. 황궁은 황제 한 사람만을 위한 곳이지 결코 다른 누구를 위한 곳이 아니었다. 하지만 그 사실을 이 여인은 어찌 알고 있는 걸까. 왕소의 눈빛이 찬찬히 신율을 바라보고 있었다.

"너는 누구지?"

"네?"

"너는 누구냐고 묻고 있는 게다."

"신율이지요."

의문이 가득한 질문에 신율은 자신의 이름을 또박또박 말하는 걸로 대답했다.

"그것이 네 이름의 전부이냐?"

"음, 대신율이라고도 합니다."

대신율. 청해 상단의 시작은 발해라 했다. 태조 때 내려온 발해 황자의 이름이 대광현이라지.

왕소의 눈빛이 그녀를 집요하게 바라보고 있었다. 그리고 그 눈빛을 신율도 피하지 않았다.

"혹시라도 발해 황실과 관련이 있는 것인가?"

왕소의 질문에 신율은 잠시 침묵을 지키다 희미하게 미소를 지었다. 고려의 넷째 황자는 소문대로, 그리고 그녀가 진작에 느낀 대로 영민하였다.

"그곳에서 태어났다 합니다. 그래도 다행인지 불행인지 황실에서 자라지는 못했습니다."

"그렇구나. 그래서 너도 이곳의 피 냄새를 아는구나."

"왜 미리 말하지 않았냐고 탓하지 않으세요?"

황자가 혼잣말처럼 중얼거리며 작게 고개를 끄덕이자 신율이 물었다. 그는 처음 만났을 때부터 그녀에게 별 질문을 하지 않았다. 이름도 묻지 않았고 어디서 왔느냐고 묻지도 않았으며 어디로 가는지도 묻지 않았다. 그런 그가 이제 하나씩 그녀에 대해 알려 한다.

"그래, 왜 미리 말하지 않았지?"

"미리 묻지 않으셨으니까요."

신율의 대답에 왕소는 그제야 호탕하게 웃음을 터뜨렸다. 청해 상단에 대해서 알려고만 든다면 그녀가 발해 출신이라는 것과 발해의 황실과 관련이 있다는 것을 진작에 알아내었을 것이다.

황제 폐하가 그러하듯, 또 왕욱이 그렇듯 말이다. 하지만 이 사람은 그녀에 대한 어떤 것도 몰래 알려 들지 않았구나.

"그렇구나. 모두 내 탓이니라. 그런데 누굴 조심해야 하는 것이지?"

"네?"

책을 고르던 신율이 왕소의 물음을 이해하지 못하고 고개를 갸웃거리며 몸을 돌렸다.

"지난번, 객잔에서 여섯째와 이야기하지 않았더냐. 조심하라고. 그것이 누구이지?"

하여튼 머리도 좋고 빈틈도 없구나. 황자는 대충 웃음으로 그냥 넘어갈 수 없을 만큼 진지한 표정이었다.

"누가 너를 해하려고 하는 거지?"

"잠시 혼자 있다가 서툰 산 도적을 만났었습니다. 여섯째 마마님이 없었더라면 곤란한 일을 당할 뻔하였지요."

신율은 그날 있었던 일을 최대한 아무렇지도 않게 설명하였지만 황자의 눈빛은 점점 굳어 가고 있었다.

"혼자였더냐? 아니면 무리였더냐?"

"서넛 되었습니다. 그런데 별일 없었어요."

신율이 애써 웃어 보이며 황자를 달랬지만 그의 표정은 여전히 심각했다.

"그런 일이 생긴 것 자체가 별일이야. 네 시꺼먼 호위 무사는 어딜 가고 여섯째가 널 구한 것이지?"

나와 다닐 때는 한시도 떼어 놓지 않고 경이란 녀석과 함께하더니 여섯째와는 단둘이 있었던 건가? 왕소가 심통 맞은 표정으로 물었다.

"경이도 있었습니다. 성격 급한 제가 서둘러 먼저 걸음을 해서 그렇지."

"어쨌거나 여섯째에게 신세를 졌으니 나중에라도 무슨 일이 생기면 한 번은 눈감아 줄 수밖에 없구나."

잔뜩 인상을 쓴 황자가 꽤나 불만스럽게 중얼거렸다.

왜 하필 그 녀석이었을까 싶지만 왕욱이라도 없었으면 그것이 더 큰일이었을 것이다. 신율에게 무슨 일이 생긴다는 상상만으로도 가슴이 무너져 내리는 기분이었다. 내가 이 아이를 이렇게나 마음에 두었구나. 황자는 내심 자신의 가슴에 와 닿는 그녀의 무게에 스스로도 놀라고 있었다.

"제가 신세를 진 것이지요. 그러니 제가 알아서 할 것입니다."

"미안하지만 내 빚이다. 넌 내가 지켜야 하는 사람이니까."

말도 안 되는 논리였지만 왠지 입가가 느슨해지는 것은 어쩔 수가 없었다. 신율은 가만히 새어 나오는 미소를 꾹 눌러 참고 서고 쪽으로 몸을 돌렸다.

"어서 좋은 책을 찾아라."

"마마는 안 찾으십니까?"

"난 이미 찾았다."

황자는 제목도 보지 않은 채 가까운 곳의 서고에서 서책 몇 권을 꺼내 들고 바닥에 내려놓은 다음, 바로 서책 위에 머리를 기대고 누워 버렸다.

뉘엿뉘엿 오후 햇살이 창가로 스며드는 서고 안에서는 책장 넘어가는 소리와 낮은 숨소리만이 들려왔다.

신율은 책에서 눈을 떼고 잠시 그를 바라보았다. 긴 다리를 쭉 뻗고 두 팔을 배 위에 포갠 채 편한 모습으로 잠들어 있는 그의 얼굴에 긴 속눈썹이 그림자를 만들고 있었다.

곤할지도 모르겠다. 사방에서 목숨 줄을 조여 오는 그 기분을 짐작할 수 있을 것 같았다. 피 냄새가 가득한 이곳에서 살아남기 위해서는 눈을 감아야 하고 귀를 막아야 하며 말을 삼가야 한다. 황자로서 타고난 책임감도 때로는 모른 척해야 한다. 누가 알 것인가. 황궁의 이 호화로움을 위해 수많은 피가 그 대가로 지불되었다는 것을.

손으로 턱을 괸 채로 신율이 황자의 얼굴에서 눈을 떼지 못하던 그때, 잠들어 있다고 생각했던 왕소가 번쩍 눈을 떴다. 왠지 나쁜 짓을 하다 들킨 어린아이처럼 신율은 홱 하고 서책에 시선을 돌렸지만, 황자는 빛처럼 빠르게 몸을 움직이며 서고의 문을 긴장한 시선으로 노려보고 있었다.

무슨 일인가 싶어 신율도 함께 빤히 서고의 문을 주시했다.

지금부터 무슨 일이 있건 간에 아마도 이 사람과 함께 있다면 더할 나위 없이 안전하리라. 신율은 무의식적으로 그렇게 안도하고 있었다.

"황자마마, 이곳엔 웬일이십니까?"

서고의 문이 열리고 들어온 사람은 뜻하지 않게도 서필(徐弼) 공이었다. 나이 지긋한 그는 조정에서 왕소와 그저 안면 정도만 있는 사이였다.

"서필 공이셨군요."

"넷째 마마는 어쩐 일이십니까?"

"서책을 좋아라 하는 사람이 있어서 잠시 들렀습니다."

왕소의 대답에 서필의 눈길이 찬찬히 신율을 향했다. 그리고 슬쩍 미간을 모았다.

이 여인이 바로 그 문제의 여인인 모양이다. 지난번 황실에서 열린 연회 때부터 그녀의 소문은 끊이지 않고 있었다. 그날 그 자리에 없었던 서필 또한 하늘을 읽을 줄 알고 점괘도 귀신같다는 여자의 이야기를 진작부터 듣고 있었다.

서필이 꽤 오랫동안 불편한 표정으로 신율을 훑어보았다. 아무래도 마음에 안 든다. 게다가 천문이나 점괘 같은 그런 단어 자체를 처음부터 신뢰하지 않는 서필이었다. 서필의 얼굴에 주름이 갔다.

"서필 어르신께서는 어지간히 제가 마음에 들지 않으신 모양입니다."

"점을 본다더니, 완전히 허언은 아닌가 보네."

웃음기 한 점 없이 굳어진 얼굴로 까칠하게 대답하는 것이 날이 서 있었다.

"굳이 점까지 볼 일이 아니었습니다. 나으리께서 표정을 감추는 법이 서투르시니 자연히 알게 되었습니다."

"으흠."

신율의 당돌한 지적에 서필의 얼굴이 잠시 붉어졌다.

뭔가 이 나이 어린 여자에게 휘둘리는 느낌이었다. 그것도 그의 기분을 상하게 하고 있었다. 하지만 무엇보다 그를 언짢게 하는 일은 바로 넷째 황자에게 여자가 있다는 사실이었다. 비록 친분은 많지 않았지만 서필은 그동안 왕소를 유심히 지켜보고 있었다.

그가 보기에 왕소는 이 고려에서 황제 폐하에게 힘이 되어 줄 수 있는 유일한 황자였으며, 어쩌면 왕식렴을 견제할 수 있는 존재가 될지도 몰랐다. 저주받았다느니 어쩌니 하는 헛소문 따위는 논할 가치도 없는 이야기였다. 왕소는 다른 황자들과는 비교할 수 없는 어떤 것을 가지고 있었다. 그것은 바로 충과 성을 안다는 것이었다. 왕소만큼 황제를 공경한 신하도 없었으며, 그 뜻을 받드는 아우 또한 없었다. 하지만 종친과 공신들을 제압하기 위해서는 왕소가 지금보다는 훨씬 더 반듯하고, 훨씬 더 많이 수학해야 한다는 것이 그의 생각이었다.

"상관없습니다. 저 역시 서필 어른이 썩 마음에 드는 건 아니니까요."

"무슨 연유로 내가 마음에 안 드시는 건가?"

입을 비죽이는 신율의 솔직한 말에 왕소는 웃음을 터뜨렸고, 한순간 당황해하던 서필의 굵은 눈썹이 올라갔다.

"서필 어른과 똑같은 이유겠지요?"

"나랑 똑같다?"

"서필 어른은 여자인 제가 넷째 마마 곁에 있는 게 마음에 들지 않으시듯이 저 역시 서필 어른처럼 꽉 막히신 분이 일국의 재상 노릇을 하시게 될 거라는 게 마음에 들지 않습니다."

"허, 말이 지나치시오."

"그렇지도 않을 텐데요."

느닷없는 공격에 말이 탁 막힌 서필의 얼굴이 붉어졌다. 노여움과 당혹스러움에 어찌할 바를 모르는 표정이 역력했지만 정작 신율은 여유로운 표정이었다. 사실 눈앞의 서필은 자신의 이야기에 화를 낼 게 아니라 고마워해야 할 것이다. 고려의 재상이 될 것이라 예언하였음에도 불구하고 그는 꽉 막혔다는 이야기에만 집중하고 있었다. 아니면 아예 예언 따위는 믿지 않는 것일지도.

"내가 어찌하여 그대에게 그런 평가를 받아야 하는 게요?"

"그렇다면, 어찌하여 제가 서필 어른께 그저 여자라는 이유만으로 차별받아야 하는 겁니까?"

"그거야…… 여자 때문에 나라를 망친 황제나 황족은 얼마든지 댈 수 있소."

"저도 마찬가지로 무능한 신하 때문에 나라를 망친 황제나 황족은 얼마든지 댈 수 있습니다. 아마도, 서필 어른보다 제가 훨씬 더 많이 알고 있을 테지만요."

당돌한 신율의 대답에 서필의 안색이 다시 굳어졌고, 황자는 웃음을 삼켰다. 아무리 천하의 서필이라 할지라도 그녀는 쉽게 이길 수 있는 상대가 아니었다.

느닷없는 반격에 대꾸할 말을 찾지 못한 서필의 안색이 울긋불긋해져 가자 황자는 말싸움을 중지시켰다.

"그만, 그만. 아우야, 그만하거라. 서필 공도 그만하세요. 좋은 시간에 싸우고 있으면 제 마음이 아픕니다."

"그렇게 하지요. 뭐 서필 어른이야 어떨지 몰라도 저는 서필 공이 아주 마음에 안 드는 것은 아니니까요."

"어째서?"

신율의 대답은 당사자인 서필은 물론이거니와 황자도 놀라게 하였다. 이런 노골적인 말다툼 후에도 호의적인 평가라니 꽤나 의외였다.

"제국은 한 명의 황제가 만들 수 있는 것이 아닙니다. 현명한 황제와 황제를 보필할 수 있는 더 많은 현명한 신하들이 그 나라를 만드는 법이니까요. 서필 어르신은 분명 좋은 신하가 될 것입니다."

"다른 건 더 들어 봐야 하겠지만 현명한 신하가 필요하다는 말에는 동의하오."

서필 역시 마지못한 듯 고개를 끄덕이고 말을 이었다.

"전쟁은 이미 끝났소. 고려에 필요한 것은 호족의 병사가 아니라 새로운 법과 질서요."

"그래서 황실에는 새로운 피가 필요하지요. 재능 있는 사람을 관리로 선발하는 것이 우선되어야 할 것입니다."

새로운 관리는 지금 고려를 어지럽히고 있는 호족의 힘을 약하게 하는 세력이 될 것이 틀림없다.

신율이 서필의 주장을 마무리 짓자 그의 눈이 가늘어졌다. 천문을 본다 하여 얼토당토않은 허언을 하는 그런 여자라고 생각했다. 하지만 아직 어린 그녀는 누구보다 현명했고 누구보다 정확하게 고려의 미래를 바라보고 있었다.

신율을 바라보는 황자의 눈빛도 더 깊어졌다.

"흠, 다행히 이제 필요한 것은 알겠고……."

"그렇다면 자네는 지금 고려의 문제가 무엇이라 생각하는가?"

혼잣말 같은 왕소의 중얼거림을 듣고 있던 서필이 황자를 대신해 신율에게 물었다. 그러자 신율은 넷째 황자에게로 시선을 옮겼다.

"마마께서는 무어라 생각하십니까?"

"서필 공이 내게 한 질문이 아닐 텐데. 그리고 질문에 질문으로 답하지 말아라. 좋은 버릇이 아니니."

"제가 답할 수 없는 질문이기 때문입니다."

"하늘의 뜻을 통달했다고 들었는데?"

"그야 그렇지요."

황자의 타박에 신율이 슬쩍 입을 비죽거리자 왕소는 피식 웃음을 삼켰다. 아무튼 겸손을 모른다.

"그렇게 답하지 말라니까."

"질문에 대한 질문은 아니었는데요."

"애매한 것은 마찬가지야. 차라리 모르면 모른다고 하는 게 알아듣기 쉽다."

"모르는 건 아닌데요."

황자의 지적에 신율이 새침한 표정으로 고개를 흔들었다. 그리고 바로 말을 이었다.

"고려 제국의 문제는 각기 생각하는 사람의 신분에 따라 다르니 딱 잡아 말할 수 없는 것뿐입니다. 농사를 짓는 백성은 더이상 전쟁으로 인한 부역은 없었으면 하고 바랄 것이고, 양인들은 소작을 떼어 가는 호족들의 세가 문제라 할 것이며, 저 같은 상인은 나라가 혼란스러워 장사에 손해가 나지 않기를 바라옵니다."

"황실이라면?"

"그것도 그때마다 다르지요. 황제의 뜻이 다를 테고, 황자마마의 뜻도 각기 다를 텐데요."

"도대체 왜 사람들마다 널 욕심내는지 모르겠다. 제대로 대답하는 것도 하나도 없는데."

갈수록 어려워지는 신율의 대답에 황자가 나직히 혀를 차며 투덜거렸다.

"질문이 어려우니까요. 마마는 어떤 고려를 원하십니까. 그것부터 알아야 대답을 하지요."

"이 땅에 사는 사람들이 편안한 세상. 전쟁은 아바마마 때 끝났어야 했어."

조금의 망설임도 없이 황자가 바로 대답하자 신율이 피식 하고 웃어 보였다. 황자는 이미 답을 알고 있었다.

"황제 폐하에게 힘이 없는 이상, 세상은 조용해지지 않을 것입니다. 강한 황제. 마마가 원하는 것이 바로 그것입니다."

"그것이 과연 가능할까?"

어느새 심각해진 황자의 이마가 세로로 접히고 있었다.

"그것까지 저한테 물어보시면 안 되지요. 그건 황실에서 할 일인데."

"도대체 그럼 네가 알고 있는 것이 무엇인데?"

"좋은 물건과 그 물건의 가치를 알고 있지요."

신율의 당당한 대꾸에 기가 막힌 듯 황자가 혀를 찼다. 질문을 했더니 전부 질문으로만 답을 끝내고는 나는 모르겠다 고개를 흔들 수 있는 배짱이라니. 하지만 신율과의 짧은 대화에서 왕소는 진작부터 알고 있던 답을 다시 확인할 수 있었다.

강한 권력을 가진 황제. 힘을 가진 황실.

"그건 나한테 도움이 안 된다."

"그럼 도움이 되는 이야기를 하나 해 드릴게요. 그래도 이 좋은 곳을 구경시켜 주셨으니."

"그거 고맙구나."

"세상의 모든 문제에는 답이 있습니다. 방법이 아예 없는 문제도 없지요."

삐딱한 황자의 인사에도 아랑곳하지 않고 신율은 제법 경건한 목소리로 그에게 충고했다.

"더 어렵다. 그냥 책이나 읽거라."

"감사해요. 진작부터 그 말씀을 기다리고 있었습니다."

투덜거리는 황자에게 신율이 배시시 미소를 지어 보이고는 탁자 위의 서책으로 시선을 돌렸다. 그런 신율을 바라보며 황자는 어이없다는 듯 혀를 찼다. 하지만 그의 얼굴에는 마음을 둔 여인을 바라보는 미소만이 가득했다.

그런 두 사람을 바라보는 서필의 눈빛이 깊어졌다. 어쩌면 이제 왕소 황자에게도 길을 일러 줄 책사가 생긴 모양이었다. 이것이 과연 장차 우리 고려에 어떤 영향을 미칠 것인가. 왕소의 됨됨이는 진작부터 알고 있었다. 그리고 지금 황제 폐하의 무력함도, 서경의 힘도 모르지 않았다. 서필은 햇살 속에서 다정하게 빛나고 있는 두 사람의 모습을 다시 물끄러미 바라보았다.

第18章

시작이다

내가 마음으로 골랐으니

객잔은 사람들로 붐볐지만 객잔 뒤에 있는 신율의 별채는 나른하고 조용했다. 요 며칠 드나드는 사람이 없었다.

형님이라고 우기는 왕소 황자는 무슨 일인지 벌써 달포가 넘게 객잔에 발걸음을 하지 않고 있었다. 상선은 진작에 대륙으로 떠났고, 양규달은 개경에서 새로 생긴 친구들과 친분을 다진다는 핑계로 해 뜨기가 무섭게 집을 비웠다. 바람마저 불지 않는 조금 더운 아침부터 신율은 별채 누각에 기대 앉아 서책을 넘기고 있었다.

"그 책은 천천히 읽으셔도 됩니다."

나른하고 묵직한 목소리에 신율이 고개를 들었다. 여섯째 황자였다.

"좋은 책입니다."

"병서가 그리 재미있으시다니…… 다음에도 한비자 걸 구해 봐야겠습니다."

신율은 잠시 몸을 바로 하고 왕욱에게 시선을 모았다.

이른 시간, 그저 다른 책을 구해 주겠다는 말을 하기 위해 들르지는 않았을 거라는 걸 알기 때문이었다.

"약속한 걸 지키려고 왔습니다."

책장을 덮은 신율이 고개를 들고 똑바로 그를 바라보았다. 눈빛은 반짝이고 있었으나 표정은 딱딱하게 굳어지고 있었다. 기쁠 것이다. 그리고 놀랐으리라. 그 모습에 왕욱은 내심 만족한 미소를 지어 보였다.

"찾으신 겁니까?"

"물론이지요."

왕욱은 당연하다는 듯이 호탕하게 웃어 보였지만 신율의 굳은 표정은 풀어지지 않았다.

"진정으로 찾았다 그 말씀이십니까?"

"허튼 말을 하겠습니까?"

황자의 자신만만함에 잔뜩 긴장했던 신율의 눈매가 조금은 풀어지고 있었다.

어머니를 찾았다⋯⋯라. 요 몇 년간 청해 상단 사람들이 개경뿐만 아니라 고려 전체를 샅샅이 뒤졌음에도 못 찾고 포기했던 어머니를 황자가 찾았다는 사실에 신율은 얼른 떨리는 손을 꼭 잡았다.

어머니는 의외로 가까운 곳에 있었다. 개경에서 한나절을 꼬박 달려 도착한 사찰은 조용하고 소박했다. 비구니 몇 분이 법문을 읽으며 수련하고 있는 지묘사에 그녀가 있을 것이라는 생각은 미처 하지 못했었다.

풍경 소리조차 들리지 않는 암자에서 신율은 잔뜩 긴장한 얼굴로 자신의 모친을 마주했다. 그녀는…… 어머니는 그녀와 마찬가지로 하얗고 여린 얼굴을 하고 있었다. 그리고 훨씬 더 선이 가늘고 고왔으며 아름다웠다.

"네가…… 정말…… 그 아이니?"

그 아이. 당신이 물에 빠뜨려서 죽은 줄 알았던 딸. 물기로 가득한 여인의 눈빛이 흔들리고 있었다. 흔들리는 목소리에 신율은 아주 조금 고개를 끄덕였다.

"살아 있었구나."

"네. 죽지 않았습니다."

담담한 신율의 대답에 이제는 수량이라는 법명을 쓰는 정의부인은 안도의 한숨 같은 거친 숨을 애써 감추었다.

"몸은 괜찮은가?"

"네."

갓 태어난 그녀를 얼음물에 던지고 자신도 몸을 던진 어머니의 안색은 신율의 그것만큼이나 창백했다.

핏줄 속에 얼음 조각이 돌아다니고, 그 냉기가 심장을 위협하여 죽음에 이르는 핏기라고는 하나도 없는 표정. 그 고통을 누구보다 잘 알기에 신율의 마음도 찢어질 듯 아파 왔다.

당신도 나처럼 아프십니까?

한참을 서로 마주 보던 그들이었다. 신율이 겨우 마음을 가다듬고 입을 열었다.

"저와 함께 가시겠습니까? ……어머니."

조심스러운 신율의 제안에 잠시 머뭇거리던 정의부인은 천천히 고개를 흔들었다.

"난 이미 부처님께 귀의한 몸이란다. 이곳이 좋아. 난 좋단다. 그러니까 이제는 네가…… 행복했으면 좋겠구나."

정의부인이 살짝 여섯째 황자를 바라보며 물기 어린 미소를 지어 보였다. 얼굴이라도 볼 수 있었다는 사실에 감사하며 신율도 함께 미소를 지어 보였다.

해가 지고 있었다. 오후 예불을 알리는 종소리가 요란하게 들려오자 정의부인은 시간이 안타까운 듯 이번에는 깊은 한숨을 내쉬었다.

"가 보십시오. 알아서 가겠습니다."

"금방 해가 질 것이야. 머무른다면 주지 스님께 말씀을 해 놓으마."

"알아서 하겠습니다."

신율의 대답에 정의부인은 그녀에게 허리를 숙여 합장하였다. 그리고 여섯째 황자에게도 똑같이 허리를 숙여 보였다. 그것은 속세에 남겨진 신율을 부탁한다는 인사였다.

"저기…… 어머니."

신율이 천천히 걸어가는 정의부인을 부르자 그녀가 천천히
뒤돌아섰다.

"혹여 아바마마께서 주신 혼인의 징표를 아직도 가지고 계십
니까?"

조금 급한 듯한 신율의 질문에 정의부인은 고운 얼굴에 미간
을 모았다. 조금은 미안한 듯, 그리고 조금은 아쉬운 듯한 그 모
습은 벌써 오랜 세월이 지났고 이미 속세와 인연을 끊었지만 왜
지난날 발해 황제가 그녀를 사랑했는지 짐작할 수 있을 정도의
아름다움이었다.

"미안하구나. 그걸…… 너에게 줬어야 했는데. 황제께서 주신
옥지환은 이미 깨어진 지 오래이다. 내 마음처럼."

"그렇군요. 저 때문에 그리하신 것입니까?"

공주인 자신을 낳고 그 자괴감에 깨어 버린 것이냐 그녀가 묻
고 있었다.

"아니, 아니. 절대로 그것은 너 때문이 아니란다. 내 탓이었고,
세상 탓이었어. 살아야 할 이유가 내게는 더 이상 없었으니까."

물기가 가득 담긴 자조 어린 이야기에 신율은 머리를 끄덕였
다. 황자를 낳지 못한 후궁. 황제의 마음을 갖지 못한 여인의
마음을 이해할 것도 같았다.

"조심해서 가거라."

어머니의 마지막 말을 가슴에 담고 신율은 조용히 뒤돌아섰다.

조용한 산사를 떠나 객잔에 도착한 신율의 얼굴은 뭐라 표현할 수 없을 만큼 묘했다. 감정이 복받친 듯도 하였고 서운한 듯도 보였으며 무언가 후련하게도 보였다. 제아무리 눈치 빠른 왕욱이라도 그녀의 마음 한 조각조차 제대로 읽어 낼 수 없을 정도였다.

무얼까. 무슨 생각을 하는 것일까.

이제야 만나서 정이 사무치는 것일까. 아니면 함께 오지 못하여 서운한 것일까. 이렇게 뒤돌아선 것이 아쉬운 것일까.

"오늘 일은 고맙습니다. 덕분에 마음이 편해졌습니다."

"무슨 말씀을요. 아가씨 마음이 편해지셨다니 제가 다 기쁩니다."

왕욱이 만족한 듯 고개를 끄덕였다. 그리고 신율이 무언가 더 입을 열 거라 생각하고 기다렸지만 그녀의 감사 인사는 그것이 끝이었다. 아마도 감정이 제대로 추슬러지지 않은 것이리라. 이제 그녀만의 시간이 필요하리라.

황자는 걱정이 가득한 그녀의 가솔에게 신율을 맡기고 객잔을 벗어났다.

"괜찮으십니까?"

"어. 이제는 괜찮은 거 같아."

안절부절못하며 바라보는 백묘에게 신율이 겨우 환하게 웃어 보였다.

"이대로 서운하지 않으시겠습니까?"

"응. 얼굴 봤으면 되었어. 난 쉬어야겠어요. 오늘 곤하네."

"아가씨, 정말…… 그분이 진짜 정의부인이라 생각하십니까?"

멈칫거리던 강명이 결심한 듯 물어보자 방으로 향하던 신율의 입가에 살짝 미소가 지나갔다.

애매한 신율의 웃음에 객잔은 고요해졌다.

신율은 그저 손과 몸만 움직여 자리옷으로 갈아입었다. 머릿속에서 가장 중요한 무언가가 사라진 것 같았다. 그 짧은 시간을 위하여 중원에서 이곳까지 온 것일까? 그저 손을 잡아 주고 입 밖으로 이름을 한 번 불러 본 것인 전부인 그 시간을 위하여 과연 이곳 고려까지 온 것일까?

그래. 그것이면 만족하였다.

어마마마. 어머니. 어머니.

이제 불러 봤으니 되었다. 단 한 번도 부르지 못하였는데 이제는 그래도 입 밖으로 내어 불러 보았다. 가슴 위에서 달랑거리는 옥패를 만지작거리던 신율은 가슴 깊은 곳의 한숨을 크게 쏟아 내었다.

신율의 목에는 태어날 때부터 옥패가 걸려 있었다. 발해 황실에서는 황족의 핏줄이 태어날 때 항상 각각의 문양으로 조각된 옥패를 신물로 하사하였다. 문양은 국화나 연화, 나비나 호랑이 같은 다양한 모습으로 조각되고 옥패는 반으로 나누어 혼인을 하게 되면 상대에게 그 징표로 선물하곤 했다. 평생의 반려자와 세상에 단 하나뿐인 옥패를 나눠 가지는 것이다.

물론 제국의 황제는 스스로 몇 개의 옥패를 만들어 황후는 물론이거니와 은애하는 후궁에게 하사하지만 황자나 공주에게 옥패는 평생 딱 한 개뿐이었다. 옥지환이라……. 명주 끈에 걸린 옥패라는 생각은 못 했겠지. 침상에서 돌아누운 신율의 꼭 닫은 눈가에서 눈물이 주르륵 흘러내렸다.

그날부터 신율은 자리에서 일어나지 못하였다. 온몸을 양모로 감싸고 방 안에 화로를 지펴도 신율의 낯빛은 추위로 새파랗게 질려 있었으며 온몸에는 식은땀이 흘러내렸다. 바깥은 햇살로 뜨거웠지만 신율은 말할 수 없는 한기에 숨을 쉴 수도 없을 지경이었다. 백묘가 아무리 진기를 불어넣고 춘아가 팔다리를 계속 주물러도 희미한 맥은 제대로 뛸 생각을 하지 않았다.

"아가씨, 제발, 제발 일어나세요."

"그만 일어나세요."

"으음."

눈물기 가득한 백묘의 목소리가 멀리 들려왔지만 몸을 움직일 수 없었다. 귓가에 백묘의 목소리가 아무리 요란하게 들려도 눈이 떠지지 않았다. 죽는 것이 이런 것이었나.

"아가씨, 마마, 눈을 뜨세요."

"아…… 응."

"괜찮으십니까?"

강명의 목소리가 이명처럼 들려왔지만 어쨌거나 이제는 눈꺼풀을 들어 올릴 수가 있었다. 사방이 캄캄했다. 분명 햇살이 눈부셨는데 시간이 그새 또 흐른 모양이었다.

"얼마나…… 된 거야?"

"이틀 밤을 꼬박 앓으셨습니다."

"아."

신율이 조그맣게 머리를 끄덕이자 백묘는 깊은 안도의 한숨을 내쉬었다. 정말이지 이번에는 큰일 나는 줄 알았다. 이렇게 오래 앓아누우신 적은 없었는데 이것이 도대체 무슨 일이란 말인가.

"괜찮아요. 걱정…… 마요."

신율이 희미하게 웃어 보이며 다시 눈을 감았다.

이틀이라……. 생각보다 꽤 오랜 시간이었다. 이렇게 조금씩 죽어 가는 것이겠지. 잠시 잊고 있었다. 그녀의 목숨이 얼마 남지 않았음을 말이다.

어찌해야 하나.

이제 좀 살아가는 게 재미있어지고 있는데.

이제야 살아갈 이유가 생겨 가고 있는데.

이제 다시 중원으로 돌아가야 할 때가 되었다.

신율의 얼굴에 깊은 슬픔이 창밖의 어둠처럼 내려앉았다. 어차피 긴 목숨도 아니었다. 마지막 시간이 급하게 다가오고 있다는 것을 어렴풋이 깨닫고 있었다. 몸속의 냉기가 이미 심장을 갉아먹고 있었다. 마지막 모습을 그에게 보여 주는 일만큼은 피하고 싶다.

　다음 날 이른 아침, 신율은 상단의 사람들에게 다시 중원으로 돌아가겠다고 선언했다. 개경에 남기를 원하는 상단 사람들을 위하여 상단의 재물과 시전 상점, 그리고 배 몇 척은 그대로 남겨 둔 채 돌아가기를 원하는 자들만을 모아 다시 개봉으로 가기로 결정한 것이다.

　뜻밖의 소식에 상단은 술렁거리기 시작했다. 어차피 그들은 고려와 중원을 오가는 상인이었고 개봉의 양씨 가문에도 아직 청해 상단의 본원이 남아 있어 그저 달랑 몸만 움직이는 것이므로 문제는 아니었다. 하지만 신율의 이런 선택은 꽤나 뜻밖이었다. 더구나 이제 막 앓고 일어난 신율에게는 꽤나 무리한 일인지라 백묘의 걱정이 이만저만이 아니었다.

　"정의부인을 모셔 올 것을 그랬나."

　"그분은 정의부인이 아니십니다."

　"그게 무슨 소리냐? 그럼…… 설마……."

　강명의 대구에 백묘의 하얀 눈썹이 무섭게 치켜 올라갔다. 그녀는 발해 황궁의 호위 무사였기에 후궁인 정의부인을 제대로 마주한 경험이 없었다. 그저 황제 폐하의 명에 태어날 아기씨를 맞으러 갔다가 그 참상을 목격하고 신율을 구하게 된 것이다.

"가짜예요. 여섯째 황자가 무슨 속셈으로 그런 짓을 저질렀는지 모르겠지만 분명히 가짜입니다."

"어째서 말입니까?"

말없는 경조차도 이번에는 심각한 목소리로 물었다. 가짜라니. 어찌 그런 일이 벌어질 수 있단 말인가.

"그거야 나도 모르지만 정말 정의부인이라면 아가씨가 중원으로 떠난다는 말씀을 하시지 않으셨을 것이다. 얼굴 한 번 보려고 그 고생을 하고 이곳까지 온 것이 아니니까."

"그렇다면 정의부인을 더 찾아봐야 하는 거 아닙니까."

"아니다. 그럴 필요 없어. 고려에서 여섯째 황자만큼 힘 있는 황자가 가짜 부인을 내세웠다면, 그리고 중원 최고의 상단인 우리가 그렇게 뒤져도 행방을 알 수 없었다면 정의부인은 이 세상에 살고 있지 않다는 얘기니까."

강명이 쓸쓸한 얼굴로 내뱉듯 중얼거렸다. 그가 짐작한 사실을 누구보다 영민한 신율이 눈치채지 못할 리 없다. 그러니 이곳 개경에 많은 미련을 남겨 두었음에도 불구하고 그렇게 단호하게 중원으로 가자 말씀하시는 것이겠지.

"하지만 그런 이유로 이렇게 쉽게 고려를 떠나실 분이 아니다."

아무리 생각해도 이해할 수 없는 백묘가 인상을 썼다.

처음부터 정의부인이 살아 있을 것이라는 기대는 그리 많이 하지 않았었다. 그저 그녀도 살아 있으니 같은 일을 겪은 부인 또한 살아 있을 거라는 희미한 바람을 가지고 있었을 뿐이다. 그 추운 강가에 뛰어들어 진기를 돌릴 수 있는 무공을 가진 자는 그리 많지 않았다. 신율 아가씨를 살릴 수 있었던 것은 백묘, 그녀였기에 가능한 일이었다. 그것을 신율 아가씨가 모를리 없었다. 그리고 무엇보다 고려에는 왕소 황자가 있지 않은가. 두 사람의 마음은 옆에서 보고 있는 사람들도 다 눈치챈 일이었다. 그럼에도 불구하고 도대체 무엇 때문에 이 시기에 개봉으로 다시 돌아가자 하는지 그 이유를 알 길이 없는 백묘는 미간에 깊은 주름을 남기고 있었다.

깊은 밤, 잠들지 못한 왕욱은 함께 있었던 령화를 물리치고 생각에 잠겼다.

들켰다. 아무런 타박도 듣지 않았지만 왕욱은 직감적으로 알수 있었다. 어쩌면 그녀는 자신이 찾고자 하는 모후가 이 세상사람이 아니란 것을 눈치챘을 것이다. 누구보다 영리하고 총명한 여인이 모를 리가 없었다. 어쩌면 개경을 떠날지도 모른다는 소식을 전해 들은 왕욱은 가슴이 무거워졌다.

어찌해야 하나. 숙부에게서 온 서찰을 홀로 바라보던 왕욱의 얼굴에는 깊은 갈등이 새겨져 있었다. 그저 모른 척하고 숙부의 손을 잡으면 그는 황제가 될 것이다. 그리고 그녀는 이곳 고려를 떠나거나 다른 이의 사람이 되어서 개경에 머무를지도 모를 일이었다.

둘 다 그의 마음에는 들지 않았지만 어쩌면 그것은 가장 행복한 가정일지도 몰랐다. 세상이 흔들리면 가장 먼저 죽게 될 이는 신율이었다. 황주에서 혹은 서경에서 그녀를 살려 둘 리가 없었다. 그렇게 보면 신율이 이곳 개경을 떠나는 것은 어쩌면 당연한 결정이었다. 무엇보다 문제가 되는 것은 그녀의 신분이었다. 그가 알아챘으니 다른 이들이 알아내는 것도 시간문제였다. 본래 고려는 발해와 발해의 사람들에게 관대했다. 하지만 권력 앞에서 정치적 시비(是非)나 호불호(好不好)는 언제든 변할 수 있는 것이다. 망국의 공주라는 신분은 꽤나 위험했으며, 상단의 막대한 재산은 충분히 탐나는 유혹이 될 것이었다. 이 상황에서 그녀를 보호할 수 있는 방법은 오직 하나뿐이었다.

왕욱은 결심한 듯 몸을 일으켰다. 그에게도 이득이 되고 그녀에게도 이윤이 남는 거래가 필요한 시간이었다.

마지막으로 시전 거리를 돌아본 신율은 다시 객잔으로 향하고 있었다. 다시 개봉으로 가는 일은 차근차근 진행되고 있었다. 상단의 규모를 조금씩 줄이고 거래하는 물건의 종류 또한 골라내야 할 것이다. 정리는 거의 다 되었다. 한 가지, 아니 한 사람, 그 사람에게는 무어라 말을 전해야 할 것인가. 아니, 그의 앞에서 뒤돌아 가는 일을 할 수 있을 것인가.

"아가씨, 오늘은 그만하시고 쉬셔야겠습니다. 안색이 좋지 않습니다."

"그럴까."

걱정스러운 표정으로 주인을 살피는 경에게 신율이 희미하게 미소 지었다. 그러다 문득 무언가를 발견한 신율의 눈빛이 반짝였다.

"으음…… 대신 저길 가 볼까?"

신율이 방향을 바꾸어 걸어가자 경 또한 얼른 뒤따라가며 주위를 둘러보았다.

그곳은 도박판이 열리는 장소였다. 무슨 일이냐고 묻는 경의 눈빛에 신율이 잠시 들렀다 가겠다는 표정으로 도박판을 손가락질했다.

"아가씨!"

"괜찮아. 별일은 없을 거야."

어지간해서는 감정 표현이 없는 경이 저도 모르게 나직하게 한숨을 내쉬었다. 방금 전까지 어둡기만 하던 주인의 표정에 모처럼 생기가 돌고 있어 막을 수는 없었지만 왜 하필 저 험한 곳이란 말인가. 경의 궁금증은 도박판에 있는 왕소 황자를 발견하자 금세 풀려 버렸다.

은천에게서 황제의 뜻을 전해 들은 왕소의 얼굴에는 표정이 없었다. 황제의 명은 짧았다. 그리고 단호했다. 심장이 답답해지고 있었다. 황명이고 뭐고 간에 이대로 금강산 깊은 곳으로 잠적해 버리고 싶었다. 그 녀석, 아니 그녀와 함께 말이다.

"형님!"

그때 그녀가 마치 그의 부름을 받은 것처럼 눈앞에 나타났다. 방실거리는 얼굴로 미소 짓는 그녀를 바라보며 황자 또한 놀라지 않을 수 없었다. 갑자기 기적처럼 소원이 이루어지는 기분이었다.

"네가 여기 웬일로……. 설마, 혼자 온 것은 아니겠지?"

정신을 차린 황자가 기겁을 해서 얼른 주변을 둘러보았다. 그러고는 저만치 서서 경계하고 있는 경을 확인하자 안도의 한숨을 내쉬었다. 그런 황자의 옆에 있던 은천이 빙긋 미소 지으며 신율에게 아는 체를 하였다.

"이곳은 네가 올 곳이 아니야."

"형님도 오셨잖아요."

느닷없는 만남에 살짝 인상을 찌푸리는 황자는 아랑곳하지 않고 신율이 대답했다. 그녀는 황자를 쫓아 이곳에 들어왔다는 소리는 하지 않았다.

이렇게 뜻하지 않은 장소와 약속되지 않은 시간에 마주하다니. 그 희한한 인연에 미소 지었지만 그녀는 그보다 더 중요한 사실을 알고 있었다.

개경 바닥에서 가장 번잡스러운 남대가에서 그의 뒤통수만 보고 왕소임을 알아보았다는 것이 무엇을 의미하는지. 내가 과연 이 사람을 떠나 혼자 개봉으로 갈 수 있을 것인가. 아마도 저이를 위해서는 그것이 옳은 선택이리라.

"나야…… 너와 같느냐?"

황자는 얼른 그녀의 손을 끌어다 자신의 옆에 두고는 불통한 얼굴로 중얼거렸다. 사내였다 생각했을 때는 상관없었지만 여인인 그녀가 이런 험한 곳에 들락거리는 것은 절대 원치 않았다. 그가 못마땅한 얼굴로 경을 노려보았다. 아니 그렇게 아끼는 주인을 이런 곳에 들여보내다니. 명백한 직무 유기였다. 이것저것 마음에 안 드는 게 한가득이었지만 그나마 저 시꺼먼 녀석을 참아 주는 이유가 신율을 잘 지키라는 의미였는데 그조차 잘하지 못하고 있는 듯했다.

"다를 건 또 뭐 있어요. 여기는 어쩐 일이세요?"

"도박판에 왜 왔겠는가? 그러는 넌 이곳에 웬일이냐?"

"도박판에 왜 왔겠습니까?"

그녀가 생긋 웃으며 지지 않고 대꾸했다. 하기는 이 녀석 고집을 저 시꺼먼 녀석이 이길 수 없었겠지. 황자는 피식 한숨을 내쉬었고 은천은 기침을 가장하여 터지는 웃음을 감추었다. 여릿여릿한 몸짓을 가졌으나 보기보다 강단이 있는 여인인 듯했다.

총명한 눈빛이 신기한 듯 도박판을 두리번거리고 있었다.

"지엄하신 마마께서, 도박도 하세요?"

"왜, 하면 안 되는 건가?"

"음, 이런 건 머리가 좀 필요한 일이라서."

신율이 도박에 빠져 있는 사람들을 돌아보며 무심하게 중얼거리자 또 한 번 은천이 밭은기침을 하였다.

"어째 내가 도박판에 낄 만큼 머리가 좋지 않다는 소리로 들린다?"

"하하, 제대로 들으신 걸 보면 생각보다 머리가 아주 나쁘지는 않은가 보네요."

삐딱한 황자의 대구에 신율이 고개를 끄덕이며 웃어 보이자 왕소는 가볍게 혀를 찼고 은천은 이번에는 아예 몸을 돌려 웃음을 터뜨리고 말았다.

"마마, 머리 나쁜 전 이만 가 보겠습니다."

"그래. 몸조심하고."

황자의 말에 은천이 슬쩍 고개를 끄덕이는 걸로 대답을 대신했다. 그러곤 신율을 향해 싱긋 웃어 보이곤 그대로 뒤돌아섰다.

사실 이 도박판은 은천과 왕소가 만나는 장소 중 하나였다. 돈에 눈이 벌건 사람들은 결코 다른 이의 이야기에 귀 기울이지 않는 법이다.

"네가 아주 겁이 없구나. 황자를 기만하면 무슨 벌을 받는지 알고 있느냐?"

"그건 모르겠지만 이번 판에서 황자마마의 은자가 홀랑 날아간 건 알겠습니다."

황자의 은근한 협박에도 불구하고 신율이 도박판에서 눈을 떼지 않고 중얼거렸다.

실력도 없는 황자가 도박판이라니, 참으로 어울리지 않는 조합이었다. 그리고 무엇보다 도박이 성하면 나라는 망하게 되어 있다. 황자가 왜 이곳에 오는지는 대충 짐작되었지만 대낮에 이 많은 사람들이라니, 참으로 갑갑한 일이 아닐 수 없었다.

"초 치지 마라. 아직 시작도 안 했구만."

"제가 보기엔 벌써 끝났는데요."

황자는 신율의 말에 얼른 자신의 골패로 시선을 향했다. 쌓여 있던 은자를 어느새 눈앞의 상대가 싹쓸이해 가는 중이었다.

흠, 이놈의 도박판은 예의가 없구나.

상대가 황자이거나 양민이거나 중요치 않았다. 그저 오고 가는 은전이 중요한 것이지. 금세 빈털터리가 되어 버린 황자가 내심 투덜거렸다.

"어찌 알았지? 가만, 이번에도 네 짓이야? 무슨 짓을 한 것이지?"

"제가 정말 무슨 짓을 하면 형님이 그리 빈털터리가 되지는 않았겠지요."

"홍. 이게 그리 쉬운 일인 줄 알아? 네 말대로 머리가 있어야 할 수 있는 일이다."

황자의 빈정거림에 신율이 제법 건방진 얼굴로 슬쩍 어깨를 올려 보였다. 그러더니 직접 도박판에 끼어들어 겁도 없이 턱턱 은자를 쌓아 나가기 시작했다. 게다가 도박판의 모사꾼들이 가짜 패를 내놓는 것을 가자미눈을 하고 걸러 냈다. 목소리 큰 사람이 이긴다고, 패를 감춘 일당들이 목소리를 높여 윽박질렀지만 신율은 끄떡도 하지 않았다.

순식간에 황자의 은자가 고스란히 신율의 주머니로 되돌아왔다.

"내 너처럼 도박을 잘하는 사람은 본 적이 없다. 타고난 도박꾼이구나."

"도박을 잘하는 것이 아니라 기억력이 좋은 것입니다."

기억력이라. 그럼 5명이 내놓는 32개의 골패를 모두 다 외웠단 말인가? 어쩐지 가짜 패를 내놓는데도 귀신같이 걸러 내더라니. 황자는 신율의 총명함과 영리함에 혀를 찼다.

"어쨌거나 나가자."

"왜요? 이제부터 시작인데."

"시작은 무슨. 이제 끝이야."

신율의 투정에 황자는 단호하게 그녀의 손목을 잡아당겼다. 더 이상 그녀를 사내들이 득시글거리는 이 험한 곳에 두고 싶지 않았다.

거리로 나온 두 사람은 어깨를 맞대고 걸었다. 도박판의 소음이 사라진 조용하고 나른한 오후였다.

"그래서, 거기는 왜 갔는데요."

"얘기했잖아. 도박하러."

"얘기했잖아요. 그러기엔 솜씨가 별로라고."

신율의 솔직한 평가에 왕소가 너털웃음을 터뜨렸다.

아무튼 빈말은 절대 못한다니까.

황제의 명을 받은 왕소는 도박판에서 은천에게 서경으로 떠날 것을 은밀하게 지시했다. 황보부인이 서경과 접촉하고 있었다. 황주에서는 도대체 어떤 꿍꿍이를 갖고 있는 것일까.

그가 직접 움직인다면 더없이 좋았겠지만 요즘 개경에는 보는 눈이 많아졌다. 특히나 황주 가문에선 한시도 그를 놓치지 않고 있었다.

특별히 해야 할 일도 없고 귀찮게 쫓아다니는 이도 없는 모처럼의 한가한 시간에 두 사람은 들뜬 마음으로 숭인문으로 이어지는 거리를 휘적휘적 걸어가고 있었다.

"너는 웬일이지?"

'황자마마를 보기 위해 왔습니다.'라고 대답할 수가 없었다. 어쩌면 우리가 이렇게 나란히 걸을 수 있는 시간은 지금뿐일지 몰랐다. 하늘이 좋은 기억으로 마지막 인사를 할 수 있는 기회를 준 것인지도 몰랐다.

"잠시 장에 나왔습니다. 이것저것 살 것도 있고."

"아, 그럼 잘됐구나. 나도 마침 살 것이 있었는데."

"지체 높은 황자마마께서도 이런 곳에서 물건을 사시나요?"

복잡한 저잣거리로 들어서자 그가 덥석 그녀의 손을 잡아 옆으로 끌었고, 잠시 놀란 신율이 중얼중얼 입속으로 되뇌었다. 아니 이 양반은 왜 이렇게 사람을 갑자기 놀라게 하는 것일까.

"그건 네가 할 소리가 아닌데. 없는 물건이 없는 상단의 주인이 이런 곳에서 물건을 산다 하면 사람들이 웃을걸."

"원래 장사치는 남의 물건에 더 관심이 많거든요."

어깨를 부딪치며 지나치는 사람들을 피해 황자의 손길이 신율의 어깨를 감싸 자신에게로 끌어당겼다.

그의 손길은 따뜻했다. 닿는 곳은 어깨인데 어찌 열이 오르는 곳은 두근대는 심장이란 말인가. 이렇게 두근대는 심장을 모른 체하고 이 사람을 떠날 수 있을지 모르겠다.

황자는 신율의 손을 놓지 않은 채 그대로 비단과 향료, 장식품들로 가득한 남대가의 골목길로 발걸음을 옮겼다. 차곡차곡 곱게 쌓인 비단들과 은은한 향료의 향내와 고운 장식품으로 가득한 길가는 사람들의 흥정 소리로 요란했다.

"자, 네 걸 고르자꾸나. 뭘 사고 싶은 거지?"

"이 호박 노리개는 어떻습니까?"

기회를 틈 타 장사치가 얼른 장신구를 들이밀었다. 손님의 옷차림을 살펴 보건대 오늘 제대로 물건을 팔 수 있으리라는 기대감에 장사치의 눈이 번득였다.

"별로, 안 예쁜데요."

"왜, 예쁜데."

"역시 나으리께서 물건 볼 줄 아시네."

왕소가 노리개를 들고 요리조리 살펴보며 중얼거렸지만 정작 사야 할 당사자는 시큰둥한 눈치였다.

"이게 보통 물건이 아니라니까요. 저 멀리 중원에서 건너온 겁니다."

"중원의 물건이라구요? 아닌 거 같은데."

황자와 장사치는 서로 예쁘다 난리이건만 신율은 고개를 갸웃거리며 장사치에게서 호박 노리개를 들어 요리조리 살펴보았다.

"에잇, 기분이다. 부부가 선남선녀, 너무 잘 어울리니 내 오늘은 싸게 드리리다. 은자 열 냥이면 거저지."

"열 냥이요? 말도 안 돼. 잡스러운 것들이 너무 많이 섞여 있어요. 닷 냥이면 충분하겠는데. 이런 물건에 그렇게 이문을 많이 남겨 먹으면 그건 상도의가 아니죠."

부부라는 얘기에 입이 헤 벌어진 왕소와는 달리, 신율은 말도 안 된다는 듯 코웃음을 쳤다. 노리개를 들고 있던 장사치가 눈이 휘둥그레져서 신율을 바라보았다. 이 어린 부인이 어찌 알았을까. 딱 네 냥 반을 주고받은 물건이었다. 그 모습에 왕소가 피식 미소를 지었다. 오늘 장사치가 상대를 잘못 만난 듯싶다.

"아무래도 황자마마의 물건부터 사야겠는데요."

"내가 생각해도 그렇구나. 네가 사고 싶은 건 찬찬히 돌아봐야겠어."

그렇게 말하고 몸을 돌리는 순간 대낮부터 술 취한 사내들이 그들 곁으로 지나갔다. 황자는 어느새 다가와 잽싸게 그녀의 몸을 감싸 안더니 무서운 얼굴로 주변을 노려보았다. 기겁을 한 사람들이 도망을 가든 말든 얼결에 그의 품에 안긴 신율은 살포시 전해지는 그의 체온과 희미한 체취에 또다시 가슴이 두근거렸다.

"괜찮아?"

"괜찮은 거 같은데요."

"조심해라. 네가 다치면 내 마음이 상할 거 같으니."

지나치게 걱정이 담긴 황자의 대꾸에 신율이 고개를 갸웃거렸지만 왕소는 진지했다. 그동안 얼마나 순식간에 신율의 기운이 탈진하는지를 눈으로 직접 봐 왔다. 게다가 햇살 아래 하얀 피부나 한 팔에 안기는 여릿한 몸을 보니 더더욱 걱정이 앞섰다.

"말해 보세요."

"뭘?"

신율이 걸음을 멈추고 황자를 바라보았다. 혼잡한 남대가의 시장터에서 잘생긴 남녀가 서로를 바라보는 진귀한 풍경은 지나가는 사람들의 시선을 끌기에 충분했다. 암만 봐도 잘 어울리는 그들의 모습에 사람들 모두 흐뭇한 미소로 지켜봤지만, 그러거나 말거나 그들 사이에는 대화가 필요해 보였다.

"오늘 왜 이렇게 다정한 말씀을 하시는데요?"

"응?"

"왜 잘해 주냐구요."

허허. 어떤 날은 눈치가 귀신처럼 빠하고 또 어떤 날은 이렇게 둔하다. 이렇게 유유자적 신율과 함께 거리를 걷는 게 좋았다. 하지만 하늘의 뜻은 귀신같이 읽을 줄 안다던 그녀가 그의 마음속은 전혀 못 읽는 듯했다.

"흠, 이게 잘해 주는 건가. 의외구나. 넌 확실히 다른 여인이랑은 달라."

다른 여인이라는 말에 신율의 눈썹이 치켜 올라갔다. 여인에게 푹 빠져 산다더니 그도 아닌 듯하다. 이렇게 여인의 마음을 모르는 것을 보면.

"다른 여인들은 어떤데요?"

"내가 아는 여인들은 고운 노리개를 사 주고 좋은 비단으로 감싸 주면 좋아하더라. 그리고 제일 좋아하는 건……."

그가 씩 하니 웃으며 말끝을 흐렸다. 저 입에서 무슨 말이 나올까 걱정도 되지만 호기심이 우선이다. 도대체 다른 여인들은 무엇을 좋아라 한단 말인가.

"제일 좋아하는 건요?"

"내가 안아 주는 거지."

"됐네요. 뭐 어차피 고운 노리개, 좋은 비단은 상단에 얼마든지 있거든요."

왕소가 능글맞게 웃었지만 이미 마음 상한 신율은 앵돌아진 얼굴로 앞서 나갔다.

"빨리 사고 가야겠어요. 마마는 뭘 찾으시는데요?"

"여인이 받으면 좋아할 거."

"어떤 여인인데요?"

괜히 저 혼자 가슴이 두근거렸다가 갑자기 마음까지 싸해진 신율이 물었다.

"내게 여인이 하나 둘이더냐. 하지만 그중에서 가장 귀히 생각하는 여인이다."

"그런 물건은 황궁에 더 많습니다."

"황궁의 보석들이야 이미 다 가지고 있다. 난 특별한 것을 원한다."

특별한 것이라. 오죽 좋은 것들을 갖다 바쳤을까나. 게다가 그녀에게 골라 달라 주문하던 황자는 제가 나서서 아주 세심하게 물건을 고르고 있었다. 이럴 걸 왜 함께 고르자 했느냔 말이다.

상점을 돌고 또 돌고, 귀한 물건들을 몇 번이나 들었다 놨다 하면서 왕소가 고른 것은 상아와 비취로 만들어진 작은 머리 장식이었다.

"어떠냐. 괜찮느냐?"

"괜찮은 거 같네요."

썩 마땅치는 않았지만 신율이 고개를 끄덕였다. 어찌나 꼼꼼한지 여자의 물건을 한두 번 사 본 솜씨가 아니었다. 비단 주머니에 곱게 포장을 해서 품에 안은 왕소의 얼굴에 흐뭇한 미소가 떠올랐다. 그 모습을 바라보던 신율은 어쩐지 가슴 한쪽이 조금씩 불편해 왔다. 하루 동안의 좋은 기억이 막 사라지려 하고 있었다.

"네가 원하는 것도 하나 골라 보거라."

"됐습니다. 우리 상단에도 좋은 물건이 많거든요."

"그곳에 내가 사 준 것은 없을 텐데."

"별 상관없어요."

"내가 상관이 있느니라. 사 주고 싶다. 그러니 마음대로 하나 집어 보아라."

허허, 마음대로 하나 집으라니. 어느 여인의 물건은 그리 고심하면서 고르고 또 골랐으면서 나보고는 아무거나 집으란다. 이왕 이렇게 된 거 정말 눈이 돌아갈 정도로 비싼 물건을 골라 주리라.

신율의 속마음은 전혀 모른 채 고르고 싶은 물건을 손에 넣은 황자의 얼굴에는 미소가 가득했다.

흥. 형님은 참으로 좋으신가 보오.

생각 같아서는 거리에서 제일 비싼 물건을 고르고 싶었지만 신율은 어느새 무언가를 사고 싶은 생각이 순식간에 사라져 버렸다.

"됐어요. 가야겠네요."

화를 내자니 옹졸해 보이고 왠지 그럴 핑계도 없어 보였다.

하지만 이상하게 꼬여 가는 심사를 어쩌란 말인가. 신율이 잔뜩 불만스러운 얼굴로 홱 하고 몸을 돌려 시전을 빠져나가기 시작했다. 그 뒤를 느긋하게 쫓던 황자가 좁은 골목길을 사이에 두고 천천히 손목을 잡아 돌려세웠다.

"왜요?"

"왜 화가 난 거지?"

"화 안 났거든요."

"그래?"

믿을 수 없다는 듯 황자가 신율의 양어깨에 두 팔을 올리고 얼굴을 가까이한 채 빤히 바라보았다. 여릿한 그녀의 몸을 고려해 그가 팔에서 힘을 빼고 있기는 하여도 체온만큼은 고스란히 전해진다.

"뭐…… 그래요. 좀 화났어요. 됐어요?"

"나 때문에 화났으면 좋겠다."

"안 그래도 마마 때문에 화가 났습니다."

퉁명스러운 대꾸에 황자의 입꼬리가 슬쩍 위로 올라간다.

"내가 귀하게 여기는 그 여인 때문에?"

"얼굴도 모르는 여인 때문에 제가 왜 화가 납니까?"

신율이 인상을 썼다. 이 갑갑해 보이는 황자가 눈치까지 빠르다니. 그가 다시 그녀를 바라보았다. 그러더니 신율의 이마에 가만히 입술을 가져갔다. 그의 입술은 서늘했지만 마치 이마에 낙인을 찍는 듯 뜨거운 느낌을 남기고 있었다.

"질투하지 말아라. 네가 걱정할 여인이 아니니."

"질투는 무슨. 누가 질투를 해요. 얼굴도 모르는데."

후다닥 한 걸음 뒤로 물러선 신율이 화들짝 놀라 고개를 흔들었다.

"그래? 아깝구나. 난 네가 질투했으면 좋겠는데."

황자가 피식 웃더니 다시 그녀를 끌어당겨 입술에 짧게 입을 맞추었다. 이 사람이 미쳤나 보다. 아무리 사람이 드문 한적한 골목길이라 해도 이렇게 대놓고 입을 맞추다니. 신율이 동그래진 눈으로 황자를 바라보았다.

신율의 마음을 아는지 모르는지 황자는 그녀의 손을 잡아 이끌어 다른 골목으로 향하였다. 그러고는 아까보다는 규모가 작지만 아기자기한 여인네의 물건을 파는 가게로 시선을 돌렸다. 몇 번 고개를 갸웃거리며 물건을 고르던 황자는 그러다 작은 실타래를 집어 들었다.

"이거, 이게 좋겠다."

붉은 비단실로 촘촘히 엮은 매듭 사이사이에 호박과 수정이 박혀 있는, 손목에 묶을 수 있는 장식이었다. 사내가 여인의 물건을 고르는 솜씨가 보통이 아니구나. 그녀는 더 앵돌아지려고 하고 있었다.

"아까 것보다 안 비싸 보이는데요?"

"그보다 훨씬 귀한 것이다. 내가 마음으로 골랐으니."

왕소는 신율을 똑바로 바라보면서 말했다. 그 진심이 가득한 말에 갑자기 가슴이 철렁거린다.

이 사람, 이제 보니 말도 참 잘한다. 사람 속을 홱 하니 뒤집어 놓더니 또 이렇게 미친 듯 두근거리게 하다니. 어찌해야 하나, 이 사람을. 그나저나 질투라니, 어림도 없는 일이라 생각하였는데 진정으로 질투라서 큰일이었다.

신율아, 이를 어쩌란 말이니.

심통이 잔뜩 난 신율이 객잔으로 들어가는 것을 확인한 왕소는 기분 좋은 얼굴로 흥국사 근처의 소박한 집으로 발걸음을 옮겼다. 그곳에 오늘 선물의 주인공이 살고 있었다.

"황자, 어서 오게."

신주원부인이 활짝 웃으며 왕소를 반겼다. 그 미소에 가슴 깊은 곳에 있는 얼음 조각 하나가 녹아내리는 느낌이었다. 신주원부인은 태조마마의 스물두 번째 부인이셨다. 그리고 그를 품어 준 양모(養母)이기도 하였다.

"웬일로 이곳을 다 들렀느냐? 바쁠 터인데."

"죄송합니다. 진작에 찾아뵈었어야 했는데……."

신주원부인은 왕소가 미적미적 수줍게 내어놓은 산호와 진주로 만들어진 머리 장식에 활짝 미소를 지어 보였다. 좋은 것, 비싼 것이 아니라 그의 정성이 보이는 작은 선물들을 들고 오는 황자를 볼 때마다 가슴이 따뜻해지는 느낌이었다.

"곱다. 참 고와."

"어머니만큼 곱지는 않습니다."

"이런 걸 날 주면 어쩌는데."

말은 그리하면서도 신주원부인의 웃음이 더욱 깊어졌다. 어쩌면 이렇게 속이 깊은 아이인지. 황자가 이렇듯 가끔씩 어리광을 부리는 것이 그녀에게는 더더욱 살갑게 느껴졌다.

"그럼 누굴 줄까요? 제가 드리고 싶은 여인은 어머님 한 분뿐인데요."

"황보공주, 아니 이제는 황보부인이네. 혼인한 지가 언제인데도 자꾸 공주 소리가 입에 먼저 붙어. 황보부인은 정말 마음에 없는 것인가?"

"어머님은 아바마마뿐이셨습니까?"

머뭇거리던 황자가 입을 열었다. 왕소의 질문에 신주원부인의 눈이 잠시 커졌다. 황자의 질문에는 분명 무언가가 있었다. 단 한 번도 이런 식으로 속내를 내보인 적이 없는 왕소였다. 이만큼 망설이고 있는 것이라면 이미 그의 마음을 차지한 여인이 있다는 얘기였다.

"호족의 딸인가?"

"아닙니다. 그저 평범한……."

얼른 입을 다문 왕소의 얼굴이 조금은 붉어졌다. 저도 모르게 답을 하고 나니 제 마음을 들킨 것 같아 황망해하는 황자를 바라보며 신주원부인은 작게 웃음을 머금었다. 황주 가문에서 어떤 마음으로 왕소와 황보공주의 혼인을 진행시켰는지는 그녀 역시 진작에 알고 있었다. 황실의 혼인에는 원래 감정이 메마르기 마련이었다. 그렇다면 좋은 여인을 만나 평범하게 사는 것도 나쁘지 않으리라.

"그리 고운가?"

"제 눈에는 그렇습니다."

"이 어미보다 더 고운가?"

"그것이……."

신주원부인이 부러 심통스럽게 묻자 왕소는 어찌할 바를 모르다가 그것이 그녀의 농이라는 것을 알고 머쓱하게 웃어 보였다.

"누구인지 궁금하네. 보고 싶어."

"보실 기회가 있으실 겁니다."

황자의 약속에 신주원부인이 고개를 끄덕였다.

"황실이 시끄러운데 황자에게는 아무 일 없는 거지?"

"저야 뭐…… 이 소란에 제가 낄 자리나 있겠습니까."

그렇게 말을 하면서도 왕소의 얼굴에는 잠시 근심이 스쳤다.

"그래도 숙부가 다녀갔으니 분명 황자들에게도 영향이 있을 것이오. 행동도 조심하시고 마음도 굳건히 해야 하오."

"명심하겠습니다."

"그리고 또 하나, 내가 도울 일이 있으면 어려워 말고 찾아오너라. 알겠느냐?"

양모의 진지한 눈빛은 왕소를 향하고 있었다.

신주원부인은 신천 사람으로, 신주는 황주나 평산만큼이나 고려에서 가장 중요한 요충지 중 하나였다. 그런 이유로 태조가 승하하신 이후에도 그녀는 황실에서 소홀히 대하지 못하는 사람 중 하나였다. 언젠가 왕소에게 기회가 온다면 신주원부인은 그를 위해서 뭐든지 해 줄 것이다.

"잊지 말거라. 세상없어도 나는 언제나 네 편이란다."

"네, 어마마마. 어머님."

따뜻한 양모의 눈빛에 왕소의 가슴 한편이 또다시 뜨거워지고 있었다. 그는 자신을 안아 주는 신주원부인에게 고개를 숙였다.

황제 폐하께서 그에게 은밀히 명한 일을 수행하려면 어쩌면 그는 목숨을 걸어야 할 것이다. 그리고 만에 하나 일이 잘못된다면 그의 주변 사람들도 함께 고초를 당하게 될 것이다. 신주원부인도 예외가 아닐 것이다. 왕소는 자신만을 바라봐 주는 신주원부인의 아픈 모습을 참지 못할 것이라 생각했다.

第19章

불가한다

어차피 날 좋아하게 될 터이니

　청해 상단이 개봉으로 이전하는 것을 아는 사람은 상단의 측근 몇 명에 불과하였다. 청해 상단만큼 규모가 큰 상단이 옮겨 가는 것은 비록 일부일지라도 시전에는 커다란 여파를 가져올 것이 분명하였기에 조심스러울 수밖에 없었다. 하지만 그들의 걱정은 다른 데 있었다. 바로 체력이 바닥 난 그들의 주인 때문이었다. 날이 추워지기 전에 움직여야 그나마 신율의 체력이 버틸 수 있을 것이기에 상단보다 먼저 사람이 움직이는 방법을 선택하기로 했다.

　"가시기 전에 넷째 마마님께는 말씀을 드려야 하지 않겠습니까?"

　"그래야죠. 당장은 아니고……."

　아마도 말을 하게 되면 그 사람이 막을까, 아니면 그저 말없이 보내 줄 것인가. 뭘 해도 서운하고, 어찌해도 마음이 아프겠지. 그도, 그녀도 말이다.

"그냥 여기 계시면 안 되겠습니까?"

"그 사람에게 도움이 안 돼요."

손목에 묶인 붉은 명주실을 바라보며 신율이 고개를 단호하게 흔들었다. 고려의 황실은 지금 미친 듯이 움직이고 있었다. 서경이 움직이고 있으니 당연히 개경도 그 영향을 받을 것이다.

장사치들의 정보통은 언제나 빠르고 정확하다. 지금 이곳 개경에서 그녀가 왕소 황자 옆에 머무르는 것은 그에게 결코 도움이 되지 않을 것이다. 게다가, 이제 그녀의 목숨은 얼마 남지 않았다. 이대로 죽는 모습을 그에게 보여 주고 싶지 않았다.

"황자마마가 순순히 허락지 않으실 것입니다."

"어떻게든 설득을 해야지요."

신율이 천천히 중얼거렸다. 어떤 변명을 하고 어떤 핑계를 만들어야 그를 이해시킬 수 있을까. 아니, 변명이나 핑계가 통할 사람이 아니었다. 하지만 솔직히 고백한다 해도 그녀가 개봉으로 가는 것을 어떻게든 반대하고 나설 것이다. 그녀 또한 가고 싶지 않지만 가야 하는 길이었다.

하지만 며칠 후, 신율이 개봉으로 향하는 것을 막은 사람은 뜻밖에도 황자가 아닌 황제였다. 놀랍게도 국혼의 명이 떨어진 것이다.

황실은 다시 술렁이기 시작했다.

국혼. 여섯째 황자 왕욱과 청해 상단 신율의 혼인이었다. 아무도 예상할 수 없었던 이번 일은 사실 지난밤 왕욱이 알현을 청하기 전까지는 황제조차도 짐작할 수 없는 일이었다. 황제의 명에 조용히 움직이던 황실의 사람들은 눈에 띄게 술렁이고 있었다.

"폐하, 거래를 하고 싶습니다."

"하하, 무엄하구나."

조용한 밤, 홀로 편전을 찾은 왕욱은 당당했다. 그 건방질 정도로 무례한 어조에 황제의 표정에는 불쾌함이 역력했다.

"그리 느끼신다면 부탁이라고 부르셔도 상관없습니다."

"무엇이냐. 들어나 보자."

"중독되셨음을 압니다. 해독할 능력이 저에게 있습니다."

무엄하게 황제의 중독을 이야기하는 왕욱의 어조는 건조하기 이를 데 없었다. 황제는 잠시 미간을 모았다. 아, 그렇구나. 황주 가문 사람들은 독을 사용하는 것에 능했다.

"네 짓인가? 아니, 황주 가문의 짓인가?"

"그것은 중요하지 않다고 생각합니다."

"그래, 네 말이 맞는구나. 그리 조심을 했는데, 어찌 독을 쓴 겐가?"

"상소문과 표문에 독이 묻어 있었습니다."

황제의 질문에 왕욱은 순순히 대답했다. 이 간단한 대답에 황제는 모든 일을 눈치챌 것이다. 지금까지는 심증만 있었던 사실, 실제로 숙부와 황주 가문이 손을 잡았다는 사실을 놓칠 리 없었다.

"아주 좋은 방법이었구나. 내 그것을 놓쳤어."

"황제 폐하를 치료할 해독제가 있습니다. 그리고 난 후에 이 아우가 황주 가문의 모든 일을 책임지겠습니다."

해독과 더불어 황주 세력을 막겠다는 대답에 황제의 모든 행동이 멈추었다. 숙부는 이미 다음 후계자를 선택하였다. 그것은 다름 아닌 왕욱일 것이다. 그런데 숙부의 지원을 받고 있는 그가 스스로 황위를 접겠다는 것은 곧 황제의 편에 서겠다는 제안과 다르지 않았다. 황제의 눈빛이 생각으로 가늘어졌다.

무슨 속셈이란 말인가.

"그래서, 원하는 것은?"

"제 혼인을 허락하여 주십시오."

뜻밖이었다.

혼인이라.

제멋대로 할 수도 있을 텐데 굳이 황명으로 혼인을 원한다. 아무리 약해 빠지긴 하였어도 그는 황제였다. 그는 왕욱이 원하는 여자가 누구인지 알고 있었다.

"상단의 여자인 것인가?"

"네, 그렇습니다."

예상대로 왕욱은 황제의 질문에 머리를 끄덕였다.

"그녀가 어떤 여자인지 알고 하는 청이냐?"

"알고 있습니다."

"너희 가문에서 반대할 것이다."

"그 정도는 제 힘으로 해결할 수 있습니다."

황제는 왕욱을 물끄러미 바라보았다. 왜 위험을 감수하고 혼인을 하겠다 하는 것일까. 진심으로 그 여인에게 마음을 주었단 말인가.

"발해 여자, 발해 공주라는 것이 무엇을 의미하는지는 너도 알 테지?"

"물론입니다."

황자는 조금의 망설임도 없이 대답했고, 황제도 고개를 끄덕였다. 그로서는 손해 볼 것이 없는 일이었다. 아니, 오히려 환영할 만한 일이었다.

황제는 조금의 망설임도 없이 다음 날 아침 국혼을 명하였다.

황제의 의도와 왕욱의 목적은 분명하였으나, 과연 이번 혼사가 어떤 결과를 낳게 될지는 아무도 예상할 수 없었다.

조의선인의 임무를 수행하느라 개경에 없었던 왕소는 국혼 소식을 미처 듣지 못하였지만, 황주 가문은 다들 혼란에 빠져 있었다.

이 상황에서 국혼이라니. 이 무슨 말도 안 되는 일이란 말인가. 하지만 그중에서도 더욱더 노여워하는 사람이 있었으니, 그것은 바로 황보부인이었다.

"마마, 공주마마, 도와주십시오."

령화는 아직도 황보부인을 공주라 칭하였다. 뭐라 부르던 상관은 없었다. 황보부인이 다녕을 대신하여 령화를 왕욱의 곁에 두도록 하였다. 령화는 자신도 알고 있었다. 여섯째 황자가 아무리 자신에게 다정히 대하여도 자신은 그저 다녕이란 여자의 대용품이라는 것을. 하지만 그래도 황자의 곁에만 있을 수 있다면 상관없었다. 그런데 이제는 상단의 여자에게 마음이 팔려 자꾸만 멀어져 가는 황자 때문에 령화는 불안해서 견딜 수가 없었다.

"황자마마가…… 이제 소녀를 멀리하고 계십니다."

"그래? 이제 아우에게 다른 여자가 필요한 모양이구나. 너로 만족하지 못하는 것을 보면."

매정한 중얼거림에 령화가 눈물을 터뜨리자 황보부인은 미간을 모았다. 지금 저 아이의 눈물이 중요한 것이 아니었다. 숙부가 계획한 모든 계략이 혼인으로 인하여 한순간에 무너져 버리게 된 것이다. 이 일로 숙부의 노여움을 살까 황보부인은 전전긍긍하고 있었다.

"듣기 싫다. 감히 누구 앞이라고 징징거리는 것이냐."

"그동안 소녀는 마마가 시키는 대로 무엇이든 다 하였습니다. 황자마마가 누굴 만나시는지, 누가 궁에 들르는지, 언제 집을 비우시는지, 황주에서 어떤 서찰이 왔는지……."

"그래서?"

이제 울음을 그치고 시린 눈빛으로 자신을 바라보는 령화에게 황보부인이 가볍게 되물었다.

령화는 황보부인의 눈이고, 귀였다. 황자를 사랑하는 만큼 그녀는 누구보다 충실한 간자가 되었다. 그런데 이제 와서 황보부인이 이렇게 모른 척할 수는 없는 것이었다.

"발해 여자를 없애 주십시오."

"이런, 이런. 지금 네가 나에게 명령을 하는 것이냐?"

황보부인의 눈썹이 곱게 선을 그으며 치켜 올라갔다. 순식간에 아름다운 눈빛은 노기로 가득해졌고 입가는 냉정하게 굳었다. 서늘함이 풍기는 권위에 령화가 움찔하여 다시 머리를 조아렸다.

"그것이 아니오라……."

황보부인은 주섬주섬 변명을 입에 담는 령화의 뺨을 호되게 후려갈겼다. 획 하고 여린 몸이 쓰러지고 머리카락이 흘러내렸지만 황보부인의 표정에는 변함이 없었다.

"마마, 소인이 죽을죄를 지었습니다. 그저 황자마마 곁에만 있게 하여 주세요."

"멍청한 것. 아우 곁에서 붙어 지낸 시간이 얼마인데 사내 마음 하나를 휘어잡지 못하고 눈물 바람이더냐. 지금부터는 아무 소리 하지 말고 내가 시키는 대로만 하거라."

"그럼 황자마마를…… 돌려주실 것입니까?"

"허튼 소리. 내 아우는 제국의 황제가 될 사람이다. 감히 네

까짓 것이 탐낼 황자가 아니다."

황보부인이 칼날같이 매섭게 쏘아붙이고는 령화를 노려보았다.

"마마…… 마마……."

"얌전히 기다리고 있거라. 그렇다면 황자가 널 찾는 날이 올 터이니. 나가 보아라."

황보부인의 지시에 그나마 안도와 기대를 품은 령화가 홀쩍거리며 방을 나섰다. 방 안에는 그녀가 떨어뜨린 산호로 장식된 귀한 떨잠 하나와 아스라한 사향내만이 덩그러니 남아 있었다.

그깟 보석 몇 개와 향내로 사내를 휘어잡을 수 있다고 생각하다니. 황보부인은 인상을 썼다. 저 멍청한 계집은 어차피 문제도 아니었다. 정말 문제는 아우였다. 저 하나를 위해서 황주 가문의 모든 사람들이 목숨을 바치고 있는데 그깟 여인에게 정신이 팔려 위험한 짓을 하려는 아우를 이해할 수가 없었다. 그녀에게 왕소와의 혼인은 아무것도 아니었다. 어차피 정을 준 사내가 아니었다. 아니, 행여 평생을 함께하기로 한 정인이라 할지라도 황실의 여자라면 그런 일은 감수해야 하는 것이 옳았다. 하지만 그녀의 아우인 왕욱은 그래서는 아니 되는 것이었다.

발해 여인이라니. 왜 하고많은 여자 중에서 그녀란 말인가. 안 그래도 지난번에 서경에서 내려오자마자 숙부의 명대로 발해 여인을 없애려고 자객을 보냈는데 하필이면 왕욱에게 걸려 실패했었다. 그때 죽였어야 했는데 시기를 놓쳐 결국 이런 일이 벌어지고 말았다. 이런 모습을 보려고 그녀가 원치 않는 혼인을 한 것이 아니었다.

　국혼이라는 경사스러운 일을 앞두고도 황주 가문은 무거운
침묵과 어두운 분위기로 가득했다. 마치 혼례의 명이 아니라 멸
족의 소식이라도 들려온 것 같았다. 그만큼 황주 가문에서는
심각한 일이었다. 황제와 함께 사려져야 할 사람은 왕소였다.
그 왕소를 죽이기도 전에 왕욱이 먼저 죽게 생긴 것이다.
　"발해 여자는 안 된다."
　"누님, 그것은 누님이 관여하실 일이 아닙니다."
　직접 집으로 찾아온 황보부인에게 왕욱이 단호하게 인상을
썼다. 가문의 반대는 각오한 바였다. 신율을 살리려면 방법은
이것뿐이었다. 그리고 아마도 이 결정이 황주 가문에도 도움이
될 것이었다.
　"어찌 관여를 안 해. 발해 공주라니. 차라리 평범한 여인이라
면 모르겠다. 발해의 공주가 얼마나 위험한 존재인지 알고나 있
는 것인가?"
　"그 정도는 예상하고 있습니다."
　"허허, 조카가 상황을 너무 가벼이 여기고 있어. 잘못하면 황
주 가문 자체가 멸하게 되어 있소."
　숙부뻘인 황보경수가 버럭 인상을 쓰며 고개를 흔들었다.
　발해 공주. 난세였다. 어떤 식으로 얽혀 들어갈지 모른다. 황
보부인은 그 이야기를 하고 있는 것이다. 발해 여자와 혼인을

하게 된다면 그의 정적들은 아마도 그것을 이유로 없는 죄도 만들 수 있을 것이다. 예를 들면, 역모 같은 것들. 고려를 등지고 발해를 새로 세우려 한다는.

황제가 작정을 하고 역모로 걸려고 한다면 얼마든지 엮어 넣을 수 있을 것이다. 아무리 나약한 황제일지라도 그의 뒤에 있는 충주 가문은 여전히 강력하였다. 더구나 황주 가문을 없앨 수 있다면 다른 호족들도 분명히 그 힘을 합칠 것이 분명했다.

"이 집안의 수장은 저입니다. 누님께서는 세원 형님과의 관계나 잘 정리하도록 하세요. 이혼도 그리 나쁜 방법은 아닐 것입니다. 제가 만약 황제가 된다면 제일 먼저 넷째 형님부터 죽여야 할 터이니."

"그건 내가 알아서 할 일이야."

이미 숙부님이 그녀의 남편을 죽이라 지시한 지 오래였다. 그러니 그녀의 남편은 숙부님이 알아서 할 것이다.

"이 역시 제가 알아서 할 일입니다. 그러니 제 일에 간섭할 생각일랑 하지 마세요."

"하지만 이건 신중해야 할 문제야."

"서경에서도 이미 허락을 받은 일입니다. 황제의 명은 겉으로 보여 주기 위한 것뿐입니다."

예상치 못한 왕욱의 대구에 황보부인과 가신들의 표정이 바뀌었다. 서경에서 두 사람의 혼인을 허락했다면 문제가 달라진다.

"왕 집정이 이번 혼인을 순순히 괜찮다 하셨다는 거냐?"

"숙부는 바보가 아닙니다. 제가 그녀와 혼인하면 상단의 재물을 제 뜻대로 움직일 수 있습니다."

숙부가 그의 혼인에 고개를 끄덕인 이유 또한 재물에 있었다.

서경 천도는 마음만으로 할 수 있는 일이 아니었다. 황궁을 새로 짓고 길을 넓히고 군사를 배부르게 하는 데에는 모두 재물이 필요했다.

왕욱과 신율의 혼인으로 왕식렴은 황실에 손을 벌리지 않고도 독자적인 천도를 할 수 있으리라.

왕욱의 설명에 다들 수긍하는 눈치였다. 다른 이가 아닌 서경의 왕식렴이 허락한 혼인이라면 걱정할 것이 없었다. 어차피 황제 따위는 걱정도 되지 않았다. 그저 서경의 왕식렴에게 행여 오해를 살까 심려한 것이었다. 모두들 안심한 표정으로 각자의 집으로 향하였지만, 황보부인은 아니었다.

이번 일을 그대로 두고 볼 수만은 없었다. 황보부인은 조용히 숙부에게 보낼 서신을 써 내려갔다.

그 발해 계집은 두고두고 문제가 될 것이 뻔하였다. 상단의 재물을 취하는 방법은 굳이 혼인이 아니어도 되었다. 괜한 빌미를 남겨 두어서는 안 될 것이다.

지난번에 그녀를 죽였어야 했다는 생각에 황보부인의 표정이 매서워졌다. 이런 그녀의 걱정을 아마도 숙부님이 이해해 주실 것이다.

뜻하지 않은 국혼의 명으로 황실이 온통 분노와 혼란 속에 빠져 있을 때 오직 청해 상단만은 아무 움직임 없이 조용하였다.

"아가씨, 어쩌실 겁니까? 이대로 개봉으로 떠날 참이십니까?"

"이대로 떠나면 역모로 죽게 될걸."

양모 털옷을 가볍게 걸친 신율이 대수롭지 않다는 듯 웃어 보였다. 황제가 국혼을 명한 이상, 그녀 마음대로 개경을 떠날 수는 없을 것이다.

"그렇다면 진정 혼인을 하실 것입니까?"

"글쎄."

"불가한다."

신율이 무어라 입을 열기도 전에 어느새 들어온 왕소가 서늘하게 대꾸했다.

기척도 느낄 수 없는 대단한 움직임이라 백묘 할멈은 가볍게 감탄하며 혀를 찼다. 그녀가 짐작하지 못할 정도라면 이 사람이 감추고 있는 무공은 어느 정도란 말인가.

"황자마마, 오래간만입니다."

백묘가 얼른 몸을 일으키며 꾸벅 인사를 건넸지만, 황자의 시선은 오직 신율에게만 머물러 있었다. 사흘 전에 연락을 받고 미친 듯 개경에 도착하였다. 아직도 가슴속에는 자제할 수 없는 노여움이 들끓고 있었다.

백묘가 호기심이 가득한 얼굴로 두 사람을 번갈아 바라보고 있는 춘아에게 눈짓을 하며 자리를 비켜 주었다.

"딱 달포 자리를 비웠는데 국혼이라니. 이게 무슨 일이지?"

"너무 흥분하지 마세요. 국혼을 제 맘대로 할 수 있는 건 아니잖아요."

"설마, 알고 있던 일인가?"

"아니요. 이번 일은 저도 짐작하지 못한 일이었어요."

신율의 대답에 그제야 황자의 얼굴이 조금 풀어졌다. 난데없는 국혼 소식에 왕소는 더할 나위 없는 충격에 빠지고 말았다.

그녀가 그가 아닌 다른 남자와 혼인한다는 사실을 왕소는 결코 받아들일 수가 없었다.

혼인이라니. 그것은 전혀 예상치도 못한 일이었다. 그 소식을 듣고서야 자신이 신율을 얼마나 좋아하는지 깨달을 수 있었다. 그녀가 다른 사내와 혼인을 한다는 소식에 그도 몰랐던 감정이 가슴속에서 미친 듯이 소용돌이치고 있었다.

"그래서 어쩔 것인데?"

황자는 정말이지 심각하게 물었다. 만에 하나라도 순순히 혼인을 하겠다고 한다면 그야말로 심장이 멎고 가슴이 무너지리라.

'아니, 절대 허락하지 못한다.'

마음속으로 다짐했지만 국혼이라는 족쇄가 그의 마음을 무겁게 하고 있었다. 황자는 어찌할 수 없는 자신의 마음을 숨기기 위해 긴 손가락 하나로 이마를 건드리며 마음을 진정시켰다. 그러다 문득 고개를 들고 신율을 바라보며 인상을 썼다.

"가만, 어디 아픈 건가?"

새하얗다 못해 푸른 그늘이 드리워진 신율의 얼굴을 바라보며 왕소는 혀를 찼다. 너무 화가 나서 제대로 얼굴을 살필 여유도 없었는데, 이제 보니 신율의 얼굴이 말이 아니었다.

"아뇨. 그저 요 며칠 편치 않았을 뿐이에요."

완전히 거짓말도 아니었다. 오늘만 편치 않은 것이 아니라 평생을 이리 산 것이 문제였지만 이제 와서 왕소에게 그런 이야기까지 하고 싶지는 않았다. 아픈 것은 그저 혼자 아파야 한다.

"편치 않았다?"

왕소는 쓰게 웃어 보였다. 참으로 간단하구나. 심장이 멈출만큼 온통 가슴이 괴로웠던 그에게 그저 편치 않았다는 것이 얼마나 가볍게 들리는지 알고나 있는 것일까.

"너는 그저 편치 않을 정도이지만 나는 절대로 용납할 수 없다. 네 곁에 나 아닌 다른 이가 있는 것을 볼 자신이 없다."

황자는 단호하게 선언했다. 절대로 그 꼴은 볼 수 없을 것이다. 이대로 죽어 버리는 한이 있어도 신율이 다른 이와 혼인하는 모습만큼은 지켜볼 수 없었다.

"황명입니다."

"알고 있다. 그보다, 몸은 괜찮은가? 움직일 만큼 기운은 있어?"

"제가 움직이면 뭐가 달라지나요?"

신율이 순순히 자리에서 일어나며 초롱초롱한 눈빛으로 왕소를 바라보았다. 그의 표정에 급한 기색에 역력했다.

"그렇다. 네가 가서 바로 잡으면 되니까. 한시라도 늦으면 정말 돌이킬 수 없게 된다."

"황제의 명을 제 힘으로 바꾸는 일이 가능하다고 믿으세요?"

"물론이지. 언젠가 네가 말했을 텐데. 현실적인 건 네 힘으로 알아서 할 수 있을 거라고. 이건, 기적 따위가 필요한 일이 아니야."

물론 이것은 기적이 필요한 일이 아니었다. 그녀 역시 그렇게 생각하고 있었다. 하지만 황자가 그런 마음을 갖고 있으리란 생각은 미처 하지 못했다. 그리고 이렇게 그녀를 부추겨 잘못된 일을 바로잡으려 할지도 몰랐다. 차라리 도망가자고 하는 편이 더 쉬운 선택일지도 모르는데 그는 잘못된 일을 제대로 바로잡으려 하고 있었다.

"네가 얼마나 맹랑하고 당돌하고 위험한 여자인지를 폐하께 알리거라. 내가 눈치챈 일을 황제 폐하께서 놓치실 리가 없다. 네가 여섯째의 여자가 되면 황제 폐하께는 칼날이 하나 더 생길 터인데 그걸 허락하실 리가 없어. 그러니 가서 얘기하자."

왕소는 무작정 신율의 손목을 잡아끌었다. 황제 폐하께서 무슨 생각으로 국혼을 허락하셨는지 왕소 또한 알고 있었다. 황제가 신율의 본모습을 알게 된다면 이 혼사를 그대로 밀어붙이지는 않을 것이다. 비록 지금은 나약하여도 왕소가 알고 있는 황제 폐하는 영민한 분이었다. 그렇다면 이번 일을 분명 바로잡을 수 있을 것이다. 아니, 꼭 그렇게 되어야만 했다.

"이런다고 제가 마마의 여자가 되지는 않습니다."

"알고 있다. 그건 나중의 일이야. 어차피 날 좋아하게 될 터이니 그런 건 걱정하지 않는다."

말도 안 되는 자신감에 신율은 혀를 찼지만, 황자의 얼굴은 뭐라 말할 틈도 없이 긴장감이 가득했다.

하기는 그녀가 그를 좋아하는 일은 걱정하지 않아도 되는 일이었다. 진작부터 좋아하고 있었기 때문이었다. 혼인을 했을 때부터 내내 마음속에 담아 둔 사내였었다. 입술을 꾹 다물고 자신을 진정시키는 그를 바라보며 신율은 나직하게 한숨을 삼켰다.

전에도 이런 적이 있었다. 원치 않는 혼인을 피하기 위해 가짜 혼인을 서둘렀었다. 그런데 지금은 어찌해야 하나. 이미 혼인을 하였다고 해도 믿지 않으리라. 그리고 이미 혼인을 하였다고 말할 수도 없는 처지였다. 신율은 물끄러미 왕소를 바라보았다.

당신이 황자가 아니었으면 참 좋았을 텐데 말입니다. 그랬다면 당당하게 나는 진작에 남편이 있다고 고개를 흔들 수도 있었을 텐데 말입니다.

세상 일은 언제나 참으로 쉽지 않구나. 당신에게도, 나에게도.

第 20 章

오늘만

헤어지는 것뿐이다

갑작스레 고려의 황제를 알현하는 일은 생각보다 어려웠다. 아무리 황제의 동생이 버티고 있다 해도 꽤 복잡한 절차와 사람을 거쳐야 했고 또 한참을 기다려야 했다. 왜 안 그렇겠는가. 황제는 고려에서 가장 바쁜 사람 중에 하나였다.

신율의 손을 붙들고 들이닥친 왕소의 확연한 표정을 바라보던 지몽의 도움이 없었다면, 그날 황제를 만나는 것은 거의 불가능했을지도 몰랐다.

황제는 조금은 황망한 시선으로 자신의 발 아래 무릎을 꿇고 있는 아우와 아우의 여인을 물끄러미 바라보았다. 마음에 둔 여인이 있다는 것은 알음알음 들어서 알고 있었다. 설마 아우가 은애한다는 여인이 발해의 여인이라고는, 또한 왕욱이 원하는 여인이라고는 상상하지 못했었다. 도대체 그는 자신에게 목숨을 바친 왕소에게 무슨 짓을 한 것일까.

"일어나거라."

황제의 명에 두 사람이 나란히 일어서서 허리를 굽히고 고개를 숙였다.

"진작에 알았으면 좋았을 터인데."

"아우가 진작에 말씀을 드리지 못하였습니다. 모든 것이 제 불찰입니다."

황제와 왕소의 대화 사이에 성격 급한 신율이 끼어들어 하고 싶은 말부터 시작하였다.

"지금이라도 국혼을 없던 일로 해 주시면 안 되는 건가요?"

"황제의 명은 그리 가볍지 않아."

"저는 고려의 황실 사람이 아니옵니다. 폐하께서 제게 혼인을 명하실 수는 없습니다."

"이 땅에 사는 한 너는 내 백성이다. 그것을 잊지 않는 것이 너한테도 좋을 것이야."

황제의 대답은 당연한 것이었다. 돌아가신 태조마마께서는 발해를 멸망시킨 거란을 용서치 않으셨다. 그만큼 발해의 사람을 아끼셨다. 최소한 그의 부황의 시대에는 그랬었다.

"그럴지도요. 하지만 제가 여섯째 황자마마와 혼인을 한다면 그것은 황제 폐하께는 좋지 않을 것입니다."

"무슨 뜻인가?"

"지난번에 황제 폐하께서 절 시험하신 일을 기억하십니까?"

"물론이다."

그녀의 질문에 황제가 순순히 고개를 끄덕였다.

"그때 제가 보여 드린 재주는 아주 미미한 것이었습니다."

"흠, 너의 재주가 더 있다는 말인가?"

황제도 신율도 진지하였다. 오직 왕소만이 두 사람의 대화에 얼굴을 굳히고 있었다.

"전 하늘을 보고 땅의 기운을 읽는 능력 또한 가지고 있습니다."

하라는 얘기는 안 하고 이 마당에 전혀 도움이 안 되는 제 자랑을 하고 있다니. 저러다 또 천하를 사고파는 재주도 있다 할까 싶어 왕소가 잔뜩 인상을 썼다.

"제대로 이야기하거라. 네가 혼인을 하게 되면 어떤 일이 벌어질지 황제 폐하께서도 아셔야 한다."

신율의 옆자리를 지키고 서 있던 왕소 황자가 무엄하게도 감히 황제 앞에서 끼어들었다. 그만큼 그는 절실했지만 신율의 표정은 여전히 여유로웠다.

"제가 가진 것을 정확히 알아야 황제 폐하께서도 제대로 된 판단을 하실 것입니다."

"그래, 네가 갖고 있는 것이 무엇이지? 단순히 천문을 읽는 사람이라면 나에게도 있다."

황제의 시선이 사천공 지몽에게 이르자 신율은 선선히 고개를 끄덕였다.

"하지만 사천공에게는 상단만큼의 재물은 없을 것입니다. 권력에는 재물이 필요하옵니다. 그리고 전 발해의 공주이옵니다.

저와 혼인하는 자는 고구려를 잇고자 하셨던 돌아가신 태조마마의 뜻도 함께 잇게 되는 것이옵니다."

조목조목 이번 일의 중요성을 짚어 내는 신율의 이야기에 편치 않던 황제의 얼굴이 다시 굳어졌다. 이 여인은 보통의 그릇을 가진 여자가 아니었다. 그녀는 장사치의 셈이 아닌 황족의 시선으로 조금도 흔들리지 않게 세상을 꿰뚫고 있었다. 이런 여자가 왕욱 옆에 있다면 분명 황제에게는 위협이 될 것이 분명했다.

"네가 제법 세상을 읽는 눈을 가지고 있구나."

"제법이 아니라 이 고려에서 사천공을 대신할 인물은 저뿐일 것입니다. 안 그렇습니까, 사천공 나으리?"

"저보다는 아가씨가 아마도 한 수 위일 것입니다."

"하긴 그럴지도요."

그녀는 겸손이나 겸양 따위는 전혀 없는 것처럼 보였다. 하지만 그 모습이 치기나 허세로 보이지 않는다는 것이 문제였다. 신율의 자신만만함에 황제는 등골이 오싹해지는 느낌이었다. 여섯째뿐만이 아니었다. 고려의 어떤 황자도 이 여인과 혼인하여서는 아니 될 것이다.

"여섯째에게 이미 허락을 하였다. 너의 재주로는 그것을 어찌 풀 것이냐? 황제의 명을 가볍게 만들지 않고 해결할 수 있으면 해 보거라. 그렇다면 국혼의 명을 거둘 수도 있다."

"폐하의 뜻은 곧 하늘입니다. 지엄하신 하늘의 뜻을 어찌하여 소녀에게 물으십니까?"

제법 공손한 모습으로 이야기는 하고 있으나 그녀의 표정은 황제는 곧 하늘이니 네 맘대로 하라고 채근하고 있었다.

"그래, 그래. 내가 곧 하늘이다. 하늘은 원래 변덕스럽기도 하지."

"그렇지요. 또한 감히 어느 누가 황제 폐하의 명에 무엄하게 트집을 잡겠습니까?"

황제는 신율의 말에 고개를 끄덕였다. 누가 뭐래도 아직까지 황제는 그였다.

신율과 황제의 대화에 왕소는 저도 모르게 깊은 안도의 한숨을 내쉬었다. 다행이었다. 그녀를 이제 다시 제 품에 안을 수 있다. 그런 왕소를 바라보며 지몽이 희미하게 마주 웃어 보였다.

"진작부터 네게 궁금한 것이 있었다."

"하명하시옵소서."

"내가 어찌 되겠느냐."

"황제 폐하의 미래를 감히 입에 담을 수는 없습니다."

가장 궁금한 자신의 미래에 대해서 신율이 애매한 미소로 비켜 가자 황제는 자신도 모르게 짧은 신음을 삼켰다. 틀린 말은 아니었다. 감히 황제의 앞날을 읽는 것은 곧 제국의 흥망을 묻는 것과 다르지 않은 일이었다.

역시나 똑똑한 여자였다.

왕소가 사랑하는 여자라. 황제는 물끄러미 신율을 바라보았다. 영민한 눈빛이 지혜로 반짝이고 있었다. 이 여인이 왕소와 함께한다면 어쩌면 다음 황제의 자리는 걱정하지 않아도 되겠 구나.

"그래도 궁금하다면?"

그것은 황제가 할 수 있는 질문이 아니었다. 그만큼 황제는 절박했고 절실했다. 채 서른도 되지 않은 젊은 황제의 얼굴과 눈빛에는 어둠이 깊게 깔려 있었고 볼에는 깊은 주름이 새겨져 있었다. 형님을 몰아내고 황좌를 차지한 패기만만하던 젊은 황제에게 고려 제국은 지나치게 버거웠고, 그래서 황제는 수 없이 번민하고 또 고뇌하고 있었다. 신율은 다시 허리를 굽히고 옆에 서 있는 왕소에게 들릴 정도로 짧은 숨을 토해 냈다. 잠깐의 시간이 흐르고, 마치 어쩔 수 없다는 듯 그녀가 입을 열었다.

"아마 같은 질문에 대한 답을 사천공께서도 폐하께 아뢰셨을 겁니다."

"제가 드린 답을 아마도 황제 폐하께서는 신뢰를 하지 않으시는 모양이오."

"황제의 자리는 그냥 만들어지지 않습니다. 마음을 굳건히 먹으시고 앞일을 기약하는 것이 옳을 것입니다."

신율의 물음에 지몽은 고개를 끄덕이고 황제를 바라보았다. 지몽이 아뢰었던 이야기와 다르지 않았다. 황제의 얼굴에 근심이 다시 지나갔다.

"그리고 지금은 먼 훗날의 일이 중요한 것이 아닙니다."

"흐음, 네 말대로 지금은 그게 중요한 일이 아니겠지."

신율이 하고 싶어 하는 말을 황제는 알아들었다. 한편에서는 지몽과 왕소가 동시에 같은 의미의 한숨을 내쉬었다.

　안도. 황자는 고개를 갸웃거렸다. 나야 안도하는 것이 당연하지만 지몽은 무엇이 불안했기에 저리 편안한 표정으로 이번 일을 도왔을까. 지난번 황제 폐하께서 그에게 은밀한 명을 내리셨을 때도 지몽은 같은 표정을 짓고 있었다.

　황자는 지난 달, 황제께서 후사를 걱정하며 그에게 은밀히 명한 이야기를 기억하고 있었다.

　그날, 바람조차 조용하여 흔들리는 나뭇잎 소리조차도 귀에 선명할 정도로 고요한 밤이었다. 궁 깊숙이에서 궁인들을 물리고 남몰래 마주한 왕소에게 양위를 전하는 황제의 명은 단호하였다.

　"황제 폐하, 제가 어찌……."

　"지금 당장 너보고 황제가 되라는 것이 아니다. 지금은 아직 때가 아니야. 버틸 수 있을 때까지 내가 버틸 것이야. 난 중독되었다……."

　왕소가 뭐라 하기도 전에 황제가 먼저 입을 열었다. 그리고 황제의 고백에 왕소의 눈이 커다래졌다.

　"어찌 이런 일이 생겼는지는 모르겠다. 해독을 하고는 있으나 잘될지 모르겠어. 그래서 네게 부탁하는 것이다. 나에게는 이제 너뿐이다."

　지독하게 담담한 황제의 말이었다. 어떤 독에 어떤 방법으로 중독되었는지조차 짐작할 수 없다. 그래서 해독 또한 쉽지 않지만 그래도 버텨 내야 할 것이다. 그것이 그가 선택한 황제의 무게이므로 견뎌야 하는 것이다.

"금안의 사신으로 온 최광윤이 서찰을 남기고 갔다."

무거운 이야기였지만 왕소의 귀에는 제대로 들리지 않았다. 황제의 중독은 전혀 예상치 못한 것이었다.

"중요한 내용이다. 잘 담아 두어야 한다."

황제의 가벼운 질책에 왕소는 입술을 깨물고 집중하였다.

황제의 말대로 내용은 간단했지만 중한 것이었다. 거란이 곧 고려를 침입할 것이니 이를 대비하라고 이르는 것이었다.

"곧 호족들에게 사병을 차출하여 광군(光軍)을 조직할 것이니 이를 네가 맡아 보거라."

"제가 말입니까?"

왕소가 고개를 들고 황제에게 물었다. 거란을 대비하는 일은 국경을 맡아서 지키고 있는 숙부의 역할이었다. 그런데 광군의 지휘권을 그에게 준다는 것은 무슨 의미일까.

"집정의 일만 군대에 대적할 수 있는 방법은 그에 대응할 만한 군사력뿐이다. 황제인 내가 직접 움직인다면 숙부는 그날로 날 죽일 것이다."

"황제 폐하."

"내가 내 아우에게 해 줄 수 있는 마지막 일이다."

엄숙하고 또 서늘한 황제의 지시였다. 호족의 군사를 받아 새로운 조직을 만드는 일은 쉬운 선택은 아니었다. 호족들의 반발도 만만치 않을 테고 숙부 또한 경계할 것이 분명하였다. 그들을 설득하기 위하여 새로이 만드는 광군은 주력군이 아닌 만약의 사태를 방비하기 위한 군사 조직으로 시작하게 될 것이고 그들의 우두머리는 왕소가 될 것이다.

"형님!"

"조용히 움직이거라. 아주 조용히. 네 목숨과 제국의 운명이 달린 일이다."

황제의 명에 왕소의 눈이 커졌다. 그의 목숨과 제국의 운명을 담보로 한 어마어마한 일이었다. 예상치 못한 황명에 왕소는 그 의미를 파악하려고 애썼고, 그때도 지몽은 저런 표정으로 그를 바라보고 있었다.

그날 이후 왕소는 조의선인들과 함께 광군의 훈련에 매진하고 있었다. 덕분에 이번 국혼에 대해 뒤늦게 알게 된 것이다.

"국혼은 없다. 이제들 가 보거라."

지친 듯하지만 단호한 황제의 명이 다시 떨어졌다. 왕소의 얼굴에 드디어 안도가 스치고 지나갔지만 신율의 이마에는 작은 주름이 생겼다. 무어라 다시 말하고 싶었지만 꾹 눌러 참고 뒷걸음질을 치는 기색이 역력했다.

황궁을 빠져나온 왕소의 얼굴에는 만족한 기색이 역력했다. 그 모습을 바라보며 신율은 고개를 흔들었다. 황제는 분명 중독되어 있었다. 지난번 황제를 뵈었을 때도 이상하다 싶었지만 오늘은 중독 증세를 확연히 눈치챌 수 있을 정도였다. 흐린 눈빛과 눈 밑의 푸른 그림자는 이미 상태가 심각하다는 것을 알려 주는 증거였다. 황제는 목숨을 위협받고 있었다. 만에 하나 황제에게 변고가 일어난다면 왕소는 분명 다음 황제가 될 것이다. 점점 더 그녀가 개봉으로 가야 할 이유가 늘어나고 있었다.

"잘했다."

"형님이 좋아하실 일이 아닌데요."

"네가 아직 날 모르는구나. 네가 다른 남자와 혼인하지 않는 것이 내게 얼마나 중요한 일인지 넌 모를 것이다."

지나치게 덤덤한 신율의 얼굴에 황자가 인상을 썼다. 어떻게 이렇게 내 마음을 모를 수 있단 말인가.

"할 말이 있거든요."

"됐다."

왕소는 단칼에 잘랐다. 그녀의 표정에 담긴 무언가가 황자를 불안하게 했다. 오늘은 국혼 하나로 충분히 놀랐다. 하지만 그녀는 그의 제지에도 불구하고 멈출 생각이 없는 모양이었다. 하기는 처음부터 그의 뜻대로 움직이던 여인은 아니었다.

"전 중원으로 떠날 것입니다."

또 한 번 그가 전혀 예상치 못한 일이었다. 중원으로 간다는 말이 무엇을 뜻하는지 황자는 알고 있었다. 그것은 혼인만큼이나 그를 힘들게 하기에 충분한 이야기였다.

"내가 가지 말라 해도?"

"네."

황자의 간절한 눈빛을 애써 모른 척하고 신율이 단호하게 대답했다. 그녀가 왜 이런 선택을 하였는지 모르는 바는 아니었다. 하지만 왜 지금이란 말인가. 황자는 상단이 위험에 빠지는 것을 신율이 두려워한다고 생각하고 있었다.

"그렇다면 나와 혼인하는 것은 어떻게 생각하지?"

예상치 못했던 황자의 질문에 신율의 눈썹이 살짝 올라갔다. 이 사람은 무슨 생각으로 지금 자신과의 혼인을 얘기하는 것일까. 그와 혼인이라니. 원하지만, 절대 할 수 없는 일이었다.

"싫습니다."

그녀가 딱 잘라 거절하자 황자의 눈썹이 모아진다. 마음이 상하니 얼굴이 저절로 굳어진다. 그녀의 탓이 아닌데도 자꾸 부아가 나고 있었다.

"내가 싫은 것인가?"

"아니요. 하지만 혼인은 하지 못합니다. 이유는 황자마마께서 더 잘 알고 계실 것입니다."

더할 나위 없이 명료한 대답이었고, 황자는 짧은 한숨을 토해냈다. 왜 모르겠는가. 이 순간에 두 사람의 혼인이 어떤 여파를 가져올지 그 역시 알고 있었다. 황실에서 태어나지 않았다면 지금 그의 곁에 있는 그녀와 아무 걱정 없이 혼례를 올렸을 것이다.

아무 말 없이 그녀의 손을 꼭 부여잡은 황자의 얼굴에서 표정이 점점 사라졌다.

객잔으로 가는 내내 왕소는 깊은 생각에 잠겨 있었다. 신율 또한 아무 말도 하지 않았다. 아니, 할 말이 없다는 것이 옳을 것이다. 왕욱과의 국혼이 사람들의 입에 오르내리면서 그녀의 신분은 이미 세상에 드러난 상태였다. 그리고 사람들은 그와의 관계도 짐작하고 있을 터였다. 이제 사람들은 어떻게든 그녀를 이용하려 들 것이다. 가장 최악의 방법으로 말이다. 하지만 그럼에도 불구하고 신율의 중원행에는 아무래도 이해할 수 없는 부분이 있었다.

"아직 끝나지 않았다."

"무엇이 말입니까?"

객잔으로 들어가려는 신율의 팔목을 부여잡은 황자는 정색한 표정으로 그녀를 바라보았다.

"감추고 있는 것을 말해."

"뭐가 궁금하신데요?"

"네가 나한테 숨기는 거. 왜 갑자기 중원으로 가겠다고 하는 것인지 이유를 알아야겠어. 네가 말하지 않는다면, 네 가솔들을 전부 대면할 것이다. 그중 하나는 실토하겠지."

신율은 나직하게 '끙' 하고 신음을 삼켰다. 이 사람이 이대로 넘어갈 것이라 생각한 그녀가 바보였다.

"마마."

"형님. 차라리 그것이 나아. 네 입에서 '마마'라는 소리를 들으면 정말로 낯설어."

"네, 형님. 들어가서 쉬고 싶습니다."

"떠나려는 이유를 말하면 얼마든지 쉬게 해 주마."

"그럼 형님 마음이 편치 않을 텐데요."

얼굴을 뒤로 젖히고 봐야 할 만큼 키가 큰 황자와 시선을 맞춘 신율의 표정은 그야말로 뻐딱했다.

"그건 내가 알아서 할 것이니 말하거라."

"그냥 다른 이와 진작에 혼인한 마마가 싫을 거라는 생각은 들지 않습니까? 그것도 형님에게는 부인이 한 분이 아니라 두 분이나 계십니다."

"뭐?"

아차 싶은 생각에 왕소는 더 이상 입을 열 수가 없었다.

신율 또한 그와 다르지 않을 것이다. 아무리 황명일지라도 그가 그녀를 왕욱에게 보낼 수 없듯이 그녀가 그 아닌 다른 남자와 눈을 마주치고 숨결을 나눈다는 것은 생각만으로도 끔찍한 일이었다.

아마 그녀도 그와 같겠지. 이런, 제기랄. 입이 열 개라도 할 말이 없는 이유였다.

"그러니까 네 말은 오늘 나와 헤어지자 말하는 것인가?"

"네. 마마."

"그래. 네가 원하는 것이 그렇다면 그렇게 하자꾸나."

황자의 대답에 신율은 심장이 툭 하고 떨어졌다. 무엇이냐. 네가 원하는 것인데 왜 이렇게 가슴이 무너지는 것이지.

댓돌 위에 한 발 올라선 신율은 저도 모르게 황자의 얼굴에 손을 가져갔다.

이것이 마지막이었다. 오늘이 지나면 영영 이별인 것일까?

한참을 그렇게 그 사람을 눈에 담은 신율은 손을 거두고 애써 희미한 미소를 지으며 마지막 인사를 전했다.

"너무 고약하지 않게 화내지 말고 잘 있어야 해요."

그동안 당신이 곁에 있어서 좋았습니다. 황자마마 때문에 행복했고, 형님 때문에 설레었어요. 죽는 순간까지 내내 가슴 두근거리며 기억할 거예요.

신율이 머뭇거리며 뒤돌아서자 황자가 그녀를 대신해 손을 끌어 잡고 돌려세웠다. 그리고 그녀가 차마 하지 못하고 돌아섰던 일을 대신 하였다. 차가운 입술에 따뜻한 그의 입술이 내려온다. 처음 입술을 맞댄 걸로 끝이라고 생각했었다. 하지만 황자는 아니었던 듯했다. 어찌할 틈도 없이 황자의 커다란 손이 그녀의 머리카락 사이로 작은 머리통을 움켜쥐고는 입술을 탐해 간다. 숨을 쉬지도 못하고 다리가 풀려 갈 정도로 깊고 깊은 입맞춤이 계속되었다.

"오늘만이다. 오늘만, 그냥 헤어지는 것뿐이다."

"황자마마!"

흔들리는 신율의 허리에 팔을 둘러 단단하게 받쳐 주는 황자에게서 겨우 벗어나며 신율이 새된 목소리로 항의했다.

"내가 널 그리 쉬이 포기할 것이라 생각하지 마라."

단호하게 말하고 뒤돌아서는 황자 때문에 안도하였는지 혹은 우려하였는지 그녀도 자신의 마음을 알 수 없었다.

황자의 뒷모습을 보는 신율의 얼굴이 심각해졌다. 머물러서는 안 되는데 자꾸만 그와 함께하고 싶었다. 아무것도 생각하지 않고 그의 옆에 있고 싶은 이기적인 마음에 신율은 저도 모르게 고개를 흔들었다.

생각해 보면 그녀가 그냥 발해 여인이면 되는 것이었다. 공주라는 신분만 아니면 아무런 문제도 되지 않았다. 태조 황제 때부터 고려는 발해 사람들에게 넉넉하게 대해 주었다. 발해의 마지막 황태자인 대광현에게도 땅을 내리고 황족의 대우를 받을 수 있는 왕계(王繼)라는 이름을 하사하셨다.

하지만 정치에 있어서 완벽한 내 편은 없는 법이다. 또한 완벽한 진실도 없다. 지금은 그저 고구려의 한 핏줄이라고 생각한 발해의 사람들이지만 필요하다면 없던 역모도 생겨날 수 있을 것이다. 특히나 그것이 넷째 황자에게 약점인 발해 여인이라면 망한 나라의 공주는 놓치기 아까운 신분이 될 것이다. 신율은 이제 어쩌면 황제가 될지 모르는 왕소에게 짐이 되고 싶지 않았다.

왕소는 천천히 마당을 거닐었다. 푸른 달빛이 고요한 사방을 훤히 밝히고 있었다. 머리가 정리되지 않고 있었다. 분명 무언가 있는데 그것을 모르겠다. 그냥 이곳 개경에 온 것은 아닐 것이고, 그냥 이곳 개경을 떠날 마음이 든 것도 아닐 것이다. 그의 처지도 그녀의 처지도 크게 달라질 것이 없음에도 저리 단호하게 중원으로 가겠다는 데는 분명 그가 모르는 이유가 있는 것이다. 그것이 무엇일까. 황자는 시간을 낭비하는 것을 원치 않았다.

멈칫, 사람의 그림자에 왕소의 몸에 긴장감이 흘렀다. 은천이 몰래 끌고 온 강명이었다. 그는 한밤중에 당한 의외의 납치에도 그리 당황한 눈치가 아니었다.

"무슨 일로 이 밤에 부르셨습니까? 주무실 시간인데요."

"잠이 오지 않네. 맹랑한 여자 한 명 때문에."

"맹랑한 여자라 함은 우리 아가씨를 말씀하시는 겁니까?"

강명이 싱긋 웃으며 물었다. 안 그래도 오늘 일을 진작에 들어서 알고 있었다.

"도대체 무슨 마음을 품고 있는지 알 수가 있어야지. 혹여 자네는 아는가?"

"여인의 마음은 그리 복잡하지 않습니다. 다만 우리 아가씨가 특별할 뿐이지."

불평과 걱정이 뒤섞인 황자의 질문에 강명이 덤덤히 대답하였다.

"저 조그만 머릿속에 도대체 무엇이 담겨져 있는 게냐."

"많습니다. 그리고 분명 그 수많은 생각 안에는 황자님을 그리는 마음도 있습니다."

"그것은 나도 알고 있다. 내가 모르는 것은…… 도대체 신율이 무엇 때문에 나를 피하려 하는 것인가. 내가 모르는 것이 도대체 무엇이지?"

"아가씨께 직접 물으시면 어떠하십니까?"

"내가 군이 자네의 목에 검을 가져가야 입을 열겠는가?"

강명이 주춤거리는 것을 바라보며 황자는 은근한 압박을 가하였다. 휘몰아치는 내공의 힘에 강명은 몸을 움찔거렸다.

어찌해야 하는가. 그는 신율 아가씨의 뜻을 분명히 알고 있었다. 하지만 황자 또한 신율 아가씨의 상태에 대해 알아야 할 자격이 있었다.

이대로 영문도 모른 채 멀어지는 것은 옳은 일이 아니었다.

아니, 그걸 다 떠나서 여기서 진실을 얘기하지 않았다가는 잘못하면 오늘 넷째 황자한테 죽을지도 모르겠다. 그만큼 무섭고 절박한 눈으로 황자가 그를 향하고 있었다. 그 시선에 강명은 바짝 마른 목구멍에 침도 넘어가지 않았다.

신율은 잠결에 몸이 따뜻해짐을 느끼고 작게 미소 지었다. 오랜만에 따뜻하였다. 춘아가 이 밤중에 화롯불을 바꾼 것인가? 고마운 아이였다.

"춘아, 이제 자거라."

"아마 잘 자고 있을 것이다."

나직한 저음의 목소리에 신율은 눈을 번쩍 떴다. 분명 황자였다. 이 사람이 왜 여기 있는 것일까. 꿈인가. 따뜻한 온기는 분명 꿈이 아니었다. 화들짝 놀라 몸을 일으키는 신율의 허리에 팔을 두른 황자가 다시 제 품으로 끌어당겼다.

"꿈이 아니다."

"그러니까요. 꿈도 아닌데 이 밤에 무슨 일입니까?"

"네가 도망갈까 봐. 아무리 생각해 봐도 중원은 너무 멀다."

바르작거리는 신율의 머리 위에 턱을 올린 채 그가 단단한 힘으로 그녀를 품에 안았다.

"멀기는 하죠. 그래도 밤에는 안 가요."

"낮에도 가지 마라. 내 옆에 있어."

"황자마마."

"굳이 간다고 하면 할 수 없지만…… 아마도 서로 꽤 귀찮게 될 것이다."

신율이 이유를 묻기도 전에 황자가 말을 이었다.

"내가 널 쫓아갈 것이니. 그곳이 아무리 먼 곳이라도, 찾아갈 것이다."

황자는 나직하지만 단호하게 선언했다. 그것은 더 이상의 여지도 없는 말이었다. 분명 황자는 어디든 올 것이다.

"형님!"

"나는 지금껏 내 것을 별로 가져 본 적이 없다. 욕심내 본 적도 없고. 그런데…… 너는 욕심이 난다. 네 옆에 내가 있고 싶다. 너는…… 내 모든 것이다."

언제나 느긋하거나 무정하던 그의 진지한 고백에 그녀는 더 이상 아무 말도 할 수가 없었다. 어찌 그만 그렇겠는가. 그녀 또한 그랬다. 상단의 주인이었지만 그녀의 짧은 목숨은 다른 욕심을 품을 여유조차 주지 않았다. 그런데 이제 와서 그의 옆에 있고 싶었다. 그와 함께하고 싶었다. 황자의 커다란 손이 가는 등을 품 안에 깊숙이 안은 채 다독거렸다. 마치 네 마음을 다 알고 있다는 듯이.

"저는……."

"함께 있자. 지금은 그것이면 된다."

그래도 되는 것일까. 이렇게 모른 척, 아무 걱정 없는 척 그의 품에만 있어도 되는 것일까.

"그냥 너와 나만 생각해라. 다른 것은 다 잊어라."

복잡한 신율의 머릿속을 들여다보는 것처럼 황자가 머리를 숙여 그녀의 머리통에 작게 입을 맞추었다. 신율도 천천히 손을 들어 그의 넓은 등을 감싸 안았다.

"자거라."

"형님이 깨우셨습니다."

온통 가슴을 헤집어 놓은 이가 옆에 있는데 잠이 올 것이 무엇인가. 몸은 지쳤는데 두근거리는 황자의 심장 소리 때문에 잠이

오지 않는다.

"아, 미안하다. 그래도 정인과 함께하고 싶은 사내 마음이란 원래 다 그런 것이니 네가 좀 봐줘야겠다."

"아마도 내일 아침, 늦게 일어날 것입니다. 그것도 다 형님 때문입니다."

자신의 감정을 조금도 숨기지 않고 털어놓는 황자의 당당한 대꾸에 신율은 괜스레 입을 비죽이며 그를 타박했다. 짧은 대답 한마디에도 볼이 붉어지고 심장이 빨라진다.

"그거야 상관없지. 아무것도 하지 말고 쉬어. 그리고 오후에 시간이 나면 황궁의 서고에 가자꾸나."

"오후는 상단이 대륙으로 갈 차비를 하는 때입니다."

"지난번에는 책이 좋다고 하더니만. 이제는 상단이 더 중요하다고?"

황자가 허리에 두른 팔에 힘을 주어 끌어안으며 불만을 표시했다. 황자는 지난번, 여섯째 황자의 집에 간 일을 여전히 기억하고 있는 모양이었다. 꽤 뒤끝이 긴 황자로구나. 신율은 나직이 새어 나오는 미소를 참아야 했다.

"비유가 적절치 않은데요. 책은 좋아하는 것이고 상단은 중요한 것이에요. 그리고 서고야 언제 어느 때 가던 거기 있겠지만 상단은 아닙니다."

논리가 정연한 신율의 말에 황자가 '끙' 하고 다시 불만스러운 신음을 토해 냈다.

"도대체 뭐가 더 중요하지?"

"상단이라니까요."

"그게 아니라…… 상단과 나 중에서 누가 더 중하냐고."

설마 진심으로 묻는 것은 아닐 것이라 생각하며 그의 품에서 고개를 들었지만 어둠 속에서 그녀를 바라보는 황자의 눈빛은 진지했다.

세상에나. 이 사람은 진심으로 묻는 거구나. 아이고, 아이도 아니고.

"그래서 답은?"

"그야 마마가 더 중요하지요. 사람 목숨이 더 귀한 법이니."

"뒷말은 하지 않았으면 더 좋았을 거야."

마마가 더 중요하다는 말에 금세 얼굴이 환해지다 다시 심술이 난 황자가 나직하게 타박했다. 그녀를 안고 있는 팔에는 더욱 힘이 들어갔다. 완벽하게 원하는 대답이 아니라는 뜻이었다.

"뭐 정 원하시면…… 형님이 더 중요합니다."

"앞에 말도 하지 말아야지."

"네. 그냥 형님이 더 중요합니다."

드디어 듣고 싶은 대답을 얻은 황자가 팔에서 힘을 풀었다.

참으로 까탈스러운 황자였다.

"서고에 가면 뭐합니까? 그냥 누워 자기만 하시면서. 이번에도 마마께서는 또 주무실 건가요?"

"아니다. 이번에는 너만 보고 있을 것이다."

"아……."

무뚝뚝한 황자의 노골적인 표현에 신율의 볼이 어둠 속에서도 확 달아올랐다.

"넌 이번에도 책만 보고 있을 것인가?"

"네. 책에서 한시도 눈을 떼지 않을 것입니다."

"상관없다. 어차피 난 너만 보면 되는 것이니."

황자가 신율의 마음을 다 알고 있다는 듯 싱긋이 미소 지었다.

"그만 자자꾸나. 내가 오늘 너 때문에 꽤 곤하다."

"왜 저 때문입니까? 이 밤에 오라고 청한 이는 제가 아닌데."

"그래, 나 때문이다. 너 도망갈까 봐 내가 간을 졸였거든. 그러니 이제 자자."

황자가 그녀를 당겨 안으며 나른한 목소리로 중얼거렸다. 그러고는 그녀를 더욱 깊숙이 고쳐 안았다. 함께 뛰는 심장 소리와 그의 체온에 신율은 오랜만에 깊은 잠에 빠져들었다.

침상에서 잠든 신율을 바라보며 왕소가 겨우 몸을 일으켰다.

희미한 달빛 아래 그녀의 얼굴은 더더욱 파리했고, 손끝은 얼음처럼 차가웠다.

어쩌나. 이 일을 어쩌나. 너 없이 내가 살 수 있을까. 어느새 네가 내 약점이 되었구나. 이제 내 모든 것이 되었구나. 이제 지키고 싶은 것이 생겼는데, 그에게는 아직 그럴 힘이 없었다.

깊은 어둠을 헤치고 햇살이 방 안을 환히 비출 무렵 조심스럽게 방 안을 나서는 왕소의 시선에는 아픔이 가득했다.

다음 날 아침, 신율은 그녀의 말처럼 해가 중천에 떠올라서야 겨우 눈을 떴다. 방문 밖으로 조용조용 움직이는 사람들의 인기척이 들려왔지만 방 안에는 혼자뿐이었다. 어젯밤 일이 꿈인가 싶은데 침상의 옆자리에 온기가 그대로 남아 있는 것을 보면 꿈은 아니었나 보다. 창가에 내려진 비단 장막 사이로 눈부신 햇살의 그림자가 아른거렸지만 침상에 그대로 앉아 움직이지 않는 신율의 눈빛은 생각에 잠겨 더욱 깊어졌다.

지금 당장 개경을 떠나는 것은 불가능해졌다. 어젯밤 느닷없이 들이닥쳐 함께 있자 말하던 그 남자는 이미 모든 것을 다 알고 있는 듯하였다. 어떻게 알았는지는 몰라도 그는 그녀의 몸 상태를 눈치챈 모양이었다. 그가 알아 버린 이상 이제 쉽사리 중원으로 떠날 수는 없게 되었다. 하지만 그렇다고 자신의 마지막을 그에게 보여 주고 싶지도 않았다. 그래도, 간사하고 이기적인 마음은 자꾸만 황자의 곁에 머무르라 속삭이고 있었다. 얼마 살지 못할 것이 분명한 그녀가 앞으로 새로운 세상을 이루어 갈 황자 곁에 있는 것이 과연 옳은 선택인지 그녀는 자신이 없었다.

시간이 조금만 더 있었다면 좋았을 텐데. 조금만, 조금만 더. 매화가 필 때까지만, 아니…… 한여름이 지나 첫눈이 올 때까지만. 신율은 자신의 가슴에 매달려 있는 옥패를 만지작거리며 깊은 한숨을 내쉬었다.

그 사람도 이 옥패를 아직도 가지고 있을까.

나와 당신의 인연이 참 오래되었다 말하면 그는 어떤 표정을 지을까.

하지만 그날의 인연도, 그녀의 궁금증도, 그는 결코 알지 못할 것이고, 그녀 또한 그의 대답을 들을 수 없을 것이다. 지금껏 그에게 차마 입을 열지 못한 이유는 그 사내에게 그저 괜한 기억을 그녀와의 추억으로 남겨 두고 싶지 않았기 때문이었다. 그녀에게 남은 시간이 좀 더 있었다면 그녀만 알고 있는 비밀을 그에게 털어놨을지도 모를 일이었다.

그날 개봉에서 당신을 납치하여 혼인한 이가 바로 나였다고. 당신에게는 잊어야 할 가짜 혼인이었지만 나에게는 평생에 딱 한 번뿐인 진심이었다고.

이제 어쩌면 좋을까요, 황자마마.

신율이 빈방에 혼자 앉아 나직하게 중얼거렸다.

얼마 후 객잔에는 황자가 보낸 뜻밖의 선물이 도착했다. 붉은 보자기로 싸인 작은 나무 궤 안에는 기름종이로 싸인 작은 환들이 차례대로 놓여 있었다. 그것은 천년 삼들과 몸에 열을 내게 하는 귀한 약재들로, 얇은 금사에 싸여 은근한 향기를 내뿜고 있었다.

"천삼이라더니만 향이 정말 좋습니다."

"향이 좋다고 다 몸에 좋은 건 아니다."

춘아의 감탄에 뚝뚝한 어조로 타박을 주면서 백묘는 냉큼 환약 하나를 집어삼켰다. 누구보다 황실에 대해서 잘 알고 있는 할멈이 아닌가. 그곳은 위험하기 짝이 없는 곳이었다. 가장 좋은 것들이 모여 있지만 가장 무서운 것 또한 함께하고 있는 곳. 그런지라 백묘는 황실에서 나온 음식은 황자 아니라 황자 할아버지가 보낸 것이라 할지라도 절대 시음하지 않고는 신율에게 그냥 건넬 마음이 없었다. 안 그래도 미약한 주인이었다. 환약을 삼킨 백묘는 얼른 몸의 진기를 돌려 보았다. 아무 이상이 없었다. 황자가 골라서 보낸 물건은 진기를 돌려내었고, 몸뚱어리를 한결 편안하게 해 주었다.

"드셔도 되겠습니다. 더할 나위 없이 좋은 약재입니다."

드디어 백묘의 평가가 떨어지자 춘아가 얼른 환약이 담긴 소반을 신율에게 내밀었다.

"이제 보니 넷째 황자가 사람이 참 좋은 양반이었네요."

뜻하지 않은 칭찬에 환약을 삼키던 신율이 피식하고 웃어 보였다. 춘아도 소매로 옷을 가리고 웃음을 삼켰다. 백묘의 기준은 확실했다. 그의 주인에게 잘하는 사람이 곧 좋은 사람이었다.

"도대체 황자는 이 귀한 것을 어찌 구하였을까요."

"그러게."

황자가 보낸 물건은 그녀의 상단에서도 구할 수 없을 만큼 귀한 것들이었고 신율의 몸에 딱 맞는 약재였다. 진기를 보호하고 기력을 회복하게 만드는 약재들이었다.

"하긴 어디서 구한 게 뭐가 중요하겠습니까? 아가씨만 건강해 지시면 더 바랄 게 없습니다. 춘아, 잊지 말고 챙겨 드리거라."

오랜만에 표정이 밝아진 백묘가 환약을 소중하게 챙기면서 춘아에게 말하였다.

두 사람이 나가자 신율은 천천히 눈을 감았다. 왠지 눈물이 차오르려 하고 있었다.

저 귀한 약재들을 어찌 구할 수 있었을까. 저 약재들을 구하기 위해 얼마나 많은 수고를 하였을까. 그리고 어떤 마음으로 그것을 그녀에게 보내었을까. 그의 마음이 고스란히 느껴진다.

그날 황실의 서고에서 황자는 정말 한시도 눈을 떼지 않고 그녀만을 바라봤다. 그녀는 그의 시선 때문에 서책에서 눈을 돌릴 수가 없었다. 그렇게 눈이라도 마주치게 되면 붉어진 볼이 보일까 봐, 뛰는 심장이 들킬까 봐 죄 없는 책만 뚫어져라 바라봐야만 했다. 함께 그 나른한 오후의 시간을 다시 보낼 수 있을까. 저 약들을 먹고 좀 더 좋아질 수 있다면 그녀 또한 더 바랄 것이 없을 것이다. 그의 정성과 마음을 생각해서라도 하루라도, 더 살아야 있어야 할 것이다. 함께하기 위해서.

신율은 눈을 뜨고 씩씩하게 일어섰다.

第21章

무너지다

미안하다, 정말 미안하다

　왕식렴의 서찰을 받아 든 황제는 부들부들 손을 떨고 있었다. 그의 아우 왕소가 역심을 품고 있다는 내용이었다. 발해 여인의 꼬임에 넘어가 그 재산을 바탕으로 병사를 훈련시키고 있으니 당장 아우를 죽이라는 숙부의 협박이었다.

　어째 광군을 만든다 하였을 때 순순히 허락하는 것이 수상했다. 이제 보니 그것이 미끼였던 셈이다. 서경의 세력은 감히 황제에게 그 아우를 죽이라 명할 수 있을 만큼 막강하였으며 섬뜩할 정도로 교묘하였다.

　하하, 아우를, 나와 같은 핏줄을 나누고 나를 지키고 있는 유일한 사람을 내 손으로 죽이라.

　황제는 서찰을 구기듯 손에 쥐었다.

　핏대가 선 황제의 얼굴은 이미 하얗게 질린 지 오래였다. 이유는 알고 있었다. 아마도 지난번 황주의 왕욱과 신율의 혼인 취하 명령이 결국 이 사달을 만들어 놓은 듯했다. 상단의 재물을 취할 수 없으니 이제는 아주 죽이려고 하는구나.

"결국 일이 이렇게 되는구나. 왕소의 생각이 틀리지 않았어."

황제가 쓴웃음을 지어 보이며 손에 쥐고 있던 서찰을 집어던졌다.

"왕소를 죽일 수는 없네. 아마 그다음에는 날 죽이겠지……."

"이미 황제 폐하께서 짐작하고 계시던 일이니 명하시는 대로 준비하겠습니다."

지몽이 고개를 숙여 명을 받들 준비를 하였다. 지난번 국혼의 명이 취하되면서 조금은 각오하고 대처했던 일이었다. 하지만 생각했던 일을 현실로 옮기는 것은 꽤나 가혹한 선택이 될 것이었다.

"내가 준비한 일이 아닐세. 왕소가 예상한 일이지."

"하지만…… 아마 넷째 마마도 일이 이렇게까지 되리라고는 짐작하지 못하셨을 것입니다."

"어쩌겠나. 대사를 치르려면 한 명 정도는 희생해야 하네."

곤란한 듯 중얼거리는 지몽을 바라보며 황제가 쓰게 웃어 보였다.

지몽은 벌써 세 명의 황제를 섬기는 고려 최고의 책사였다. 그가 생각해 낸 방법은 잔인하였다. 하지만 지금으로서는 그 방법밖에 없었다. 남녀 사이의 정은 제국의 안녕에 비하면 아주 사소한 것이다. 그러니 이번 선택은 왕소도 이해해야 할 것이다. 그에게는 선택의 여지가 없는 일이었다.

사실 넷째 황자가 선택한 건 이런 것이 아니었다. 일을 이렇게까지 만들어 버린 이는 다름 아닌 지몽 자신이었다. 고개를 숙여 부탁까지 한 넷째 황자의 신뢰를 본의 아니게 모른 척해 버린 자신을 황자가 용서할 수 있을지 모르겠다.

제국의 앞일에 대한 걱정으로 고개를 들어 천천히 하늘을 바라보니 여전히 달은 붉었고 별들의 기운은 어두웠다. 그러고 보니 황제가 내린 국혼을 황제가 거두었던 그날 밤도 이랬었구나. 일그러진 붉은 달이 구름에 가리워져 황궁은 더욱 캄캄하고 눈에 닿는 사방은 희미하기만 했던 그날 밤의 일을 떠올리며 지몽의 얼굴에는 쓴 미소가 지나갔다.

늦은 시간이었지만 아직도 귀가하지 못한 사천공 지몽은 바람에 흔들리는 촛불이 밝혀 있는 서고로 들어섰다.

"밤이 늦었는데 미안하오."

"상관없습니다. 그나저나 어쩐 일이십니까? 저를 다 보시자하고?"

꽤 진지한 눈빛의 넷째 황자는 서두르지 않고 의자에 자리를 잡았고 지몽 또한 맞은편에 앉아 황자를 향했다. 지몽은 황제의 가까운 측근이고 또한 믿을 만한 책사였다. 돌아가신 태조마마께서도 아끼고 인정하는 천하의 지략가였다. 그런 이유로 황제의 자리를 노리는 대부분의 호족 가문에서는 그를 자신들의 사람으로 만들고자 어마어마한 제안과 더불어 끊임없이 유혹의 손길을 보내는 경우도 허다하였지만 오직 단 한 사람, 황제의 아우인 이 사람만큼은 언제나 그에게 거리를 두곤 했었다. 그런 그가 지몽을 먼저 찾은 것이다.

"오늘 국혼으로 생각한 것이 있소."

"무엇입니까?"

사실 넷째 황자가 굳이 말하지 않아도 그의 생각을 알 수 있을 듯하였지만 지몽은 태연한 표정으로 그에게 물었다. 아마도 황자는 황실의 책사인 자신과 같은 생각을 하고, 제국을 지키는 황자로서의 계획을 가지고 온 것이 분명했다.

"분명…… 오늘 일은 저들에게 빌미가 될 것이오. 신율의 사정까지 세간에 다 알려진 마당에 나와 신율의 관계를 모르고 있지는 않을 터이니."

"그렇겠지요. 그분이 걱정되십니까?"

"율이도 문제지만, 오늘 일이 황제 폐하에게 또 다른 짐이 되어서는 안 될 거 같소."

짐이라. 황자의 대답에 지몽은 눈을 들어 그를 똑바로 바라봤다.

역시나 예상대로 황자는 현명하였다. 서경의 왕식렴에게 끊임없이 시험당하고, 호족들에게 지쳐 버린 제국의 황제는 아마도 오늘 일이 어떤 의미를 내포하는지 생각할 여유조차 없을 것이다.

"어떤 짐, 말씀이십니까?"

"율이는 오늘 자신이 고구려의 후계자임을 자청했지만 그건 저들에게는 분명 역모의 빌미가 될 것이오."

"그렇겠지요."

"아마도 숙부는 율이뿐만 아니라 율이를 감싸고 있는 나까지 죽이라 명할 것이오. 그리고 황제께서 나를 죽이거나, 죽이지 않거나 그것을 핑계로 이곳 개경으로 병사를 이끌고 올 것이요."

난세의 정치에는 인정이 없다. 또한 정의도 없다. 더구나 황제에게 강한 권력조차 없는 지금은 아무도 황자를, 그리고 그녀를 돕지 않을 것이다.

황제가 왕소를 죽이지 못한다면 서경의 왕식렴은 역모를 직접 제압하겠다는 핑계로 군사를 끌고 이곳 개경으로 향할 것이다. 황제가 왕소를 죽인다면 황제는 황실을 지킬 수 있는 마지막 사람조차 잃게 될 것이다. 결국 오늘 황자가 아끼는 그 여인도, 넷째 황자도 죽게 될 것이다. 그리고 마지막에는 황제도 결코 살아남지 못하리라. 오늘 일은 바로 그런 것이었다.

"말씀하십시오. 제가 무엇을 도와드리면 되겠습니까?"

"그들이 나를 내어 달라 하면 차라리 나를 내치시라 하시오."

"결과가 어찌 될지는 황자께서도 알고 있으리라 생각합니다. 그럼 그 방비책도 마련해 놓으셨습니까?"

"시끄러워지는 것은 각오하고 있소. 하지만…… 정국을 잘만 이용하면 이번 기회에 황주를 조용히 시킬 수 있을 것이오."

왕소의 대답에 지봉의 얼굴에 미소가 지나갔다. 황자가 어떤 생각을 하고 있는지 짐작할 수 있었기 때문이었다. 그것은 그의 생각과도 같았다. 하지만 지금 중요한 것은 그것이 아니었다.

"내가 율이를 아끼고, 그녀를 마음에 둔 것은 사실이지만 이 번에 국혼을 청한 것은 내가 아니오. 부디 그 점을 잊지 마시고 황제께 권하여 주시오. 사천공 그대 말이라면 폐하께서도 수긍하실 것이오."

황자의 진지한 부탁에는 거절할 수 없는 위엄이 담겨 있었다. 그래서 지몽은 다시금 미소를 지을 수밖에 없었다. 책사는 그였다. 당연히 그는 반상 위의 돌을 움직이는 방법을 알고 있었다. 그런데 넷째 황자 또한 그 방법을 알고 있는 듯하였다. 심지어 황자는 책사인 지몽 그조차도 반상 위의 돌로 움직이고 있지 않은가. 넷째 황자는 제대로 정국을 읽어 내리고, 주변을 통제하고, 사람을 부리는 방법을 알고 있었다.

"알겠습니다. 마마. 저 역시 황제 폐하가 의지가 되는 아우님을 잃는 모습을 두고 볼 생각은 없습니다."

우려가 담긴 지몽의 대답에 황자가 그제야 빙긋 미소를 지어 보였다. 마치 그것은 자신과는 아무 상관없는 일이라는 듯.

"왕욱을 죽이지 않는 한, 나를 쉬이 죽이지는 못할 것이오. 황주에서는 어떻게든, 청해 상단과 자신들의 관계에 대해 해명을 할 것이오. 아마도 그러다 보면 결코 율이를, 발해 공주라는 이유로 역모에 엮이게 하지는 않을 것이오."

이번에도 황자의 말이 옳았다. 황주와 서경에서는 어떻게든 이 상황을 벗어나기 위해 이번 일을 발 벗고 해결하려 들 것이 분명하였다. 하지만 다시는 다른 어떤 황자도 신율에게 국혼을 청하지는 못할 터이니 황자는 황제뿐만 아니라 자신의 여인까지도 완벽하게 지킬 수 있는 방안을 생각해 낸 것이다.

"어쩌면 이번 국혼 소란은 아주 나쁜 것만은 아니오. 당분간 황주 쪽에서는 몸을 사릴 것이 분명할 터이니. 그럼, 우리는 새로운 군사를 훈련시킬 시간을 얻게 될 것이오."

황자가 쓰게 웃으며 중얼거렸지만 그를 바라보는 지몽의 눈빛에는 희망이 일렁거렸다.

넷째 황자. 돌아가신 태조마마께서 남몰래 아끼고 아까워하던 황자마마의 그릇은 분명 다른 이들과 달랐다. 지금 넷째 황자는 황제의 눈으로 멀리 바라보고 황제의 머리로 깊이 생각하고, 또한 그 누구보다 현명하게 결단을 내리고 있었다.

황제는 곧 하늘의 자식이라 하였다. 하지만 굳이 하늘을 보며 고민할 필요가 없는 것이었다. 하늘의 뜻은 언제나 눈앞에 있다. 그리고 하늘의 뜻을 성사시키는 것이 인간의 몫이다.

지몽은 그날 밤 자신이 앞으로 해야 할 일을 분명히 알게 되었다. 그렇기 때문에 오늘의 선택에 대한 후회는 없었다. 설사 이번 일로 넷째 황자가 그의 목숨을 원한다고 해도, 그는 제국의 신하로서 해야 할 일을 한 것이다.

그 무렵, 본인도 모르는 역모의 중심에 서 있는 넷째 황자는 호족에게서 강제로 할당받은 병사들인 제국의 광군과 함께 숙식을 하고 있었다. 광군을 조직함으로써 호족들은 난리가 났지만 거란이 쳐들어올지도 모른다는 경고에 울며 겨자 먹기로 자신들의 사병을 내어놓을 수밖에 없었다.

그 규모는 30만 명이 넘었으며, 표면적인 그들의 지휘권자는 은천이었다. 그는 작은 키에 다부진 체력을 가졌으며 무엇보다 병법에 강했다. 하지만 광군의 실질적인 지도자는 다름 아닌 왕소 황자였다. 황자는 호족의 병사들을 고려의 군인으로 만들기 위해 은천과 함께 체계적인 교육과 훈련을 반복하고 있었다.

같은 막사에서 자고 더 많은 훈련을 감내하는 왕소를 보면서 광군들은 그가 황자라는 생각은 미처 하지 못하였다. 극도의 무공 실력을 갖추고 화려한 비검술을 가르치는 검은 옷의 왕소가 그들과 같은 광군이면서 조의선인의 수장이라고 믿고 있는 것이다. 검은 옷을 단정하게 입은 선인. 그것은 광군들을 묘하게 들뜨게 만들었다. 일개 호족의 사병이 아니라 제국을 지키는 위대한 병사가 된다는 것은 그들에게 자부심을 느끼게 하기에 충분하였고, 신분 차별을 받지 않고 실력으로 대우받을 수 있다는 것도 그들에게는 더할 나위 없는 유혹이었다.

언젠가 나라를 지키고 가족을 지키는 공을 세우면 그들도 떳떳한 관리가 될 수 있을 것이라는 희망을 품게 된 것이다.

"마마! 큰일입니다."

"무슨 일이지?"

언제나 냉정한 이성을 잃지 않던 은천이 상기된 얼굴로 달려오자 황자의 눈썹이 치켜 올라갔다. 설마 거란이 벌써 침입을 한 것일까. 광군을 움직이기에는 시간이 더 필요했다.

"그것이 아니라……."

필요한 단어를 찾던 은천은 아무래도 안 되겠는지 황자에게 달려가 자신이 받은 황제의 밀서를 꺼내 들었다. 찬찬히 밀서를 읽어 내리는 황자의 얼굴이 그대로 굳어졌다.

역모. 그것도 청해 상단의 신율이라는 여인이 역모를 꿈꾸고 있으니 즉시 환궁하라는 황제의 명이었다.

계절이 바뀌면서 바람이 차가워지기 시작한 날 신율은 역모라는 무시무시한 죄명으로 관군의 오라를 받아야 했다. 아닌 밤중에 홍두깨라고, 이럴 수는 없는 일이었다.

백묘는 생각 같아서는 관군을 다 없애 버리고 신율과 함께 이 고려를 떠나고 싶었다. 고려의 관군이 아무리 어마어마해도 황성을 지키는 몇 명쯤은 그들의 사병으로 감당할 수 있을 것이다. 하지만 그들의 주인은 전혀 그럴 생각이 없는 듯 순순히 몸을 일으켰다.

"청해 상단의 신율이 명합니다. 절대, 경거망동하지 마세요. 특히나 할멈, 아무 일도 하지 마세요. 이는 제가 정식으로 내리는 명령입니다."

"하지만 아가씨……."

"명이라 하였습니다."

"아가씨의 뜻을 따르겠습니다. 하오나 만에 하나, 아가씨의 손 끝 하나만 건드려도 절대 가만히 있지 않을 것이옵니다."

위엄이 가득 담긴 명령에 백묘가 급히 허리를 조아렸다.

신율이 이렇게 정색하고 명을 내리는 것은 그리 흔치 않은 일이었다.

"그래도 가만있어요."

"아가씨!"

"걱정 마, 할멈. 아직은…… 내가 그리 금방 죽게 될 것 같지는 않으니까. 그러니까 살아서 봐."

불평과 불만이 가득한 한숨들이 무겁게 터져 나왔지만 신율의 얼굴에는 희미한 미소가 담겨 있었다. 마치 남아 있는 그들의 가족을 안심시키듯.

신율이 관군들에게 끌려간 후 객잔에는 어두운 침묵이 내려앉았다. 고려에서 발해 공주의 역모라니. 이런 말도 안 되는 일이라니.

노기를 겨우 눌러 참으며 백묘는 생각보다 덤덤한 표정의 강명을 노려봤다.

"강명, 경, 잘 들어라. 행여 불미스러운 일이 생기면 너희들은 죽은 목숨이다. 정신 바짝 차리고 있거라."

"할멈만 욱하지 않으면 됩니다."

강명이 상황에 맞지 않게 가벼운 어조로 대꾸하자 백묘의 눈썹이 이마 끝까지 치켜 올라갔다.

이놈이 죽으려고 환장을 했구나. 지금 같은 때에 감히 이런 농을 하다니. 백묘의 눈빛이 매서워지자 잘못하면 죽겠다는 생각에 느긋하던 강명의 몸이 제법 빠르게 멀찌감치 움직였다.

"네놈은 이럴 때도 농이 나오느냐?"

"그럼 곡을 합니까?"

백묘에게서 살기가 배어 나오자 강명이 얼른 또 한 걸음 떨어진다. 하기는 열두 걸음을 떨어진다고 해서 작정한 백묘를 피할수 있는 것도 아니지만 일단은 멀면 멀수록 유리했다.

"아가씨께서 말씀하시지 않았습니까. 금방 죽지 않는다고."

"허허, 이놈이 말하는 거 보게. 지금 그럼 아가씨가 죽기라도해야 큰일이 일어난 게야? 아가씨가 관군에 끌려갔다고."

지나치게 당당한 대꾸에 백묘의 눈빛에 살기가 돈다. 잘못하면 당장이라도 죽게 될지 모를 일이지만 강명의 표정은 그리 걱정하는 모습이 아니었다.

"강명, 네가 오늘 내 손에 아주 죽고 싶구나."

"아가씨께서 경거망동하지 말라 하시지 않았습니까. 그리고…… 잊으셨습니까? 아가씨는 얼마 전까지만 해도…… 곧 죽는다고 말씀하시던 분입니다. 그런데 이제 살아날 거라 얘기하는데 웃지, 웁니까?"

강명의 대구에 백묘가 마구 휘두르던 지팡이를 순식간에 거 둬들였다. 생각해 보니 그건 또 그렇다. 그들의 주인이 어떤 분 인가. 이 세상 목숨에 별 뜻이 없던 양반이었다. 그런데 아가씨 입으로 살아서 보자 했다. 가만 보면 저놈이 머리는 확실히 좋 다. 하지만 그렇다고 분이 완전히 사라진 것은 아니었다.

어느 놈이든 걸리기만 해 봐라. 백묘가 살벌한 눈빛으로 주위 를 둘러봤고 사람들은 숨도 제대로 삼키지 못할 판이었다.

지하 감옥으로 들어가기 전에 수청궁의 누각으로 끌려간 신 율은 두 눈을 깜빡였다.

이곳은 분명 황제가 머무르는 궁이다.

왜 여기에 데리고 온 것일까. 이 층으로 만들어진 누각은 낮 에 보면 그 풍경이 호화로울지 모르지만 밤의 궁은 을씨년스럽 기까지 했다. 물소리가 들리는 것을 보면 가까운 곳에 계곡물 이 흐르는 연못이 있는 듯했다.

얄팍한 초승달 아래 누각 위에 놓여진 횃대의 불빛만이 캄캄 한 세상을 밝히는 빛의 전부였다. 신율이 들어왔던 문과는 다른 곳에서 사방이 환해지면서 황제가 그녀에게 다가오고 있었다.

"물러들 가거라."

황제가 자신의 뒤를 잇는 시종들에게 나직하게 명했다. 황제의 명에 지풍을 제외한 사람들이 멀찌감치 뒷걸음질을 쳤다.

"또 뵈옵니다, 폐하."

"그래, 또 이렇게 만나게 되는구나."

황제가 신율을 물끄러미 바라보며 중얼거렸다. 핏줄인 아우를 죽이는 것보다 차라리 이 여인을 죽이는 것이 나은 일이리라.

"왜 내가 발해 여자인 널 상대로 이런 일을 벌이고 있는지 알고 있느냐?"

"제가 감히 폐하의 생각을 어찌 알겠습니까?"

신율이 고개를 조금 들어 황제를 바라보았다.

"점을 보거라. 그럼 네 목숨을 구할 수 있을는지 모른다."

"폐하, 언젠가도 말씀드렸지만 저는 점쟁이가 아닙니다."

죽음을 앞둔 상황에서도 맹랑하게 대꾸하는 신율을 빤히 바라보던 황제가 웃음을 터뜨렸다.

"그래. 그때도 넌 이렇게 건방졌었다. 내가 다시 묻겠다. 빛 광. 내 아우가 고른 그 글자가 정말 '미칠 광(狂)' 자이더냐?"

그동안 황제는 진심으로 아우인 왕소가 선택한 글자의 진정한 의미가 궁금했다. 신율을 바라보는 황제의 두 눈이 어둠 속에서도 불꽃처럼 번득였다. 마치 살쾡이가 밤에 불을 켜고 노려보는 듯했다.

"분명 그렇습니다."

"황제를 의미하는 것은 아니고?"

"아니라 말씀드리지는 않았습니다."

미적지근한 신율의 대답에 황제의 얼굴이 잠시 일그러졌다. 어쩌면 예상한 답변인지도 몰랐다.

"넷째 황자마마가 선택한 그 문자는 광인을 의미하기도 하고 또한 황제의 문자이기도 하옵니다."

무언의 재촉에 그녀가 천천히 그리고 거침없이 입을 열었다.

황제의 문자.

황제는 저도 모르게 고개를 끄덕이고 있었다.

"지금 그 말이 역모라는 것은 아느냐?"

"어차피 이미 역모로 걸린 몸이옵니다. 혼자 죽을 수는 없잖습니까?"

두려움이라고는 찾아볼 수 없는 담백한 어조에 황제는 미친 듯 웃음을 터뜨렸다. 겨우 웃음을 그친 황제가 말을 이었다. 황제의 얼굴에는 어쩐지 편안한 안도감이 떠올랐다.

"너는 정말이지 영특한 아이로구나. 널 죽여야 하는 게 아깝구나. 하지만 살려 두면 내 목에 칼을 들이댈 테니…… 나로서도 방법이 없어."

"황제 폐하께 칼을 들이대는 이는 제가 아닙니다. 문제는 개경이 아니라 서경에 있는 것을 아실 텐데요."

진심으로 안타까워하는 황제에게 신율이 고개를 흔들었다. 그러고는 좀 더 냉정해진 눈빛으로 몸을 돌려 서경이 있는 곳을 바라보았다.

멈칫, 황제의 시선도 함께 그곳을 향한다. 그녀의 뜻을 이해한 황제의 입에서 깊은 한숨이 새어 나왔다.

"황제는 고단한 자리이다. 형제 따위를 죽이는 일은 내게 어렵지 않다. 내게 어려운 것은……."

황제에게 어려운 것은 혼자라는 것이다. 만인지상의 자리에 있으면서 시시각각으로 목숨을 죄어 오는 것들이 그를 숨 막히게 한다.

그런 황제를 바라보는 신율의 눈에 연민이 서렸다.

"내가 진짜 힘든 이유도 알아맞힐 수 있겠느냐?"

"아주 예전에 제가 만난 어떤 사람이 그랬습니다. 외롭다고."

"그래서 넌 뭐라 대답했는가?"

황제의 눈빛이 절실하게 번득였다. 그는 외로웠다. 만인지상의 자리의 대가는 뼈가 사무칠 정도의 외로움이었다.

"친구를 찾으라 했습니다. 그리고 제가 그의 친구가 되어 준다 했습니다."

"그럼 너도 내 친구가 되어 줄 것이냐?"

"이미 황제가 되신 분은 친구를 찾는 일이 쉽지 않습니다."

"그래. 네 말이 옳다."

나직한 대답에 황제는 순순히 고개를 끄덕였다. 황제에게는 그의 지시를 따르는 신하만이 있을 뿐이었다. 마음을 주는 친구란 있을 수 없다. 행여 있다 해도 그는 황제의 측근이 돼서 난폭한 권력을 휘두르게 되거나, 혹은 권력의 희생양이 될 것이 분명했다. 그러니 친구 따위는 원래부터 없어야 하는 것이다.

"한 가지만 묻자. 왜 왕소가 저주받았다 하는 것이냐?"

"글쎄요. 수많은 피를 봐야 하는 황자이기 때문인지 모르지요. 세상을 바꾸려면 언제나 그 대가가 필요한 법이니까요."

신율의 대답에 황제는 그제야 무언가를 깨달은 사람처럼 고개를 끄덕였다. 그가 황제의 자리에 오르기 위해 흘린 수많은 피는 그를 위한 피였다. 하지만 아마도 아우 왕소가 흘린 피는 다르리라.

새로운 세상을 위한, 그리고 강한 제국을 위한 희생을 필요로 하리라. 어쩌면 가장 빛나는 자리에 오르게 될지도 모르는 왕소는 아마도 황실의 미치광이가 되어야 할지도 모를 일이었다.

신율을 만나고 난 이후 황제는 수없이 궁정전을 걷고 또 거닐었다. 왕소는 하나뿐인, 온전히 핏줄을 나눈 동생이었다.

그를 죽이는 일은 황제로서도 편치 않은 일이었다.

아바마마가 계셨으면 오늘의 이 상황에 대해 뭐라 하셨을까. 형님을 먼저 해한 죄인이라 그를 탓하실까. 아니면 이제 동생까지 해하려는 못된 놈이라고 그를 나무라실까.

신율이 한 말이 떠올랐다.

—넷째 황자마마가 선택한 그 문자는 광인을 의미하기도 하고 또한 황제의 문자이기도 하옵니다.

아마도 왕소는 황제가 될지도 모른다. 그가 황제가 된 것처럼. 그리고 똑같은 글자를 선택한 그 역시 미치광이가 될지도 모른다. 그녀가 그렇게 예언한 것처럼. 황제는 그 생각에 오싹하고 오한이 들었다.

미친 듯 개경으로 향하는 왕소의 마음이 급했다. 이 무슨 말도 안 되는 이야기란 말인가. 역모라니. 황실에서 숨 쉬는 것조차 질색하는 이에게 이런 말도 안 되는 죄명이 있다니.

무엇보다 그녀는 발해의 마지막 황태자인 대광현과도 어떠한 연락도 주고받지 않고 있다. 그런데 그 마당에 무엇을 위한 역모란 말인가.

진작부터 서경에서 어떤 식으로든 압박을 가할 것이라 짐작하고 준비하고 있었다. 하지만 그 대상이 황제와 자신이라고 생각했지 신율이 되리란 생각은 미처 하지 못하였다.

"황제 폐하를 뵈어서는 아니 될 것입니다."

왕소가 황궁에 도착하자마자 만난 이는 황제가 아닌 황보부인이었다.

의외의 만남과 뜻밖의 행동에 황자의 눈썹이 치켜 올라갔다. 어지간한 일이 아니라면 항상 거리를 두던 그녀였다. 그런데 이렇게 황궁 앞에서 직접 막아서다니, 이것은 정말이지 그녀답지 않은 일이었다.

"내가 무엇 때문에 폐하를 만난다고 생각하고 막는 게요?"

"황제 폐하께서는 마마를 곱게 보시지 않습니다."

"그런가?"

어디 황제 폐하뿐이겠는가. 그를 좋은 눈으로 보는 사람은 별로 없었다. 그것은 눈앞의 황보부인도 마찬가지였다. 모르는 일이 아니니 새삼 놀랍지도 않았다. 하지만 황보부인의 입에서 이런 이야기가 나온 것은 처음이었다.

"다른 공신들도 마마를 죽이라 하고 있습니다. 그런데 지금 그 발해 여자를 구명하려고 하신다면 짚 더미를 안고 불로 뛰어드는 거나 마찬가지입니다."

"다른 공신들이라, 누가 나를 죽이라 했소?"

"놀라셨습니까? 마음 상하셨다면 죄송합니다."

"아니오. 그건 별반 새삼스러운 일이 아니니. 내가 놀라운 건……."

진심인지 그저 허언인지 모를 황보부인의 사과에 황자가 찬찬히 자신의 부인을 바라보았다.

속을 알 수 없는 눈길에 황보부인은 잠시 멈칫거렸다. 이 남자의 눈빛은 언제나 깊었고, 그래서 그것을 읽어 내기가 항상 어려웠다.

"어찌 부인께서는 황궁의 사정에 대해서 그리 잘 아시오?"

"그거야……."

"사람을 넣어 놓은 거겠지?"

나직하게 읊조리는 황자의 입이 마치 웃는 것처럼 비틀어졌다. 하지만 그 눈빛은 서늘하기만 했다.

"내 옆에도 있는 건가? 하긴, 없을 리가 없겠지. 하지만 부인, 그자를 너무 믿지 마시오. 내가 그자를 가만히 두었겠소? 가만히 두었다면 왜 그리 했는지도 한번 생각해 보는 게 좋을 거요."

"미안하지만 나는 부인이 생각하는 것만큼 바보가 아니라오."

그녀의 대답도 기다리지 않고 차례로 질문을 던지고 답을 이야기하는 왕소의 눈빛이 무섭게 번득였다.

"아, 이번 일도 황주 사람들의 소행인가? 그렇다면 여섯째에게는 입을 꾹 다물어야 할 것이오. 부인의 동생 또한 나 못지않게 발해 여자에게 빠져 있는 듯하니."

하고 싶은 말을 다 끝낸 왕소가 그녀를 무시하고 황제가 계시는 편전을 향해 걸음을 옮겼다. 그 서늘한 뒷모습에 황보부인은 희미하게 비웃음을 삼켰다.

막는다고 물러서지 않으리란 것은 알고 있었다. 그녀가 그를 막아서야 할 이유는 없었다. 그저 그녀는 숙부가 시키는 대로 황자를 시험한 것뿐이었다. 역시나 그 발해 계집은 남편의 약점이었다.

왕소의 얼굴은 마치 가면처럼 굳어 있었다.

지나치지만 않다면 모른 척하려 했다. 황보부인 역시 호족의 딸이었다. 다른 외척들처럼 그녀 역시 처음부터 남편인 그보다는 가문의 영화가 우선인 여자였다. 동복의 아우인 왕욱을 황제로 만들고 싶은 황보 가문의 야심을 모르는 바는 아니지만

형님을 해하고 신율을 핍박하는 일을 더 이상 두고 볼 생각은
없었다.

　　　　　　　　　　　　　🦋

　지하 감옥은 한여름의 날씨에도 한기가 들 정도로 서늘했다. 심
장 속에 얼음을 채우고 있는 그녀에게는 너무 가혹한 장소였다.
　새파랗게 질린 입술로 덜덜거리고 있는 신율을 발견한 황자
의 얼굴이 점점 굳어졌다.
　가슴이 찢어지는 기분이 이런 것이었구나. 이 여자를 이곳에
두고 왕소야, 네가 발을 뻗고 잘 수 있겠느냐.
　숙부가 한 번쯤은 그의 목숨을 요구할 것이라는 건 짐작했
었다. 그리고 방비책 또한 마련하였지만 신율이 이번 일에 엮일
것이라는 짐작은 미처 하지 못하였다.
　왜 황제께서 그가 아닌 신율을 이곳에 가두었는지 황자는 이
해할 수가 없었다. 무엇이 어찌 되었건 어떻게든 이곳에서 그녀
를 구해 낼 것이다. 그 대가로 자신의 목숨이 필요하다면 기꺼
이 생명과 바꿀 것이다.
　옥문이 열리자 황자는 서둘러 자신의 장옷을 벗어 신율의 몸
을 감싸 안았다. 그러고는 그도 모자란 듯이 그대로 자신의 품
안에 그녀를 안아 들었다. 차가운 그녀의 몸에 뜨거운 그의 체
온이 전해지자 그제야 신율이 얕은 숨을 내쉬었다.

"미안하다."

"내가 이래서 황자마마를 가까이하고 싶지 않았습니다."

황자의 품에 안긴 그녀가 입술을 덜덜거리면서 나직하게 투덜거렸다.

"미안하다. 미안하다. 정말 미안하다."

왕소는 가슴이 무너져 내릴 정도로 그녀에게 미안하고 죄스러웠다. 그녀를 품에 안은 채 그녀의 머리통을 누르는 왕소의 커다란 손에는 절박함이 묻어났다.

"네 말을 진작에 들었어야 했는데 내 고집으로 네가 이런 고초를 겪는구나."

"형님이 제 말씀을 들으셨어도 이번만큼은 별반 바뀌지 않았을 것입니다. 아마도……."

그의 가슴팍에 대고 가늘게 중얼거린 그녀가 무언가 할 말을 채 하지 못하고 그대로 왕소의 품에서 무너져 내렸다. 새파란 입술과 하얗게 질린 얼굴을 바라보는 왕소의 마음도 함께 무너져 내렸다.

지하 감옥의 냉기에 그녀의 맥이 견디지를 못한 것이다.

죄인을 위하여 어의를 부르는 것은 불가능하였다. 하지만 왕소가 무슨 짓을 하였는지 해시가 넘은 시각임에도 어의가 급하게 지하 감옥으로 달려왔다.

전혀 의식을 찾지 못하는 신율을 그대로 안은 채 어쩔 줄 몰라 하는 왕소의 얼굴도 창백하게 굳어 있었다. 당장이라도 숨이 멈출 것처럼 보이는 신율의 얼굴을 바라보던 황자는 자책으로 인하여 숨이 멎을 것 같았다.

무서웠다. 이대로 그녀가 눈을 뜨지 않을까 겁이 났다.

이 사람이 죽으면 어찌해야 하나.

"맥이 온통 상하였습니다. 어찌 이런 상태에서 지금까지 명을 이어올 수가……."

황실의 어의는 왕소의 눈빛이 사나워지자 하고자 하는 말을 꿀꺽 삼켰다.

"맥이 상한 건 나도 벌써 알고 있는 일이다. 고칠 수 있는 방법이 없겠느냐?"

어의는 땀만 뻘뻘 흘리며 아무 말 없이 고개를 흔들었다.

도대체 무슨 짓을 당했길래, 맥은 얼음장 같고 오장육부에 음기가 가득한 것일까. 아니, 그보다는 어찌 이 몸으로 지금까지 살아올 수 있었는지 어의는 도무지 이해가 되지 않았다.

"그럼 황자마마께서 주신 환약이라도 으깨 드릴까요."

황자의 연락을 받고 부랴사랴 도착한 백묘가 억눌린 목소리로 의원에게 물었다. 백묘의 얼굴도 이미 하얗게 질린 지 오래였다.

"환약이라 하면……."

어의는 백묘가 내놓은 환약을 입안에 굴리며 눈을 감았다. 그리고 신율의 맥을 다시 짚으면서 기겁을 한 표정으로 혀를 찼다.

"아니 어쩌자고 이런 약을 복용하신 게요. 죽기로 작정이라도 하신 건가."

"무엇이라?"

뜻하지 않은 이야기에 백묘의 시선이 사나워지자 어의는 다시금 말을 삼켰다. 황궁의 사람들도 무섭지만 이곳 감옥에 모여 있는 이들의 성정은 몇 배는 더 위험한 듯해 보였다. 잘못 왔다는 생각에 어의는 연신 땀을 훔쳐 냈다. 그래도 왕소 황자에게 평상시 받은 은혜를 생각하면 참아야 마땅하지만 아무래도 살기가 등등한 것이 오싹오싹해진다.

"환약에 문제가 있는 것이냐? 그럴 리가 없다. 귀하게 얻어 온 약이다."

"환약은 아무 문제가 없소. 내가 직접 시음하였고 지금껏 멀쩡하였으니."

왕소가 말도 안 된다는 듯 고개를 흔들었고 덩달아 백묘도 황자의 편을 들고 나섰다.

"당연하지요. 이것은 몸이 음한 사람에게는 독이 되지만 그 반대되는 사람에게는 귀한 약재입니다. 만년설에서 자란 황련과 황금으로 만들어진 데다 빙산의 동초까지 들어가 있습니다. 그 냉기가 뿌리에 가득한 약재들이라 자칫하면 맥을 흐리게 하고 원기를 손상시키옵니다."

"황련? 내가 보낸 것은 천삼이다."

어의의 설명에 황자의 눈썹이 치켜 올라갔다.

"마마, 제가 제 목을 놓고 드리는 말씀이지만 이것은 절대 천삼이 아닙니다."

어의는 단호하게 고개를 흔들었고, 왕소의 얼굴은 더더욱 굳어졌다. 도대체 어찌 된 일인가.

그 음한 약을 보약이라 생각하고 벌써 백 일을 복용하였다. 그러니 이제, 심장이 냉기를 이기지 못하고 폭주하고 있는 것이다. 하지만 그가 보낸 것은 이런 약초가 아니었다.

그렇다면 분명 누군가 약을 바꿔치기한 것이었다. 약을 만든 이는 금강산의 균여였고, 약초를 전해 준 사람은 다름 아닌 은천이었다. 그가 또 다른 가족이라고 여기는 사람들이 그런 짓을 할 리가 없었다.

황자가 의심스러운 눈빛으로 백묘를 향하자 할멈의 눈빛도 형형하게 빛났다. 감히 이런 시선과 추궁을 받는 것조차 참아 낼 수 없을 지경에 이른 표정이었다.

"마마, 우리 상단에는 절대 그런 짓을 할 사람이 없소이다."

"아니다. 분명 상단에 간자가 있다. 찾아라."

황자가 날카롭게 지시하고 다시 어의를 바라보았다.

"황련과 동초는 어디서 구할 수 있는 것이냐?"

"보통의 것이라면 쉽게 얻을 수 있겠지만 이 정도의 귀한 약재는 황실이 아니면 구할 수도 없는 물건입니다."

어의가 약재의 출처를 딱 잘라 말했다.

만년설 동초가 어디 그리 흔한 약초인가. 몇십 년에 한 번 피어나는 꽃잎의 잎줄기로 만들어진 약재이다. 절대 쉬이 구할 수 있는 물건이 아니었다.

"누구인지 참으로 용의주도하고 독하게도 사용하였소. 만년설에서 자란 황련과 황금은 맛과 향이 나지 않는데도 환약을 제조한 이가 거기에 안식 향과 소합 향으로 그 흔적조차 없앴습니다."

혀를 끌끌 차는 어의의 중얼거림이 더욱 크게 들려왔다. 작은 감옥 안은 숨소리조차 들리지 않을 만큼 조용한 침묵으로 가득했다. 왕소의 눈빛이 무거워지고 있었다.

"방법은…… 어찌하면 살릴 수 있는가?"

"당장 급한 대로 몸을 보하는 탕재를 쓰긴 했으나 이대로 음맥이 끊어지면 사흘을 견디기도 어려울 것이옵니다."

어의의 조심스러운 대답이었다. 덜컥, 왕소는 자신의 심장이 떨어지는 소리를 처음 들었다. 죽는다고? 그녀를 이대로 영영 다시 못 본다니, 말도 안 된다.

"신성아, 여섯째를 불러라."

여섯째라는 이야기에 신성의 눈썹이 이해할 수 없다는 듯 치켜 올라갔다. 이 중요하고 시급한 마당에 여섯째 황자마마를 왜 찾으시는 걸까.

"그는 황주 사람이다. 약초에 관해 그만큼 능한 사람은 고려에 없다."

왕소의 목소리가 나직하게 들려왔다.

그녀를 살릴 수 있다면 그것이 누구이건 간에 상관없었다. 그리고 지금, 무엇보다 중요한 것은 신율을 이곳 감옥에서 빼내는 일이었다. 그녀를 이 추운 곳에 단 일각도 두고 싶지 않았다. 그의 목숨과 바꾸어서라도 그녀를 살려 낼 것이다. 신율을 품 안에 안고 있는 황자의 눈빛이 형형하게 빛나고 있었다.

第22章

뜻밖의 제안

무엇이든 해 주마

　황실은 조용한 가운데 미친 듯이 소용돌이치고 있었다.

　신하들은 어찌하여 왕식렴이 죽이라 하는 조의선인의 수장인 왕소는 그대로 두고 청해 상단의 여인에게 역모의 죄를 묻는지를 궁금해하고 있었다. 설마, 황제 또한 청해 상단의 재물을 탐내는 것인가.

　"마마, 청해 상단이 역모를 꾸몄다는 분명한 증거가 있습니까?"

　"확실한 것은 아니네만, 내 아우랑 너무 친하게 지내는 것 같아서. 자네들도 알다시피 숙부께서 왕소가 수상하다 하지 않았는가? 아우에게는 그럴 만한 재물이 없으니 분명 둘이 짜고 날 죽이려 드는 것일지도 모르지."

　황제는 느릿느릿한 어조로 중얼거리고는 자신의 신하들을 바라보았다.

　"그렇다면 당연히 넷째 마마에게도 함께 죄를 물으셔야 하지 않겠습니까?"

"안 그래도 그럴 참이네."

황제는 이미 중요한 결정을 내린 듯하였다.

때마침 왕소가 황제를 만나 뵙기를 청한다 한다. 아우가 지하 감옥에서 신율을 만난다는 것은 진작에 보고받았다. 어차피 둘 다 죽은 목숨이니 만난다고 달라질 것도 없었다.

"왕소가 이번 일에 조금이라도 관련이 있다면 누가 뭐래도 죽음을 면치 못할 것이오."

황제의 말에 다들 고개를 끄덕이는 분위기였다.

이곳은 황실이다. 태어날 때부터 형이고 동생이고, 핏줄 따위는 중요하지 않은 곳이다. 중요한 곳은 오직 하나, 황권이다.

아우인 왕소를 죽인다. 황제인 그가 못 죽일 것도 없었다. 하지만 놀랍게도 왕소보다 왕욱이 먼저 입을 열었다.

"폐하, 청해 상단의 신율은 죄가 없습니다."

"그걸 어찌 믿지?"

"그녀와 혼인 이야기가 나온 이는 형님이 아니라 저 왕욱이었습니다."

왕소를 대신해 왕욱이 허리를 굽히고 대답하자 황주 가문의 가신들은 웅성거리기 시작하였다. 그들의 황자가 미친 듯하였다.

지금 역모 이야기가 거론되고 있는 마당에 진작에 엎어진 국혼 이야기를 어찌 다시 시작하는가. 여섯째 황자가 정녕 죽고 싶은 것인가.

예상 외의 행동에 여섯째 황자를 바라보는 왕소의 눈빛이 짙어졌다. 지금 왕욱은 신율을 위해 가문을 모른 척하고 있었다.

"아…… 그래, 그래. 내가 국혼을 허락하였었지. 그 혼사를 무른 사람도 황제인 나였지."

그제야 기억이 났다는 듯 황제가 고개를 끄덕였다. 그리고 눈을 가늘게 뜬 채 왕욱을 바라보았다.

"그렇지. 그랬어. 그렇다면 자네가 상단과 역모를 꾸미고 있었나?"

"무슨 그런 황망한 말씀을 하십니까. 제 혼인은 황제 폐하께도 허락을 구하였고, 또한 서경의 숙부에게도 제 뜻을 사전에 전하였습니다."

"흠, 그렇다면 상단은 역모랑 관계가 없단 말이지?"

나란히 서 있던 신하들의 입에서 '그렇사옵니다.', '당연하옵니다.', '아무 관계도 없습니다.'라는 말들이 동시에 튀어나왔다.

황주 가문의 왕욱이 이 사건에 얽혀서는 절대로 안 되는 일이었다.

"그렇다면, 왕소야. 너도 증거가 없구나. 혼인을 하려 했던 왕욱도 무고한데, 아무 상관없는 네가 역모를 꾸밀 이유가 없을 터이니. 안 그렇소?"

황제의 물음에 신하들은 떨떠름하게 고개를 끄덕일 수밖에 없었다. 하지만 황제는 아직도 의심을 내려놓은 눈치가 아니었다.

"그래도 숙부가 아무런 심증도 없이 괜한 이야기를 하지는 않았을 것이야."

"폐하, 그렇다면 신율과 함께 이 나라를 뜨겠습니다."

그녀가 개봉으로 간다 하니 함께 가면 그만이었다. 그래서 그
녀의 짧은 시간이라도 함께할 수 있다면 그로서는 더 이상 바
랄 것이 없었다.

"눈에 보이지 않는 곳에서 역모를 꾸미겠다 이것이냐?"

"폐하."

"왜? 내가 네 속을 정확히 읽은 모양이구나. 하하, 어림없다."

너무나 억지스러운 황제의 추궁에 왕소는 두 눈을 감았다. 성
정이 급하시고 불같기는 하셔도 옳고 그른 것을 분별하지 못할
만큼 미욱한 황제는 아니셨다.

이제 다시 편전 안은 아까와는 다른 침묵으로 가득했다. 황
제가 제 핏줄인 아우를 의심하고 있다. 어쩌면 좋은 기회가 될
수도 있을 것이다. 그들은 서로의 눈치를 보면서 앞으로의 일이
어찌 될지를 셈하고 있었다.

"넌 내가 황위에 오를 때, 날 돕지 않았었지. 어쩔 수 없이 침
묵하고 있었을 뿐이다. 내가 그것을 모를 줄 알았더냐."

"마마, 검으로 절 베십시오. 황제 폐하를 위해 기꺼이 죽겠나
이다. 대신 신율을 살려 주십시오."

"멍청한 녀석, 그깟 계집에게 홀려 목숨을 내놓다니."

황제가 인상을 쓰며 버럭 하고 소리를 질렀다.

"그 여자의 목숨을 살릴 수 있는 방법이 아주 없는 것도 아니

다."

"아우가 무엇을 하면 되겠습니까."

"네 결백을 증명해 보이거라."

황제의 의중을 완전히 이해하지 못한 왕소의 미간이 희미하게 모아졌다. 결백을 증명하라. 사람 속이 버선목도 아니고 어찌 속내를 완전히 보여 줄 수 있단 말인가.

"제 목숨이 필요하십니까?"

"당연하다."

황제가 단호하게 말했다. 그의 눈빛이 마치 미친 사람처럼 형형하게 빛나고 있었다. 신하들은 '헉' 하고 숨을 삼켰다.

왕소는 당장이라도 죽을 준비가 되어 있는 모습이었다. 아마도 그에게 지금 검이 있다면 그는 그대로 자결을 하였을지도 모를 일이었다.

"나보고 너를 직접 죽이라고? 그렇게 해서 과인을 이제 피붙이까지 죽이는 못된 황제로 만들고 싶은 것이냐. 안됐지만 아무리 죽고 싶어도 지금은 아니다. 지금 죽는다면, 네 여자도 죽는다."

길게 목을 빼고 죽음을 기다리는 왕소에게 황제가 짜증스럽다는 듯 중얼거렸다. 황제의 협박에 왕소의 몸이 잔뜩 굳어졌다.

"서경으로 가거라."

"네?"

"숙부의 곁에서 숙부를 도와라. 진작에 숙부의 말을 들었어야했다. 설마, 네가 거기서 다른 마음을 품지는 못할 것이다."

황제의 명령에 신하들은 다시 웅성거리기 시작하였다.

그것은 실로 절묘한 방법이었다. 증거가 없는 한 왕소를 죽이는 것은 불가능하였다. 더욱이 그는 황자가 아닌가. 하지만 조의선인으로 의심받고 있는 왕소가 서경으로 간다면 왕식렴의 감시를 피하지는 못하리라. 서경은 결코 함부로 쉬이 움직일 수 있는 곳이 아니었다.

"황제의 명이다. 서경으로 가거라."

황제의 목소리가 쩌렁쩌렁 울려 퍼졌다. 그리고 고개를 숙인 왕소의 눈빛이 번득였다. 신율을 살릴 수 있는 방법이 있으리란 기대는 하지 않았다. 그런데 이제 길이 열렸다. 그를 바라보는 지몽의 눈빛이 따뜻하게 빛났다. 개경에서 멀어지게 된다면 이제 왕소는 목숨을 부지하게 될 것이다.

❦

황제의 명으로 신율은 바로 방면되었다. 하지만 급히 객잔으로 옮겨진 후에도 여전히 의식은 없는 상태였다.

불길한 기운이 가득한 상단에는 무거운 침묵이 감돌았다. 그리고 무엇보다 상단의 누군가가 아가씨를 죽이려고 한다는 사실에 그들은 서로를 매서운 눈으로 바라보고 있었다.

감히 그런 찢어 죽일 인물이 누구란 말인가. 이런 일은 아가씨를 가까이 모시지 않는 사람은 할 수 없는 일이었다. 침방과

주방의 사람들이나 시중을 드는 아랫것들, 그도 아니면 상단 일을 의논하러 오는 객주 사람들. 그중 하나일 것이다. 불려 나온 식솔들의 눈빛도 심상치 않았다.

백묘의 무서운 눈빛이 차례로 사람들을 지나가다 춘아에게 멈췄다. 백묘가 뭐라 입을 열기도 전에 춘아는 새파랗게 질린 얼굴로 눈조차 마주치지 못하고 있었다.

"감히, 누가 이런 짓을 시켰느냐."

"아니라고 하거라. 아가씨는 너를 살렸는데 내가 너를 죽일 수는 없는 노릇이니."

"저를, 저를 죽여 주세요. 제가 죽을죄를 지었습니다."

춘아의 얼굴은 이미 죄책감과 공포로 가득했다. 강명이 백묘를 제치고 앞을 가로막았다. 이대로 두면 일을 이렇게 만든 상대를 알기도 전에 춘아가 죽을지도 모를 일이었다.

"제 한목숨이라면 이대로 죽었을 것이옵니다. 하오나, 하오나……."

"누구 목숨이 담보로 잡혀 있는 게냐?"

"제 어미와 나무를 죽인다 하였습니다."

강명의 질문에 춘아가 부들부들 몸을 떨었다.

그렇지. 처음부터 젖먹이가 딸려 있었다. 그리고 이제 제법 커서 해맑은 얼굴로 상단을 뛰어다니고 있었다. 우리 아가씨가 나무를 얼마나 이뻐했던가. 누가 그 아이를 노비의 신분에서 구해 냈는가.

"감히 네가…… 우리 아가씨가 너를 구하고, 네 피붙이를 살렸는데 감히 네가 이런 짓을 해. 이년을 지금 당장 죽여 버려야겠다."

"그만, 그만해요. 경아, 할멈 좀 데리고 가거라."

흥분해서 당장이라도 죽일 것처럼 달려드는 백묘에게서 춘아를 지켜 내며 강명이 경에게 지시했다. 그 역시 당장이라도 베어 버리고 싶은 마음이 굴뚝같았지만 여기서 그녀가 죽어 버리면 절대 안 되는 일이었다. 배후를 알아야 해독 약을 구할 수 있지 않은가.

때마침 왕욱이 도착했다는 소식이 들려왔다.

황제의 명을 받들고 황궁을 나온 왕소는 그 길로 객잔으로 향하였다. 신율은 여전히 의식을 찾지 못하고 있었다. 진작에 도착한 왕욱이 하얗게 질린 채 침상에 누워 있는 신율의 맥을 짚고 있었다. 왕욱이 지하 감옥에서의 어의만큼이나 놀란 표정으로 왕소를 바라보고 있었다.

"이게 도대체 어찌된 일입니까?"

"황련을 복용하였다. 그것도 백 일씩이나."

"미친…… 어떤 정신 나간 사람이 그따위 약초를 주었답니까?"

"나다."

왕소의 나직한 중얼거림에 버럭 소리를 지르던 왕욱의 눈이 커졌다. 아무리 뭘 몰라도 그렇지 어찌 이런 약재를 먹일 수 있 단 말인가.

"형님은 이 사람을 죽일 생각이셨습니까?"

"황자마마의 탓이 아니옵니다. 누군가 우리 아가씨를 죽이려 약을 바꿔치기 하였습니다."

강명이 한마디 변명도 없이 고스란히 지금 상황을 받아들이 는 왕소를 위하여 대신 대꾸했다.

"도대체 누가……."

"그것은 내가 알아낼 것이다. 너는 신율이를 살려라. 이 여자 를 네가 살릴 수만 있다면 원하는 것은 무엇이든 해 주마."

뜻하지 않은 제안에 왕욱의 눈이 커졌다.

원하는 것은 무엇이든?

그것은 기회였다. 하지만 이 여자의 목숨을 걸고 왕소와 타협 하기는 싫었다.

"잊고 계신 듯한데, 형님의 도움이 없어도 전 뭐든 할 수 있습 니다."

"그렇다면 살려라."

"그러고 싶지만 이번 일만큼은 제 능력으로는 할 수 없는 일 입니다."

아니, 그의 능력뿐만 아니라 사람의 능력으로는 불가한 일이었다. 입술을 앙다문 왕욱이 침통하게 중얼거렸다. 황실의 어의도 같은 진단을 내렸었다.

아무리 맥을 잡고 또 잡아 봐도 그가 할 수 있는 일이 아니었던 것이다. 이미 몸속의 모든 진기는 흐트러진 지 오래였고, 온몸의 혈에는 냉기만이 가득했다.

"그렇다면 이대로 지켜보고만 있어야 한다는 것이냐?"

"일을 이렇게 만든 것은 형님입니다. 차라리 나한테 맡겨 주시지. 그랬다면 이 지경까지는 아니 갔을 것이오."

당장이라도 멱살을 잡을 것 같은 왕욱의 처사에 강명이 다시 끼어들었다.

"다시 말하지만 이것은 넷째 마마 탓이 아닙니다."

"그러니까요. 이런 일이 없으셨어도 어차피 한두 해를 넘기지 못하셨을 겁니다."

"뭐라?"

나름대로 왕소를 위한다는 생각에 혼잣말처럼 중얼거린 어의의 대꾸에 방 안에 있는 사람들의 시선이 모아졌다.

"여섯째 마마도 알고 계실 텐데요. 황련을 백 일 정도 먹었다고 해서 심혈이 이리 망가지지는 않습니다. 진작부터 몸을 견딜수 없는 맥입니다."

작달만 한 어의의 이야기가 더없이 무겁고 무섭게 들려왔다. 단호해서 더 무정한 진단이었다. 왕소의 얼굴에는 근심과 염려, 분노와 의문이 가득했다. 약을 바꿔치기하다니. 하지만 그를 더

더욱 분노케 하는 것은 다른 것이었다. 약을 바꾼 이는 상단의 사람이라 할지라도 약을 만든 이는 분명 그가 알고 있는 사람 중 하나일 것이다. 처음 머릿속에서 제일 먼저 떠오른 것은 황보부인이었다. 그리고 지금도 가장 의심스러운 이 또한 그녀였다.

그 때문이 아니라 아우인 왕욱 때문이라도 황보부인 입장에서 신율이 곱게 보일 리 없을 터이다. 하지만 다행인지 불행인지 객잔의 춘아라는 여인이 말하는 사람은 황보부인이 아니었다.

지난번 왕욱과 함께 있을 때 자객의 공격이 있었다는 얘기를 듣고 남몰래 조의선인으로 하여금 그녀를 지켜보도록 하였었다.

하지만 이런 식으로 그의 손을 거쳐 신율을 위협하리란 생각은 미처 하지 못하였다. 그는 자신이 방심했음에 이를 악물었다.

신율은 그렇게 의식을 잃은 채 깨어나지 못했고, 왕소는 그녀의 옆을 떠나지 않았다. 신율은 눈을 뜨지 못했고, 왕소는 눈을 감지 않았다. 그녀는 냉기에 몸을 떨었고, 황자는 무서움에 마음을 졸였다.

이 세상을 함께하고 싶은 소중한 사람이 죽어 가고 있는데 그가 할 수 있는 일은 아무것도 없었다. 그 사실이 왕소를 미치게 하고 있었지만 황자는 이를 악물고 참아 내고 있었다. 지금은 미칠 것 같은 자신의 감정을 풀어 놓을 때가 아니었다.

율아, 제발, 눈을 떠라. 이겨 내거라.

나를 혼자 두고 떠나지 말아라.

오늘이 벌써 이틀째. 어의는 어떻게든 삼 일만 숨을 쉬고 버틸 수 있다면 다시 움직일 수 있다 하였다. 몸 안의 모든 독은 삼 일 안에 해독이 되거나 죽거나 둘 중에 하나라 하였으니 이제 단 하루가 남은 것이다.

너 없으면 나도 살지 못한다. 아니, 살아 있다 해도 사는 게 사는 것이 아닐 것이다.

버티거라. 버텨라.

황자는 기도하고 또 기원했다.

그녀를 살려 주기를. 그녀를 다시 보내 주기를. 그리고 신율이 이겨 낼 수 있기를.

왕욱 또한 계속하여 객잔을 지키고 있었다. 그가 할 수 있는 일은 없었지만 언제 또 어떻게 그의 도움이 필요할지 몰랐다. 하지만 왕욱 역시 그녀의 마지막을 이대로 지켜볼 자신이 없었다.

진작에 손님의 출입을 막아 버린 객잔에는 침통함만이 가득했다. 이대로 그들의 주인이자 버팀목이었던 신율이 사라질지 모른다는 생각에 다들 할 말을 잊고 있었다.

"할멈, 할멈, 설마 이대로 무슨 일이 생기는 건 아니겠지? 아닐 거야. 그렇지?"

벌써 몇 번째 자리에서 일어났다 앉았다를 거듭하던 양규달이 당장이라도 울 것 같은 표정으로 백묘를 붙들고 말했다.

"……."

"뭐라 말 좀 해 줘. 응? 율이에 대해서 할멈은 모르는 게 없잖

아. 그러니 괜찮을 거라고 얘기해 주게. 응?"

"……."

몇 번씩 계속되는 양규달의 칭얼거림에도 아무도 대답하는 이가 없었다.

"우리 아가씨는 이겨 낼 것이오. 그리고 행여나 아가씨에게 무슨 일이 생기면…… 분명 이번 일을 사주한 자를 찾아 죽일 것이오."

차마 방으로 들어가지 못한 백묘는 이미 시뻘겋게 변한 얼굴로 부들거렸다. 이대로 그녀의 공주마마가 세상을 뜬다고 생각하니 숨이 막혀 왔다. 당연히 그럴 것이다. 백묘뿐만 아니라 청해 상단의 모든 이들이 재물과 힘을 이용하여 이번 일의 배후를 찾고 말 것이다. 그리고 그 사람이 설사 황제일지라도 죽이고 말 것이라 그들은 결심하고 있었다. 손아귀에 움켜쥐고 있던 떨잠을 바라보는 백묘의 눈에는 핏발이 서 있었다.

"그 떨잠은……."

"춘아가 그 여인에게 선물로 받았다는데…… 귀한 물건이긴 해도 흔한 것이라 그 주인을 찾지는 못했습니다."

"찾을 것이다."

"물론, 찾을 것이오. 재물이 있고 사람이 있고 정보가 있는데 못할 일이 뭐가 있겠소."

백묘의 날카로운 목소리에 강명 또한 굳게 다짐한 얼굴로 고개를 끄덕였다. 왕욱의 얼굴이 더더욱 굳어졌다. 눈에 익은 떨잠이었기 때문이다.

令

　령화는 여섯째 황자가 깊은 밤에 자신을 찾아오자 환한 미소를 지으며 얼른 몸을 일으켰다.

　기별이라도 주시지. 그렇다면 꽃단장이라도 하였을 텐데.

　하지만 왕욱의 얼굴은 노기로 잔뜩 굳어 있었다.

　"마마, 그리웠습니다."

　살포시 미소 지으며 안겨 오는 령화를 거칠게 밀친 왕욱은 무서운 눈빛으로 그녀를 노려보았다. 당장이라도 죽일 것 같은 살기 어린 눈빛에 가느다란 몸이 부들거렸다.

　"마마, 왜 이러십니까?"

　겁에 질려 눈물이 그렁그렁한 령화의 얼굴에서 시선을 떼지 않은 채 황자는 아무 말 없이 탁상 위에 떨잠을 내려놓았다. 떨잠을 발견한 령화의 눈이 커졌다.

　"어찌 이것을…… 마마가 가지고 계셨던 것입니까?"

　령화는 어리둥절한 얼굴로 황자를 바라보았다. 황자의 첫 번째 선물인지라 언제나 귀하게 여기던 것이었는데 어느 날 사라진 물건이었다. 아쉽고 또 안타까웠지만 대신할 물건은 얼마든지 있어서 잊고 있었다. 그런데 이것이 어찌하여 황자의 손에 들어가 있단 말인가.

"약을 바꿔치기한 것이 너냐?"

"네?"

"신율의 약을 네가 바꾸었냐고 묻는 것이다."

신율이라면 그 발해 계집의 이름이었다. 황자의 입에서 다른 여인의 이름이 나오자 령화의 눈매가 조금 사나워졌다.

"그 계집이 아프다지요? 그런데 이 떨잠까지 탐낸답니까?"

"신율이 아픈 것은 어찌 알았지?"

"흥. 저도 귀가 있습니다. 오늘내일 한다더니 아직 안 죽은 모양입니다."

매서운 대꾸에 왕욱은 이를 앙다물었다.

"이 못된 것. 닥쳐라. 그 사람이 누구인지 알고……."

"마마, 마마가 저한테 이러실 수는 없습니다."

"네가 날 모르는구나. 난 고려의 황자이다. 감히 너 따위가 무엇이라고. 당장 여기서 나가거라."

왕욱은 령화를 거칠게 밀어내며 차갑게 명하였다.

커다래진 령화의 눈에서 눈물이 쏟아져 내리고 기력 없이 바닥에 무너져 내렸지만 왕욱은 뒤도 돌아보지 않고 방을 나섰다. 쫓아내는 것이 너한테는 자비일 것이다. 상단의 사람에게 발각되면 그녀는 분명 죽을 것이다. 이대로 쫓아내는 것이 황자가 할 수 있는 최대한의 연민이었다. 하지만 신율이 정말 죽게 된다면 그는 제 손으로 령화를 죽이게 될 것 같았다.

황보부인은 전해 들은 소식에 피식 미소 짓고는 숙부에게 보내는 비밀 서한을 적어 내렸다. 숙부의 계략과 지시대로 차근차근 일이 진행되고 있었다. 이제 발해 여자를 죽이고 나면 숙부가 약속한 대로 그녀의 가문에서 황제가 나오는 일만이 남은 것이다.

숙부가 얘기한 황실의 궁녀가 아닌 령화를 이용한 것은 아주 절묘한 생각이었다. 왕욱이 그녀를 백주의 어느 사찰인가로 쫓아낸 듯싶었지만 그 정도로는 청해 상단의 눈을 피해 령화를 감출 수 없을 것이다. 그 정체를 가장 확실하게 감출 수 있는 방법은 령화를 죽이는 것이었다.

그나저나 아우도 총기가 떨어진 것이 분명했다. 아니면 사랑에 눈이 멀었던지. 황보부인은 약초밭을 내다보면서 서늘하게 웃어 보였다. 령화는 독 따위를 쓸 수 있는 인물이 아니었다. 약재를 바꿔칠 수 있을 만큼 용의주도한 여인도 아니었다. 그런데 달랑 그 떨잠 하나를 보고는 령화의 짓이라 생각하다니. 령화의 떨잠 정도는 누구나 얼마든지 손에 넣을 수 있는 것이 아닌가.

상단의 춘아라는 계집은 결코 황보부인을 찾아내지 못할 것이다. 아마 다른 이들도 눈치채지 못할 것이다. 사내들은 잘 모른다. 사내에게 사랑받는 것이 전부가 아닌 여자도 있다는 것을.

서한을 적어 내리던 황보부인은 잠시 미간을 모았다. 오늘로 발작한 지 삼 일째이니 몸에서 서서히 독이 빠져나갈 시간이었다. 결국 몸이 독에 버티었으니 발해 여인은 목숨을 구했구나. 꽤나 질긴 목숨이었다. 그냥 두더라도 어차피 죽을 목숨이었지만 이대로 그냥 두어서는 안 될 것이다.

이번 일로 왕식렴은 단단해 보이기만 하던 왕소의 약점을 찾아냈으니 결코 멈추지 않을 것이다. 그것은 황보부인의 생각도 마찬가지였다. 신율이라는 여자. 그녀가 사라지면 그 잘난 왕소도 무너지리라.

황보부인의 예상대로 신율은 겨우 의식을 되찾았다. 몸은 비에 젖은 솜처럼 무거웠지만 자신을 찾는 애타는 목소리에 눈꺼풀을 들어 올리지 않을 수 없었다.

"살아난 것인가?"

"아마……도요."

"너 정말…… 너 때문에 죽을 것 같다."

"그런 것 같네요."

젖은 눈빛과 까칠해진 얼굴로 자신을 바라보는 왕소에게 신율이 희미하게 웃어 보였다.

아직도 파란 입술로 오들거리는 신율을 바라보며 왕소는 찢어지는 마음을 애써 감추었다.

그래, 숨 쉬어 한 하늘 아래 함께 있는 것이면 그것으로 되었다. 너 살아 있으면 나는 다 되었다.

왕소는 신율의 마른 입술에 조용히 그의 입술을 마주했다.

그녀 없이는 도저히 살아갈 수 없을 듯했다. 질끈 감은 눈가가 안도와 불안으로 젖어 가고 있었다.

황자는 신율을 물끄러미 바라보았다. 하얗고 창백한 표정의 그녀가 새까만 눈빛으로 마주하고 있었다.

"함께 가자 하고 싶다."

"알고 있습니다."

마음 같아서야 신율이 있는 이곳을 떠나고 싶은 생각이 전혀 없지만 그녀의 목숨과 맞바꾼 황명이니 안 갈 수도 없는 노릇이었다.

"옆에 있어 줄 수 없다."

"그 역시 알고 있어요."

왕소가 깊은 한숨을 내쉬었지만 신율은 빙긋이 미소만 지을 뿐이었다. 그녀 또한 같이 가고 싶은 마음이 어찌 없겠는가. 그와 함께할 수 있는 시간이 지나가고 있었다.

길어야 반년. 어쩌면 다시 봄을 볼 수 없을지도 몰랐다. 신율은 자신에게 남겨진 수명을 알고 있었다. 심장 깊은 곳에 박혀 있는 얼음은 얼마 안 있어 그녀의 숨을 멈추게 할 것이다.

죽음. 어려서부터 멀리 있지 않았던 일이니 그리 무섭지도 않왔다. 하지만 황자, 저이를 어찌할 것인가. 그와 혼인을 하지 않은 이유도 그것 때문이었다. 그에게 아픈 인연을 남겨 두고 싶지 않았다.

창가에서 스며드는 바람에 오싹하고 한기가 돈다. 아마도 서경은 이보다 더 추우리라. 그래서 더더욱 그를 쫓아갈 수 없는 것이다. 왕소에게 방해만 될 것이 분명했다.

"왜 그러지? 몸이 안 좋아?"

"그다지 나쁘지 않아요."

황자가 얼른 신율의 안색을 살피고 나섰다. 파리한 얼굴에서는 홍조라고는 찾아볼 수 없었고 푸른 핏줄이 선명했다. 당장이라도 사라져 버릴 듯한 그 창백한 모습에 왕소는 가슴 한쪽이 무너져 내렸다.

"내가 꽤 힘 있는 사내인 줄 알았는데, 내 여자에게 해 줄 수 있는 게 하나도 없구나."

왕소는 쓴웃음을 삼켰다. 그는 신율의 손목을 낚아채 품에 안았다. 부러질 듯 가냘픈 손목이 잡히고 마른 몸이 안겨 온다. 왜 진작 이 연약함을 눈치채지 못했을까. 왜 이 창백함을 알아채지 못했을까. 지혜로 가득한 검은 눈동자 때문에, 너무 밝은 웃음 때문에 속았고 눈감아 버렸다. 젠장!

"금강산으로 가거라."

"네? 금강산이요?"

안 그래도 온몸이 얼어붙을 것 같은데 그 추운 데로 왜 가라는 거냐는 듯 신율이 되물었다.

"그곳에 나의 벗이 있다. 의술에 용하니 도움이 될 것이다. 그리고…… 거기엔 몸을 따뜻하게 할 수 있는 온천이 있으니 네 건강에도 좋을 것이야."

"생각해 보겠습니다."

"생각은 그만하면 되었다. 그렇게 생각만 하다가는 그 조그만 머리통이 터져 나갈 것이야."

그가 그녀의 자그마한 머리통을 감싸 안으며 인상을 썼다. 그녀는 당장이라도 쓰러질 것 같은 낯빛으로 너무 많이 생각하고 너무 많이 고민하고 있었다.

"설마 생각한다고 그리될까요."

"가라. 명령이다. 이곳에 널 혼자 두는 건 내 마음이 편치 않아."

황자의 이야기에 신율이 설핏 미소를 지어 보였다. 그의 걱정과 진심이 고스란히 느껴졌다.

"나는 피가 마르는데 너는 담담하구나. 죽음이 두렵지 않은 게냐?"

"이전에는 그리 생각했어요. 세상을 살아가는 일이 즐겁기만 한 게 아니듯이 죽음도 그리 나쁘기만 하지는 않을 거라고. 그런데……."

"그런데?"

그녀를 잠시 품에서 떼어 놓은 채 황자가 인상을 썼다. 왕소는 신율이 그런 생각을 하고 있었다는 것만으로도 기분이 나빠지고 있었다.

함께할 수 없으면 아무 의미도 없었다. 그런데 저 혼자 모든 것을 감당하고 모든 것을 정리하려 했다는 것이 더할 나위 없이 서운하고 또 무서웠다.

"말도 안 되는 일이었어요. 어쨌거나 일단 살아 있는 게 중요해요. 조금이라도 마마 곁에 오래 남고 싶은 욕심이 생깁니다. 사는 게 즐거움이든, 혹은 슬픔이든 말이에요."

신율의 말에 왕소 또한 동감하며 머리를 끄덕였다.

살아 있다는 것, 그래서 함께할 수 있다는 것만큼 중요하고 소중한 것은 없었다.

"금강산으로 가겠습니다. 그래서 조금이라도 더 살 수 있도록 노력할게요."

"오랜만에 예쁘구나."

왕소가 그렇게 중얼거리고 그녀의 조그만 머리통에 가볍게 입을 맞추었다.

"잊지 마라. 아무리 멀리 떨어져 있어도 넌 내 것이야."

"일단 잊지 않도록 해 보겠습니다. 그래야 아무리 멀리 있어도 마마도 제 것이 될 터이니."

"당연하다. 난 잊지 않는다. 새벽이 올 때마다 네가 떠오를 테니."

황자가 나직하게 중얼거린 후 그녀를 다시 가슴에 품었다.

아마도 그녀에게 말한 대로 되지는 않을 것이다.

새벽이 올 때뿐만 아니라 숨 쉬는 내내 그녀가 그리울 테니.

황제는 왕소뿐만 아니라 대광(大匡) 박수문을 서경으로 보내어 덕창진을 비롯해 박릉, 덕성진에 성을 쌓는 일뿐만 아니라 서경에 새로운 황성을 축조하는 일을 지시하였다.

서경을 둘러싼 부계에 성곽의 축조가 이루어졌다. 이는 왕식렴이 약속한 대로 개경에서 서경으로 수도를 옮기기 위한 첫걸음이었다. 황제는 그 일을 전담하는 감독관으로 왕소에게 서경행을 명령하였다. 그러자 대신들 사이에서 난리가 났다. 왜 안 그렇겠는가. 역모가 의심되어 당장 하옥을 명해도 시원치 않은 마당에 서경을 감독할 지휘권을 주다니.

"왕소 황자를 서경으로 보낸다 하셨습니까."

"그렇소. 왜, 아니 되는 것이오?"

비록 허리를 굽혀 조아리고 있으나 박수경이 의심스러운 눈초리로 황제를 훔쳐보고 있었다.

"발해 여자와 역모를 꾸몄습니다."

"역모라는 증거가 없소."

"그렇다고 병권을 주시다니요. 위험한 일이옵니다."

네놈들보다 위험할까. 황제는 그렇게 속으로 중얼거렸다.

지금 황제에게 믿을 수 있는 존재는 오직 아우인 왕소뿐이었다. 그리고 왕소에게는 신율이라는 여인이 있었다. 다른 황자들은 몰라도 왕소는 여자 때문에, 아니 그가 지키려고 마음먹은 상대를 위해서 기꺼이 위험을 감수할 사람이었다. 누군가는 한 사람의 마음을 한 나라보다 더 크고 소중하게 여기곤 한다. 그것이 왕소였다.

　"왕소를 서경으로 보내는 것은 지난번에 숙부께서 부탁하신 일이오."

　"그때와 지금은 상황이 다르옵니다."

　"장래의 불안한 싹은 아주 말려 버리는 것이 상책이옵니다."

　"죽이십시오. 죽여야 합니다."

　황제의 대답에도 불구하고 조정은 시끄러웠다. 다들 이 기회에 왕소를 죽이고 싶어서 안달들이었다.

　그래, 나도 저 자리에서 저럴 때가 있었다. 저들은 내 아우를 죽인 후에 내 목숨을 내놓으라 안달하겠지.

　예전의 일을 떠올리며 황제의 눈빛이 서늘해졌다.

　"아무리 경들이 그리 말하여도 왕소를 내 손으로 죽일 수는 없소."

　"마마, 천하의 일을 혈육의 정에 휘둘려서는 아니 될 것이옵니다."

　"혈육의 정?"

　박수경의 거듭된 재촉에 황자는 세상에서 가장 재미있는 이야기를 들은 사람처럼 미친 듯이 웃어 댔다.

"정이라니, 내가 어찌 이 자리에 올랐는지 자네들이 더 잘 알 텐데 그런 말을 하시오."

눈물까지 닦아 대는 황제의 대꾸에는 진한 냉소가 담겨 있었다.

"경들은 내가 왕소가 동복의 형제라 그의 목숨을 부지시킨다 생각하는가?"

"그게 아니시라면……."

"왕소는 날 위협하는 존재이기는 하나…… 동시에 내 자리를 지켜 주는 이이기도 하오. 왕소가 있는 이상, 누구도 쉬이 이 자리를 탐내지 못할 것이오. 내게 무슨 일이 있더라도 황좌는 자고로 입적(入嫡), 입장(入長), 아니면 입현(入賢)의 순이오. 지금 태후의 자식이면서 나를 잇는 다음 장자는 왕소요."

황제의 말에 웅성거리던 전내는 무거운 침묵으로 가득해졌다.

아무도 입을 열지 못했다. 황제의 말은 구구절절 옳았다. 고려의 군권과 황실에서 가장 큰 입김으로 작용하는 이가 왕식렴이라 할지라도 그는 적장자가 아니었다.

황제는 자신에게 허리를 굽히면서도 머릿속으로는 쉴 새 없이 다른 생각을 품고 있는 신하들을 서늘하게 지켜보았다. 언젠가 나의 아우가 너희들의 목숨을 취할 것이니 지금은 자중하고 기다리거라. 그래야 어느 날엔가 목숨이라도 구걸할 수 있을 것이다.

황보부인은 잠시 놀란 표정으로 왕소를 맞이했다. 황제의 명에 따라 그가 서경으로 간다는 것은 이미 알고 있었다. 하지만 그동안 수없이 집을 비웠지만 황자가 그녀의 방을 직접 찾는 일은 흔한 일이 아니었다.

"이제 떠나시는 겁니까?"

"그렇소. 가기 전에 부인에게 할 말이 있어서 들렀소."

"말씀하세요."

"부인, 다시 신율이를 건드리면 그때는 내가 직접 부인을 죽일 것이오."

황보부인을 똑바로 바라보며 왕소가 나직하지만 단호하게 한마디, 한마디에 힘을 주어 말했다. 그것은 조금의 설명도 필요 없는 무서운 경고였다.

"그것이 무슨 말씀이십니까?"

"알고 있을 텐데. 여섯째가 나보다 한발 빨리 흔적을 없애 버렸소. 아우가 쫓아낸 령화라는 여인, 황주에서 사람을 써서 죽인 것 같더이다."

"모르는 일입니다."

"설마 그럴 리가 있겠소. 나도 알고 부인도 알고 있는 일이오. 그래도 부인은 참으로 운이 좋소. 심증은 있으나 물증이 없으니."

왕소가 차가운 표정으로 싱긋 웃어 보였다. 분명 웃고 있었지만 그 눈빛은 살기로 잔인하게 빛나고 있었다.

"누이, 숙부에게 꼭 전하시오. 이번 일은 절대로 잊지 않겠노라고. 그리고 또 하나, 황주가에 이르시오. 앞으로 신율에게 무슨 일이 생긴다면 그때는 물증 따위는 상관없이 황주 가문을 멸하게 될 것이라고."

왕소의 맹세에 황보부인의 이마에 파란 힘줄이 돋아 올랐다.

무어라 입을 열어 소리치고 싶었지만 입술을 꼭 깨물고 참아 내었다. 감히 우리 황주 가문을 멸한다니. 그깟 여인 때문에 흔들리는 왕소가 쉽게 입에 담을 일이 아니었다. 지금은 비록 충주 가문에서 차지하고 있지만 분명 황제의 자리는 언젠가 황주의 사람으로 채워질 것이다. 그녀는 그것을 알고 있었다. 분노에 찬 황보부인을 바라보는 왕소의 눈빛 또한 차갑기 이를 데 없었다.

혼례를 올린 부부이면서도 그들은 결코 같은 곳을 바라본 적도, 같은 길을 함께한 적도 없는 이들이었다. 아마 앞으로도 내내 그렇게 될 것이다.

第23章

보고 싶은

이게 옳은 일인 건지

왕소가 서경으로 떠난 그해 여름, 신율은 개경을 떠나 금강산으로 가기로 했다. 왕소가 없는 개경에서 그녀는 너무 많은 위험에 노출되어 있었으며 무엇보다 온천에 몸을 담그는 것이 그나마 기력을 연장하는 일이라는 생각에 내린 결단이었다.

"이참에 상단을 다 접고 다시 개봉으로 가자꾸나."

"그래야지요. 그런데 지금 중원도 어지러우니 찬찬히 정리하고 움직여도 늦지 않을 것입니다. 그리고 개경의 상단이 한 번에 빠지면 이곳 사람들이 피해를 입습니다."

"그래, 그래. 내 여기를 잘 지키고 있을 테니 우리 곧 개봉에서 보자꾸나."

양규달이 시무룩한 어조로 중얼거렸다. 상단을 통째로 양규달에게 맡기는 것은 아무래도 불안하였지만 거래 규모를 줄이고 강명이 옆에 있으면 크게 문제가 될 것은 없으리라. 다시 개경에 돌아오지 못할지도 모를 일이었다.

불안으로 가득한 양규달의 한숨이 깊어지고 신율의 생각이 많아질 때 백묘가 조용히 들어와 신율에게 무언가를 소곤거렸다. 그녀가 금강산으로 떠난다는 소식을 듣고 왕욱이 찾아온 것이었다.

여전히 후광이 비치는 얼굴로 왕욱이 그녀를 기다리고 있었다. 만나지 못한다 하여 귀까지 닫아 둔 것은 아니었다. 몇 날 며칠을 그녀를 봐야 할지 고민했던 왕욱이었다. 하지만 오늘이 아니면 다시는 만나지 못할 것 같은 불안감에 급하게 뛰어온 왕욱이었다.

"오래간만입니다."

"네. 정말 오래되었습니다."

꽤나 오랜만의 만남이었다. 지난번 죽을 뻔한 고비를 넘긴 후 처음이었다. 왕소의 견제도 분명했지만 왕욱 또한 신율을 다시 만나기를 피하고 있었다.

죄책감. 미안함. 령화를 내치기는 하였어도 그 배후에 누가 있다는 것을 모를 만큼 부족한 왕욱이 아니었다.

"도대체 그동안 쉬지 않고 무엇을 하신 것입니까? 얼굴이 말이 아닙니다."

그녀는 그동안 잘 지냈느냐는 인사가 무색한 모양새였다. 파란 핏줄이 보일 정도로 더 창백해진 조그만 얼굴에는 병색이 완연했다. 당장 숨이 멎는다 해도 놀랍지 않을 정도였다.

"회복하고 있는 중이라서요. 이번엔 정말 죽을 뻔했거든요."

"왜 제게 따져 묻지 않으십니까?"

제 목숨을 두고도 그저 농담처럼 웃으며 말하는 신율에게 왕욱은 한숨을 내쉬며 물었다.

가짜 어머니. 허락받지 않은 국혼. 그리고 그녀가 모르는 령화와 누이.

"당연히 시간이 없어서지요. 제가 아프지 않았습니까? 황자마마를 만나야 따지지요."

정색을 한 신율의 대꾸에 황자가 피식 웃음 지었다.

"안 그래도 빚을 받지 못하고 가서 찜찜하였는데 잘되었습니다. 뭐부터 따질까요?"

"아, 아. 뭐든 제가 다 잘못했습니다."

"그래도 정의부인 일은 용서하겠습니다."

"제가 작정하고 속였는데도요?"

"그래서 용서하는 것입니다. 이유를 아니까요. 좀 더 완벽하였으면 좋았을 텐데 말입니다."

신율이 해맑은 얼굴로 빙긋 미소 지었다.

그녀는 굳이 말하지 않아도 그의 마음을 진작에 알고 있었던 모양이었다. 이미 이 세상에 그녀가 찾는 이가 없다는 이야기를 굳이 전하고 싶지 않았던, 그녀가 슬퍼하는 것을 보고 싶지 않았던 그의 마음을 그녀는 알고 있었나 보다.

이해를 담은 신율의 깊은 눈이 그에게 고마움을 전하고 있었다. 이렇게 내 마음을 알아주는 이가 이 세상에 또 있을까. 황자는 가슴속에서 치밀어 오르는 감정을 꾹 눌렀다.

"금강산으로 가신다구요?"

"어쩌다 보니 그렇게 되었습니다. 여기 더 있다간 아무래도 제명에 못 죽을 거 같아서 내빼려구요."

그녀가 씁쓸한 표정으로 푸념처럼 중얼거렸다.

"제가 같이 간다 하면 허락하시겠습니까?"

"아니요. 절대 못 가실 거 같으니 제가 먼저 안 된다 하겠습니다."

"갈 수도 있는데요."

왕욱의 말에 신율이 빙긋 미소 지었다. '하고 싶은 일'과 '해야 할 일'이 항상 똑같지는 않다. 그리고 두 가지 일 중에서 언제나 더 무겁고 더 어려우며 그래서 마지막까지 피할 수 없는 일들은 항상 '해야 할 일'이었다.

"마마께서 따라오시면, 황제 폐하께서 이번에는 절대 황주 가문을 그냥 두지 않을 것입니다. 그리고 황주 가문에서는 저를 그냥 두지 않을 것이구요. 절 따라오시면 두 목숨이 사라지니 행여라도 그런 생각은 하지 마십시오."

조금도 틀리지 않은 말이었다. 그래서 더 왕욱을 힘들게 하는 일이었다. 그를 거부하는 그녀의 마음이 함께 담긴 대답에 왕욱이 씁쓸하게 웃어 보였다.

"저는 혼인을 해야 합니다."

마치 그것이 모든 것의 대답이라도 되는 양 왕욱이 불쑥 입을 열었다.

"저 때문에 혼인이 빨라진 것입니까?"

신율의 질문에 황자는 쓴웃음을 지어 보였다. 역시나 그녀는
그의 마음을 알아주었다. 왜 황제에게 고개를 숙이면서까지 국
혼을 청할 수밖에 없었는지, 왜 그녀를 두고 마음에 없는 혼인
을 해야 하는지.

"국혼을 청하시기 전에 저한테도 물어보셨으면 좋았을 텐데.
황자마마도 지난번에 큰일 날 뻔하셨습니다."

"각오한 일이지요. 그런데 저를 거절하기 위해 황제 폐하를
설득할 것이라는 생각은 하지 못하였습니다."

왕욱으로서는 그럴 수밖에 없었다. 그냥 있었다면 서경과 황
주 가문에서 신율을 죽이려고 그보다 먼저 나설 것이었다. 그
래서 그녀와 혼례를 치르고 싶었다. 아니 오직 그녀 하나만을
바라보며 살고 싶었다. 그에게 받은 은혜와 황제의 명이라면 그
녀도 어쩔 수 없을 것이라 생각하였다. 하지만 그렇게 단호하게
그를 싫다 하리란 생각은 하지 못하였다.

왕욱의 쓸쓸한 미소를 바라보며 신율도 마음이 편치 않았다.
그는 참으로 좋은 사람이었다.

"아마 황자마마는 저보다 더 나은 인연을 만나게 될 것입니
다."

"어차피 그녀는 황실의 여인입니다."

"마마께서 잘해 주시면 될 것입니다."

누군가 단 한 사람만을 바라봐 주는 상대를 만나는 것은 흔치 않은 행운이었다. 특히나 황실의 사람에게는 그렇다.

"전 아가씨 한 사람에게만 잘해 주고 싶었습니다."

"그 마음은 잘 받아 두겠습니다."

신율은 그의 마음을 모른 체하지 않고 웃어 보였다. 그 부서질 듯한 미소에 왕욱의 마음도 부서지고 있었다. 저런 표정으로 웃어 보이면 더 이상 아쉬움도 말하지 못하겠구나.

"왜 왕소 형님입니까? 아무리 생각해도 제가 넷째 형님에 비해 부족한 것이 없는 거 같은데."

"당연하지요. 오히려 넘치십니다. 특히나 넷째 마마의 삐딱한 성격을 생각하면 비교할 필요도 없습니다."

왕욱의 질문에 신율이 인상을 쓰며 중얼거렸다. 오늘도 이렇게 왕욱과 마주하고 있다는 것을 알게 되면 그는 한쪽 눈썹을 치켜 올리고 입술을 딱딱하게 굳힌 채 그녀를 잡아먹을 듯 노려볼 것이 분명했다.

"그런데 왜……."

"아마 그래서 그 사람인 거 같습니다. 그 고약하고 쌀쌀맞은 성질머리를 누가 참아 주겠습니까. 그나마 저나 되니까 놀아 주는 거지요."

잠시 눈썹을 찡그리던 신율이 그제야 자신도 답을 찾은 듯 빙긋이 미소 지었다.

차마 넷째 황자와 먼저 혼인을 하였다는 말은 하지 못했다.

차마 먼저 마음을 주고 한참을 찾아다녔다는 이야기도 하지 못했다.

"그럼 저도 고약해지면 놀아 주실 것입니까?"

"고려에서 제일 잘난 황자마마가 여섯째 마마라고 들었습니다. 마마께서는 저 말고도 마마만을 바라보는 여인들이 많을 것입니다."

"많지요. 그런데 그 안에 당신이 없으니 많아도 많은 것이 아닙니다."

불퉁한 왕욱의 대답에 신율은 난감한 미소를 지어 보였다.

마음 떨리는 사람이 이 사람이었으면 얼마나 좋았을까.

그저 당신 하나면 나는 충분한데 말입니다.

그녀의 눈빛을 읽어 내린 황자가 마음속으로 중얼거렸다.

"부디 건강을 챙기세요. 그래야 내가 다시 마음을 먹고 형님과 싸울 것 아닙니까. 전 아직 포기하지 않았습니다."

"방금 다른 여인과 혼인한다고 들었는데요?"

"생각해 보니 형님은 부인이 둘씩이나 있어도 아가씨에게 마음을 품고 있는데 제가 혼인을 한 번 한다고 해서 문제 될 것은 없다고 봅니다."

부러 조금은 뻔뻔하게 대꾸하는 황자를 바라보며 신율은 작게 웃어 보였다.

"부디 건강하게 다시 오세요. 그럼 그때는 정말 고약하고 쌀쌀맞은 사내가 되어 드릴 테니."

신율을 바라보는 황자의 눈빛에 걱정 어린 당부와 아픔이 가득한 애정이 넘쳐나고 있었다.

왕소는 서경으로 떠났고, 신율 또한 금강산으로 향하였다.

벌써 산사의 가을이 깊어 가고 있었다. 꽃보다 더 곱고 붉은 물이 주변을 온통 물들이고 있었다. 신율은 들어오는 바람에도 불구하고 사찰의 문을 열어 놓은 채 왕소가 보낸 서찰을 읽어 내리고 있었다.

비단 종이 위에 적힌 반듯한 글씨체에는 그녀를 향한 애정이 가득했다. 보고 싶고, 또 보고 싶은 마음이었다.

잘 있는지. 잘 있다 대답하여야 한다. 그래야 내 마음이 조금이라도 편하니. 내가 정말 잘 지내려면 신율 네가 정말 잘 있어야 한다는 것을 아는지. 산중이라 많이 추울 텐데. 얇게 입고 다니지 말거라. 이곳에는 어제 새벽 첫눈이 내렸다. 얼마나 소담스럽게 쌓였는지. 새벽을 느끼면서 널 생각하고 첫눈을 보면서 널 그린다. 하지만 이 첫눈으로 황궁을 쌓기 위해 나와 있는 백성들은 얼마나 더 수고로울지. 그 생각에 마음이 불편하다. 어찌 된 게 황자에게는 처음 눈을 보고 정인을 생각할 여유조차 주지 않는 것인지. 과연 이게 옳은 일인 건지.

'과연 이게 옳은 일인 건지'라는 부분에서 신율은 '풋' 하고 웃음을 터뜨렸다. 백성이 수고로운 일이 옳지 않다는 것인지, 아니면 그녀를 생각하지 못해서 심통이 난 건지 알 수 없었다.

몇 번이고 서찰을 읽어 내리던 신율이 붓을 들었다. 그녀가 그의 서찰을 기다리는 만큼 그 역시 그러할 테니. 한시라도 빨리 답장을 주어야 할 것이다. 오랜 헤어짐에 지치지 않게, 거친 그곳에서 더 힘들지 않게.

붓을 들고 한 자 한 자 글을 채워 가는 신율의 눈빛에도 그리움이 가득했다. 이제 날이 추워지고 있었다. 아마도 서경은 더 춥고 거칠 것이다.

잘 지낼 테지. 잘 지내야 할 텐데.

잘 지내요. 정말 정말 잘 지냅니다. 수시로 황자마마만 제 생각을 방해하지 않으면 더 잘 지낼 듯한데 왜 자꾸 생각하고 또 생각하게 되는지. 백묘가 상사병이라도 걸리면 큰일이라고 걱정 반 놀림 반이에요. 고개를 한껏 젖히고 산을 올려다보면 산은 지금 한창 절경입니다. 붉은 나뭇가지 위에 구름도 걸리고 하얀 서리도 꽃처럼 맺혀 있습니다. 해가 뜨면, 보석처럼 빛이 나곤 하지요. 그럴 때마다 빛나는 이름을 생각하게 돼요. 편안하게 온천을 즐기는 저는 그만 걱정하여도 되니 일단 지금은 형님과 고려의 백성만 걱정하셔도 될 듯합니다.

왕소는 신율의 편지를 바라보며 흔치 않은 미소를 지었다. 개경을 떠나 서경에서 지낸 지 벌써 넉 달이 지나가고 있었다.

신율. 그녀는 잘 있는지.

당장이라도 금강산으로 말을 내달리고 싶은 마음이 하루 이틀이 아니었지만, 그는 황명을 받은 몸이었다. 보고 싶고 안고 싶은 마음은 태산 같았지만, 그저 꾹꾹 눌러 참을 수밖에. 그저 한 하늘 아래 같이 살고 있다는 것만으로도 위안이 된다.

서경은 잔인하고 혹독한 곳이었다. 부역을 하는 백성들에게도, 그 모습을 지켜보고 있는 왕소에게도 힘든 일이었다. 처음 서경에 도착했을 때 그는 숙부인 왕식렴에게 인사를 올리는 대신 가장 먼저 황궁을 짓고 있는 부역장으로 말고삐를 돌렸었다.

한여름의 뜨거운 햇살 아래에서 비쩍 마른 고려의 백성들이 무거운 석재를 등에 지고 어깨에 나무를 걸친 채 옮기고 있었다. 비틀비틀 쓰러지는 인부들에게 말을 탄 병사들이 가차 없이 채찍을 휘둘렀다.

"이놈들, 게으름 피우지 말아라."

왕소는 눈앞의 참혹함에 눈을 감았다.

이것인가. 이것이 통일의 대가란 말인가.

지난 오십 년간 고려는 삼한 통일이라는 대업을 이루고 새로운 국가를 만들기 위해 목숨을 걸고 치열한 전쟁을 치렀다.

그 결과 땅은 피폐해졌고, 불쌍한 백성은 수없이 죽어 갔다. 또한 살아남은 이들은 가족을 잃은 슬픔을 묻기도 전에 무리한 군역과 과중한 세금에 지쳐 도망갔다. 고려의 멀쩡한 사람들이 고아가 되고, 과부가 되고, 도적이 되고, 노비가 되어 버렸다.

"괜찮으십니까?"

"괜찮지 않다."

유신성의 질문에 왕소는 꽉 막힌 음성으로 나지막하게 중얼거렸다.

"아프다. 많이 아프다."

"마마."

내가 원하는 건 이런 것이 아니다. 제국의 황자로서 내가 원했던 고려는 이런 모습이 아니었다. 이리 비참하고 이리 잔인한 삶이 아니었단 말이다.

"뭐야, 저놈은 죽은 거냐? 어서 멀찌감치 갖다 버려."

날카로운 목소리에 고개를 들어 보니 다른 한쪽에서는 노역을 하다 더위에 지쳐 쓰러진 인부를 짐승처럼 끌어다 가마 위에 쌓고 있었다. 치료를 위한 선택은 아닌 듯했다.

"멈추어라. 이것이 무슨 짓이냐!"

"황자마마 아니십니까? 여기는 어인 일로."

우두머리쯤 되는 병사 한 명이 말 위에 탄 채로 왕소에게 물었다. 황자의 방해가 영 못마땅한지 인상을 쓰고 있었다. 네가 왜 이곳에 있느냐는 눈빛이었다.

"감히 네놈 따위가 황제 폐하의 친아우인 황실의 사람에게 이곳에 온 연유를 묻는 것이냐."

황자가 가소롭다는 듯 중얼거리자 주변이 조용해졌다. 나직하지만 내공이 실린 목소리에 주변 사람들이 전부 긴장할 정도였다.

"이곳은 황자마마 같은 분이 오실 곳이 못 됩니다."

"입 닥치지 못할까!"

"황공합니다."

황자가 버럭 소리를 지르자 병사는 입을 다물었다. 황자의 기개는 보통이 넘어 보였다.

"저들에게 물과 소금을 갖다 주어라. 그리고 지금부터 한 식경은 모두 그늘에서 쉬게 하거라."

"하지만 집정마마의 명이……."

"내 말이 들리지 않는 것이냐! 아니면 명령 불복종으로 지금 죽고 싶은 것이냐."

말 위에 올라탄 황자가 자신의 검을 빼어 들었다. 서늘한 칼날이 태양 아래 무섭게 번득이고 있었다. 황자는 지금 당장이라도 병사를 벨 요량인 것처럼 보였다. 이것이 황자의 위엄인가.

서경의 감독관은 잠시 숨을 멈추고 왕소를 바라보았다. 뜨거운 햇살 속에서 왕소가 눈부시게 빛나고 있었다.

검을 든 황자의 명에 병사들이 부산스럽게 움직였다. 아마 저들 중 하나는 숙부에게 쫓아가겠지. 그래도 상관없었다. 서경 천도가 다 무엇이란 말인가.

왕소는 가슴 깊은 곳에서 솟구치는 슬픔과 울분을 꾹꾹 눌러 참았다. 이 땅의 백성들이 이리 살아가고 있는데 황실의 황족들은 도대체 무얼 하고 있단 말인가.

"이렇게 해서 천도하는 것이 무슨 의미가 있다는 것이냐?"

"어찌할 수 없습니다. 황제의 명이십니다."

황제의 명이라. 아니다. 이것은 형님이 원한 것도, 돌아가신 태조마마가 바라신 일도 아니었다. 숙부님, 당신이 고려의 백성들에게 무슨 짓을 하고 계신지 아십니까?

"그것이 이 땅의 백성보다 중요한 것인가?"

"큰일을 위해서는 어쩔 수 없는 일도 있지 않겠습니까. 그리고…… 이번 일을 반대하면 역모 죄가 되옵니다."

"역모라…… 지금 누가 죄를 짓고 있는 것이냐. 제국의 근간인 백성이 죽어 가고 있는 것이 네 눈에는 보이지 않는 것이냐."

이것은 정말이지 옳지 않은 일이었다. 황자는 눈을 감았다 다시 떴다. 도대체 고려의 백성들이 무슨 죄를 지었단 말인가.

그들은 그저 시대를 잘못 만나고 황제를 잘못 만난 것뿐이었다. 결국 이것은 모두 황실의 탓이었다. 이렇듯 고단한 세상을 만든 이들도, 가여운 백성을 저 지옥으로 몰아넣는 사람들도 전부 황궁에 있는 그들이었다.

폐하. 형님. 이 일을 어찌하면 좋습니다. 형님은, 그리고 저는 지금껏 무엇을 하고 있었습니까.

"폐하가 이곳을 보셔야 한다."

"그럼 뭐가 달라졌을까요."

조금은 무심한 신성의 대답에는 절망이 담겨 있었다. 그 대답에 황자는 입을 다물었다. 신성의 말대로 그다지 달라질 것은 없을 것 같았다. 황제는 불심이 깊은 사람이었고 황제의 책무를 무겁게 받아들이는 분이었다. 하지만 이것은 마음만으로 해결할 수 있는 일이 아니었다. 이것은 오직 힘으로 해결해야 할 일이었다.

서경은 이미 또 하나의 황궁이었고, 숙부는 이미 그곳의 또 다른 황제였다. 왕식렴은 자신의 앞에 서 있는 왕소를 바라보며 재미있다는 듯 웃어 보였다.

"흠, 널 이곳에서 보는구나."

"그러게 말입니다, 숙부."

비록 허리를 굽혀 인사를 하기는 하였어도 왕소의 표정은 여전히 뻣뻣했다. 부랴사랴 술상이 놓이고 왕소와 왕식렴이 서로를 마주한 채 술잔을 기울이고 있었다.

"설마 네가 이곳으로 쫓겨 오리란 생각은 못 했겠지?"

"그렇게 생각하십니까? 제가 제 발로 왔으리란 생각은 안 하십니까?"

빈정거리는 숙부의 질문에 왕소는 눈 하나 깜빡거리지 않고 빙긋 미소 지었다.

"뭐라?"

"숙부만 절 감시할 수 있는 것이 아닙니다. 아마…… 숙부님도 절 경계하셔야 할 겁니다."

왕식렴은 왕소의 기개에 너털웃음을 터뜨렸다. 망할 녀석. 너무 똑똑한 녀석이기에 그가 황제가 되는 것은 절대로 두고 볼 수 없다.

"내가 서경에 온 것은 선황 폐하의 뜻이었다."

숙부는 왕소에게 술잔을 건네며 말했다.

"알고 있습니다. 하지만 선황께서는 숙부님에게 황제의 자리를 물려주시지는 않았습니다."

"개경에는 너무 많은 호족 세력들이 들러붙어 있어. 그들을 떼어 내기 위해서는 천도만이 방법이다."

"서경으로 오면 달라지겠습니까?"

이번만큼은 왕식렴도 얼굴을 굳히고 입을 다물었다. 호족은 이곳에도 많았다. 왕식렴에게 줄을 서고 있는 자들이 어디 한둘인가. 그 역시 내심 우려하고 있는 일을 왕소가 단번에 지적하고 나선 것이다.

"내가 마음만 먹으면 널 죽일 수 있다는 것을 아느냐?"

"만에 하나 제가 여기서 죽게 된다면, 숙부 역시 죽음을 면치 못할 것입니다."

"왜, 황자 한 명 죽였다고 해서 황제가 날 어찌할 수 있을 것 같더냐?"

"아니지요. 황제께는 그럴 힘이 없지요. 하지만 이곳 서경에서 조의선인의 수장이 죽게 되면, 아마 목숨을 걸고 숙부님을 죽일 사람이 있을 것입니다."

조의선인의 수장. 감히 왕소가 맹랑하게도 그의 신분을 왕식렴에게 털어놓고 있었다. 술잔을 내려놓은 왕식렴은 호탕하게 웃음을 터뜨렸다.

"하하하, 네가 정녕 죽고 싶으냐?"

"역모를 꿈꾸는 자들도 멀쩡히 살아 있는데 제가 죽을 일이 무엇입니까? 그리고 역모는 증거가 있어도 저한테는 아무 증거도 없습니다."

보통내기가 아니었다.

왕소가 입을 열면 열수록 왕식렴은 마치 자신이 죄인이 된 기분이었고, 그에게 감시당하는 기분이었다.

"네가 수장이라는 증거가 없듯, 나도 역모를 꾸미고 있지 않다. 내가 이 나라를 어찌 세웠는지 네 녀석이 알게 되면 내 심정도 알게 될 것이다."

"그것이 숙부님의 착각입니다. 고려는 숙부님이 세우신 게 아닙니다. 태조마마께서 혼자 세운 것도 아니구요. 수많은 병사의 목숨과, 그보다 더 많은 백성의 피를 담보로 맞바꾸어 세운 것이 고려입니다. 그것을 깨달으신다면 숙부님도 이리 하실 수는 없을 것입니다."

건조하기 이를 데 없는 황자의 대꾸에 왕식렴의 굵고 하얀 눈썹이 움찔거렸다. 그는 찬찬히 왕소를 바라보았다.

이제껏 못 보던 것, 보이지 않던 것이 왕식렴의 눈에 보이기 시작하였다. 그저 맹랑하고 똑똑하다고 생각한 조카는 그보다 훨씬 괜찮은 존재였다. 그는 장수보다 병사를 볼 줄 아는 녀석이었다. 제국보다 백성을 우선할 줄 아는 황자였다.

"그 점은 네 말이 맞구나. 하지만 한 가지만은 확실히 하여야 겠다. 황제의 목숨이 내게 있다. 그러니 오늘 밤 날 너무 자극하지 말거라."

"전 목숨을 걸고 숙부님을 막을 것입니다. 그러니 저로 하여금 숙부님에게 검을 향하게 하지 말아 주십시오."

왕식렴도 진심이었고, 왕소 또한 진심이었다. 그들은 아무 말 없이 술병을 비워 내기 시작했다. 새로운 제국이 시작된 지금은 난세였다. 그들이 한 시대에 함께 태어나지 않았다면 각각 영웅이 되었을지도 모른다.

왕식렴은 조카 중 한 명이 영웅으로 자랄지도 모른다는 사실이 기뻤고, 또한 왕소가 그와 같은 시간을 살아가는 어린 영웅이라는 것에 쓴웃음을 지었다.

돌아가신 태조 형님이 안 계셨다면 그는 어쩌면 고려의 황제가 되었을지도 모를 일이었다. 형님이 가고 난 후 이제 아무도 없을 것이라 생각한 세상에 또 한 명의 영웅이 그의 앞을 가로막고 있었다. 그리고 이번엔 제 손으로 그를 죽여야 할 것이다.

삼국을 통일한 태조는 조공으로 보낸 낙타를 굶겨 죽일 정도

로 거란족을 경계하였다. 그런 거란이 국호를 요로 하고 호시탐
탐 세력을 늘려 가고 있는 탓에 황궁에서는 이미 덕창진과 철
옹, 박릉, 명주의 삼척과 통덕에 성을 쌓고 있었다.

그것만으로도 고려의 백성들에게는 버거운 일이었음에도 불
구하고 쉬지 않고 황성의 축성 작업까지 몰아대고 있었으니 백
성들에게는 전쟁보다 나을 것이 없는 세상이었다.

부역하는 자들을 위한 곳간은 항상 마지막이었다. 서경의 군
사들을 챙기고 난 후에 조금씩 배급되는 음식은 턱없이 부족해
하루 종일 공역에 시달린 백성들을 굶주리게 하였다. 주린 배
를 물로 채우는 사람들을 바라보며 황자는 군량미를 풀라고 명
하였다.

"당장 군량미를 풀어라."

"군량미라니. 마마, 그것은 서경의 군사들을 위한 식량입니
다."

권직이 그것도 모르느냐는 얼굴로 인상을 그어 보였다. 황자
가 공역을 감당하는 백성들과 함께 먹고 자고 있다는 것은 진
작에 보고받아 알고 있었다. 하지만 그렇다고 해서 서경의 일에
지나치게 간섭하는 일은 그가 보기엔 어불성설이었다.

"서경의 군사만 고려 사람인가?"

"네? 그거야, 무엇보다 병사가 우선 아니겠습니까?"

"누구 마음대로."

황자의 질문에 권직은 눈을 껌벅였다.

누구 마음대로라니.

황자는 정말 몰라서 묻는 것일까.

서경에서 날아가는 새도 떨어뜨린다는 권력을 가진 사람은 오직 왕 집정 한 사람뿐이었다. 고려 최고의 벼슬에 이른 왕 집정의 명은 황제조차 거역하지 못하는 것이 현실이었다.

"황제 폐하의 명을 받아 이곳을 책임지는 사람은 나다. 나 왕소는 고려의 황자이다. 그런데 네가 감히 안 된다고 얘기하는 것이냐?"

"마마, 그것이 아니오라 아시다시피 이곳은 왕 집정의 명이 있어야……"

"그러니까 넌 황제 폐하의 명보다 집정의 명이 우선이라 말하는 것이냐."

미련하게 주억주억 핑계를 입에 담는 권직을 바라보는 황자의 얼굴에 냉소가 흘렀다.

"그, 그것이……."

저도 모르게 침을 눌러 삼킨 권직의 온몸에 소름이 주욱 돋았다. 아무리 눈치 없는 그라 할지라도 지금은 말조심해야 한다는 것을 본능적으로 느끼고 있었다. 아무리 서경의 실세가 왕 집정이라 할지라도 일단은 황제 폐하가 우선이라 이야기하여야 한다. 혹시라도 그것을 부정한다면 그것은 반역이었다. 등 뒤로 식은땀이 흐르고 있었다.

황자가 이곳 서경에 온 지도 꽤 시간이 지났다. 황자는 사사

건건 황자의 권위를 들고 나서며 그의 일을 방해했다. 덕분에 노역하는 시간이 줄어들어 공사 기간이 점점 늘어나고 있었으며, 식량 역시 두 배로 늘어나 있었다. 그런데 이제는 그것도 모자라 군량미를 풀라고 하니, 황자는 처음 만날 때나 지금이나 쉬운 사람이 아니었다.

아니 어째 갈수록 점점 더 깐깐해지고 어려워지고 있었다. 노역하는 자들은 황자가 무슨 대단한 사람이라도 되는 듯 왕소 황자를 추앙했지만 권직이 보기엔 황자가 철이 없는 것이었다. 서경으로의 천도는 황명이었다.

하루라도 빨리 이 일을 끝마쳐야 하는 것이 그의 임무이고 책임이라 생각하고 있었다. 뭘 해도 갑갑해진 권직은 왕식렴에게 이번 일의 심각성에 대해서 보고해야겠다고 생각했다.

第24章

알고 있었지?

많이 컸구나

　산중의 겨울은 다른 곳보다 빨리 찾아왔다. 서리가 내리기 시작한 건 이미 오래전이었고 산 위에는 하얗게 첫눈이 덮여 있었다. 암자 한편에서 새파란 하늘만 뚫어질 듯 바라보고 있던 신율을 발견한 균여대사가 잠시 미간을 모았다.

　"안 춥습니까?"

　"이상하게 몸이 예전처럼 나쁘지 않습니다. 이곳 산중이 체질에 맞나 봐요."

　하얀 입김을 사각거리며 그녀가 웃어 보였다. 그것은 희한한 일이었다. 중원의 개봉보다, 고려의 개경보다 적막하기 짝이 없는 금강산 골짜기의 찬 바람이 오히려 덜 시리게 느껴지고 있었다. 이럴 줄 알았으면 진작에 이곳에 와서 살 걸 그랬나 싶을 정도였다.

　"체질에 맞는다? 그런 걸로 치유될 몸이 아니란 걸 알고 있으실 텐데요."

"네. 그렇긴 한데 지금 당장 죽을 것처럼 춥지는 않습니다."

균여대사는 허리를 조금 숙여 신율과 코가 맞닿을 만큼 얼굴을 가까이 가져갔다. 그의 뜻하지 않은 행동에 옆에 있던 백묘가 당장이라도 덤벼들 것 같은 눈빛으로 노려봤지만 신율은 얌전히 대사의 두 눈을 마주하고 있었다. 무공에 대해서는 전혀 무지할지 몰라도 사람의 진심만큼은 누구보다 잘 알고 있는 그녀였다. 만난 지 얼마 안 되었지만 균여는 그녀를 진심으로 걱정하고 있었다.

고개를 갸웃하던 균여대사는 이번에는 신율의 손목을 덥석 잡아 올렸다. 한참을 그렇게 맥을 잡더니 그 못생긴 얼굴이 이해할 수 없다는 표정으로 미묘하게 일그러졌다.

태어나자마자 차가운 심연의 얼음물에 버려지고 도저히 살아날 가망이 없는 신율을 겨우 구해 냈을 때는 이미 온몸의 기가 완전히 망가진 후였다는 얘기를 진작에 들은 균여였다.

"뭐가 이상합니까?"

"그동안 무슨 일이 있으셨습니까?"

"아무 일도 없었습니다."

"왜 아무 일이 없습니까. 암습도 당하시고 독도 드셨는데."

아무 일 없었다는 신율을 대신해 백묘가 삐딱하게 대꾸했다. 지금 생각해도 분하기 이를 데 없었다. 그대로 개경에 눌러앉아 신율에게 독을 쓴 자를 찾아내어 죽였어야 했는데 그러지 못한 것이 천추의 한이었다.

"독을 취하셨습니까?"

"어쩌다 그렇게 되었습니다. 지금은 괜찮아요."

균여대사의 숱 많은 시꺼먼 눈썹이 치켜 올라가고 눈빛이 무섭게 번득이자 신율이 정말 괜찮다는 듯 얼른 웃어 보였지만 대사가 궁금한 것은 그녀의 몸 상태가 아닌 듯했다.

"어떤 독이었습니까?"

"황련이라 들었습니다."

"그게 그냥 황련이었습니까? 천년설에서 자란 것이라 아주 음기가 가득한 독초였구만. 그것도 모자라 빙산의 독초까지. 못된 것들. 죽여 버렸어야 했는데……."

또 한 번 백묘가 흥분하여 이를 악물고 중얼거렸다. 못된 것들이라 함은 독초를 쓴 사람들이겠지. 그리고 그들은 황보 가문의 사람들일 것이다.

"이런, 이런. 그런 방법이 있었군요."

백묘의 설명에 균여가 '탁' 하고 무릎을 치며 다시 신율의 손목을 부여잡고 맥을 읽었다. 미묘하게 뛰는 맥의 변화를 균여는 그제야 이해하고 있었다. 사실 균여는 세속에 있을 때는 황보 가문의 은혜를 받은 사람 중 하나였다. 금강산에서 신율을 만나게 된 이후 균여는 왜 왕식렴과 황보부인이 그토록 저 여인을 죽이고 싶어 했는지 알게 되었다. 그녀는 현명하고 영리한 여자였다. 그리고 무엇보다 세상의 수를 읽을 줄 아는 몇 안 되는 재주를 가지고 태어난 자였다.

그나저나 일이 우습게 되었구나. 그냥 두었으면 그들이 원하는 대로 그대로 죽었을 텐데 쓸데없이 독을 쓰는 바람에 운명이 바뀌고 있었다. 균여는 머릿속을 스치고 간 생각에 쓴 미소를 그대로 삼켰다. 부처님의 뜻은 다른 데 있었다.

"그런 방법이라니…… 설마…… 네놈…… 아니, 대사도 우리 아가씨를 죽일 생각입니까?"

"할멈!"

어느새 거칠어진 백묘의 목소리에 담겨 있는 살기에 기겁을 한 신율이 진정시켰다.

"아니, 아니. 그런 방법 말고 말이오. 내가 아무리 땡중이라도 설마 사람 죽이는 방법을 말했겠소."

"뭐, 그야…… 땡중이든 고승이든 속마음을 알 수가 있어야지. 근데 무슨 방법을 말씀하시나요?"

반말과 존댓말을 가로지르며 백묘가 머쓱하게 중얼거리자 신율은 할멈을 대신해 민망한 한숨을 내쉬었다.

"잘하면 소승이 낭자를 살릴 수 있겠습니다."

"지금껏 용하다는 사람은 다 만나 봤습니다."

균여의 말에 백묘의 귀가 번쩍 뜨였지만 신율은 그저 웃기만 했다. 하지만 혹여나 하는 생각에 마음 급한 백묘가 심드렁한 신율이 묻기도 전에 얼른 균여에게로 다가앉았다.

"아마 그들은 아가씨가 중독되기 전에 치료를 했을 것입니다."

"지금은 뭐가 달라진 겁니까?"

"황련은 몸을 차갑게 하는 독입니다. 덕분에 그동안 심장에 박혀 있던 얼음 조각들이 조금씩 체내의 냉기와 교류를 하고 있습니다."

"그럼 어떻게 되는 겁니까?"

균여의 목소리에서 무언가 희망을 감지한 백묘가 잔뜩 긴장한 얼굴로 다그치듯 물어 왔다. 무슨 말인지는 몰라도 어쨌거나 나쁜 것은 아닌 것 같았다.

"얼음을 가두고 있던 맥 속의 냉기가 열렸습니다. 몸이 더우면 더울수록 얼음은 녹지 않기 위해 점점 심장으로 파고드는데 독으로 인해 몸의 온기가 내려가니 박혀 있던 냉독들이 뼛속부터 나오고 있는 중이옵니다."

"그럼 고칠 수 있단 말입니까."

"방법이 고약하기는 하여도 목숨만큼은 구할 수 있을 듯합니다."

덩달아 조금은 흥분한 균여의 목소리에 지금껏 웃기만 하던 신율의 눈이 커졌다. 생각해 본 적 없는 일이었지만 전혀 가능성이 없는 이야기도 아닌 것 같았다. 금강산에 온 이후로 몸의 상태가 나아진 것을 생각하면 더더욱 그랬다.

지금보다 조금 더 살 수 있다고.

어쩌면…… 살 수 있다. 그와 함께 같은 하늘 아래에서 조금 더 오래 숨 쉴 수 있단다.

하지만 균여가 제시한 방법은 그의 말대로 고약하였다. 몸속의 얼음을 완전히 제거하려면 차가운 얼음물에 몸을 담가 음한 기운이 심장 밖으로 빠지게 해야 한다는 것이었다. 그것은 멀쩡한 사람들에게도 고통스러운 일일 것이다. 하지만 신율에게는 선택의 여지가 없었다. 이 방법이 아니라면, 지금 이 방법을 쓰지 않으면 곧 죽게 되리라. 그리고 다시는 그를 못 보게 될 것이다. 그녀만큼 힘든 그를 두고 가야 할 것이다. 그보다 고통스러운 일이 또 있을까.

겨울이 오는 계절의 바람은 매서웠다. 산 위에는 첫눈이 녹지 않고 있었고, 해가 미처 닿지 않는 계곡물에는 살얼음이 만들어지고 있었다. 차가운 냉기를 머금은 폭포 소리가 요란한 계곡의 호수 주변에서 홑겹 저고리에 담비 겉옷을 걸친 신율이 굳은 얼굴로 균여대사를 바라보았다.

"준비는 다 되셨습니까."

"그럼요. 진작부터 준비는 하고 있었어요."

씩씩하게 고개를 끄덕인 신율이 겉옷을 벗어 백묘에게 건네주었다. 제법 용감하게 옷을 건네기는 하였지만 오싹한 바람에 벌써부터 몸이 벌벌 떨리고 있었다.

백묘가 걱정이 가득한 얼굴로 신율에게서 겉옷을 건네받다가 잠시 움직임을 멈추었다. 저쪽 계곡 밑에서 누군가 다른 움직임이 느껴졌기 때문이었다. 잔뜩 긴장한 백묘가 행여나 있을 변고를 대비해 온몸의 내공을 끌어올렸다. 지금 이 순간, 어느 누구든지 살기를 내보인다면 그것이 사람이거나 짐승이거나 그 자리에서 죽음을 각오해야 할 것이다.

말발굽 소리가 가까워지고 말 위의 존재가 식별 가능해지자 백묘의 짧은 신음이 약하게 들려왔다.

왕소 황자였다. 왜 하필 지금. 참으로 귀신같은 황자였다.

"미친 건가?"

말에서 내리자마자 새파랗게 질려서 오들오들 떨고 있는 신율을 바라보며 잔뜩 인상을 쓴 황자가 급하게 겉옷을 벗어 그녀를 꽁꽁 싸매었다. 작은 냉기에도 목숨을 위협받는 여인에게 이게 무슨 해괴한 짓이란 말인가. 그가 신율에게 금강산으로 가라 한 이유는 따뜻하고 좋은 온천물 때문이었다. 안 그래도 날이 추워져서 어찌하나 고민하고 있던 차에 이 칼바람이 부는 폭포 앞에서 옷까지 벗겨 놓고 뭐 하는 짓이란 말인가.

"이게 다 무슨 일이지?"

자신의 품으로 신율을 끌어당겨 일단 바람부터 막은 왕소는 눈앞에서 벌어지고 있는 일들을 믿을 수 없다는 듯 균여와 백묘를 번갈아 돌아보았다. 누구이건 간에 제대로 된 해답을 내놓지 않으면 오늘 여럿 죽겠구나.

살벌한 시선에 모든 이들의 눈빛이 균여대사에게로 향하였다. 저 대사님이야말로 황자마마와 친하다 하지 않았는가. 그리고 이번 일은 균여대사의 설명이 아니라면 쉽게 이해되지 않을 것이 분명했다.

어쩔 수 없이 등 떠밀린 균여는 오늘의 일에 대해 간략하게 설명했다. 이 추위에 길게 얘기할 수도 없는 노릇이었다.

참으로 절묘한 시기에 나타난 황자의 품에 순식간에 갇혀 버린 신율은 살짝 미간을 모았다. 그가 없을 때 해치워야 할 일이었다. 그에게 또 다른 걱정을 실어 주기 싫었는데.

"간단한 일입니다. 혈과 맥에 숨어 있던 음기가 얼음물과 같은 냉기를 만나게 되면 그 힘을 키우기 위해 심장 밖으로 나오게 됩니다. 그때, 무공이 있는 사람의 내력으로 몸속의 냉기를 밖으로 완전히 밀어낼 수만 있다면…… 생명을 연장할 수 있을 것이옵니다."

간단하다니. 무엇이 어디가 간단하단 말인가.

균여의 설명에 황자의 눈썹이 못마땅한 심기를 감추지 못하고 치켜 올라갔다. 그가 듣기에는 전혀 간단하지 않은 것처럼 들렸다. 그것은 무시무시한 이야기였다.

무공을 익힌 그인지라 지금 균여가 하는 이야기의 요점은 대충 이해할 수 있을 것 같았다. 하지만 그의 머릿속에서는 신율이 한겨울에 얼음물 속에 들어가야 한다는 사실만이 소용돌이치고 있었다.

멀쩡한 사람도 무술로 몸을 단련하지 않으면 얼어 죽기 딱 십

상인 마당에 저 연약한 신율이 저길 들어간다고?

"그래서, 이 날씨에 저 차가운 물에 몸을 담그겠다고?"

"네. 날이 추울수록 효과가 좋대요."

"말도 안 된다."

혼잣말처럼 중얼거린 황자는 신율과 균여를 번갈아 바라보았다.

"살릴 수 있다는 이야기인가?"

"소승은 아직 그런 말은 하지 않았습니다. 일단은 심장이 얼음물 속에서 버텨야 하고, 그다음에는 혈들이 참아 내고 머리가 견뎌야 할 것입니다. 그럼 가능성이 있습니다."

"젠장 맞을. 대사, 율이를 대사의 장난감으로 여기지 말아 주시오."

균여의 모범 답안에 왕소가 버럭 하고 인상을 썼다. 살릴 자신도 없으면서 목숨을 걸게 하다니, 아무리 생각해도 균여도 신율도 제정신이 아닌 듯했다. 왕소로서는 도저히 묵과할 수 없는 일이었다.

"부처님을 모시는 사람이 생명을 장난감으로 생각하다니요. 큰일 날 말씀이시옵니다."

"내 몸속의 혈과 맥에 숨어 있는 냉기를 완전히 없애기 위해서는 어쩔 수 없는 방법이에요."

신율이 그의 품 안에서 달래듯 말했지만 왕소의 표정은 퍼질 생각이 없어 보였다. 냉기보다 그녀가 먼저 사라질 것 같았다.

"어쩔 수 없는 방법이라면 안 하면 된다."

"하면 살 수 있을지도 모르는데요."

한눈에 봐도 그녀는 이미 마음의 결정을 한 듯했다. 신율의 고집은 진작에 알고 있었으니 그가 무어라 해도 바뀌지 않을 것이다. 하지만 아무리 생각해도 그가 보기에는 너무나 무모한 일이었다. 까딱 잘못하면 그대로 얼어 죽을 듯했다. 굳이 얼음물 속에 몸을 담그지 않아도 하얗게 부서지고 있는 호흡조차 얼어 갈 만큼 추운 날씨가 아닌가.

"어차피 내일모레면 죽을 목숨인데, 무슨 짓이든 해 봐야 하지 않겠어요?"

"장난치지 말아라. 어쩌면 당장 심장이 멈출지도 모른다고 했는데 그 소리는 못 들었느냐?"

"전 이 험한 세상에 그리 미련이 없을 줄 알았어요. 그런데, 이제 미련이 생겼습니다. 살아야 할 이유도 생겼구요. 그래서 어떻게든 살아 보고 싶어요."

'당신과 함께'라는 말은 굳이 붙이지 않았다. 신율이 덜덜 떨리는 이를 악물고 애써 미소 지으며 말했지만 이미 하얀 볼은 새파랗게 얼어 가고 있었다.

"너 정말……."

"꼭 하고 싶습니다. 할 겁니다."

그래. 그녀는 이렇듯 고집불통이다. 왕소는 어쩔 수 없는 선택에 입을 굳게 다물었다. 일단 하겠다고 했으니 그가 반대를 하든지 말든지 상관없이 그녀는 분명히 하고야 말 것이다. 게다가 그는 내내 이곳에 머물 수 없는 몸이었다. 지금만 해도 바로 개경으로 가야 하지 않는가. 정 하겠다고 한다면 차라리 그가 지켜보는 것이 나았다.

"알았다. 네 뜻이 정녕 그러하면 그렇게 하자."

짧은 시간이지만 긴 생각을 마친 왕소는 자신의 겉옷을 벗어 던졌다. 그러고는 아무 말 없이 그대로 신율을 안아 들었다.

"저 혼자 버틸 수 있어요."

"그거야 진작부터 알고 있다. 하지만 둘이 같이 있으면 더 쉬울 것이다."

"마마의 몸까지 상하게 할 수 있습니다."

"네 걱정이나 해라. 난 네가 숨을 쉬고 나와 함께 살 수 있다면 이보다 더한 일도 할 수 있으니까."

신율이 뭐라 더 말을 이을 틈도 없이 그는 그대로 성큼성큼 차가운 얼음물 속으로 향하였다. 그리고 자신은 이미 물 안에 몸을 들여놓은 채 신율에게 물었다.

"준비는 되었느냐?"

"진작부터요."

입술을 꼭 깨문 신율이 고개를 끄덕이자 황자는 조심스럽게 그녀를 물속에 내려놓았다. 그러곤 얼음물의 냉기에 얼굴이 파랗게 되고 입술까지 덜덜거리는 신율을 품에 깊이 안았다. 커다란 손으로 작은 머리통을 자신의 품속에 꽉 누르고, 다른 한 손으로는 허리에 단단히 팔을 둘렀다.

왕소가 그녀의 머리 위에서 낮게 중얼거렸다.

"견뎌야 한다. 꼭 이겨 내거라."

"당연히 견딜 거예요. 그리고 전 지지 않을 거예요."

"당연히라······."

부들부들 떨고 있는 주제에 참으로 용감하기도 하였다. 황자가 낮게 웃어 보였다.

"그래, 그래야 내 아우이지. 그래야······ 내 여인이지."

속삭이는 황자의 말에 신율은 살포시 그에게 몸을 기댔다. 입을 제대로 열지도 못할 정도로 냉기가 심장 끝까지 얼어붙게 하고 있었지만 그녀를 안고 있는 팔은 여전히 든든했다.

모래시계는 아직 들어올 때 그대로이다. 모래 한 알갱이가 어찌 이리도 천천히 내려오는지 모를 일이었다. 아예 시간을 잊는 게 낫겠다 싶어 두 눈을 질끈 감은 신율은 자신을 고쳐 안는 황자가 슬며시 웃는 것을 느꼈다.

"왜 웃는데요?"

"항상 힘들고 어렵게 하는 사람은 나였고 그런 나를 구해 주는 이는 너였는데. 이제야 무언가 나도 너에게 해 줄 것이 있는 거 같아서. 이 와중에 그거 하나는 마음에 드는구나."

황자의 말에 신율도 낮게 미소 지었다. 뜨거운 심장이 마주한 채 같이 뛰고 있었다.

지금처럼, 이렇게 계속하여 함께 숨 쉬고 함께 살아간다면 얼마나 좋을까.

벌써 한 식경이 다 되어 가고 있었다. 아무리 두 품이라 할지라도 한겨울 얼음물은 두 사람의 생명까지도 위협하고 있었다. 어쩌면 이대로 둘 다 죽을지도 모른다는 걱정을 할 무렵 모래시계를 노려보고 있던 균여대사가 드디어 고개를 끄덕였다. 두 사람을 위해 고개를 돌리고 있던 백묘와 길복이 후다닥 각자의 주인에게로 달려갔다. 신율은 이미 정신을 잃은 상태였다.

품 안에서 늘어진 상태로 정신을 놓은 신율을 바라보던 황자의 얼굴이 새하얗게 질려 갔다. 이대로 영영 그녀의 눈빛을, 그녀의 목소리를 듣지 못할까 무섭고 두려웠다.

"비켜라. 신율의 몸에 진기를 불어넣는 일은 내가 직접 한다."

"그것은 제가 할 일입니다. 그러니 황자마마도 어서 몸을 챙기십시오."

다급한 상황 속에서도 백묘는 침착하게 고개를 흔들었다. 신율이 태어나자마자 얼음물 속에 던져졌을 때도 어린 공주마마의 몸에 진기를 불어넣은 이는 다름 아닌 백묘였다. 그때도 아가씨는 숨을 쉬었고, 아마 이번에도 그럴 것이다.

왕소는 급하게 마른 옷으로 갈아입고 밖으로 나왔다. 균여가 때마침 신율의 방에서 나오고 있었다. 왕소는 그녀가 걱정되어 피가 마를 지경이었다.

"율이는 괜찮습니까?"

"지금 한창 몸에 진기를 불어넣고 있는 중이옵니다. 그래도 이제 어느 정도는 몸속의 음혈을 제거한 상태인지라 완전하지는 않지만 내일 당장 목숨을 위협받지는 않을 것이옵니다."

원하던, 바라던 대답을 듣게 된 황자는 자기도 모르게 눈을 감았다가 다시 떴다.

아, 다행이다. 정말 다행이다. 겨우 그의 심장이 제대로 뛰어간다. 그는 균여가 더 뭐라 말하기 전에 급하게 신율이 있는 방으로 향했다. 마음이 급했다. 어떤 일에도 쉬이 흔들리지 않던 황자의 허둥대는 모습에 균여는 피식 하고 사람 좋은 미소를 지어 보였다.

곱고 고운 사람들이었다. 여인은 아름다웠고, 사내는 강건하였다. 그들이 저리 사랑하는데 어찌 곱지 않을 수 있겠는가.

신율은 꿈을 꾸고 있었다. 왜인지는 몰라도 그것이 꿈이라는 것은 알고 있었다. 태어나자마자 겪은 얼음 강물은 당연히 기억에도 없는 일이었다. 하지만 머릿속에서는 비단보에 싸인 갓난아이가 물에 집어던져지는 모습이 또렷이 보였다.

차갑다. 차가워 죽을 것 같았다.

누군가 그녀를 흔들어 깨우고 있었다.

"율아, 그만 일어나거라. 한 나라의 공주가 이리 게을러서야 되겠느냐."

"발해는 망했사옵니다."

눈도 뜨지 못한 채 신율은 그렇게 중얼거렸다. 발해는 망했다. 그리고 나도 죽는구나. 이제 더 춥지 않아도 되는 것인가. 그런데 왠지 모르게 자꾸 마음이 슬퍼진다. 죽는 것이 이렇게 아쉬웠던 건가. 아, 이제 꿈에서 깨어나는구나.

"허어, 어디 그런 망극한 소리를. 네가 정녕 미쳤구나. 어서 이 아이를 얼른 불구덩이에 집어넣어라."

"불구덩이라니."

얼음 속도 모자라 이제는 불이라니. 사방이 벌겋게 불타오르고 있었다. 온몸이 뜨겁게 달아올랐다. 숨이 가슴까지 차오르며 더운 기운이 피어나고 있었다. 누군가 그녀의 손목을 잡고 피하라 하고 있었다. 잡힌 손가락 끝까지 뜨거워졌다. 이것은 꿈이 아니다. 이렇게 죽는 건가.

"일어나거라."

"음……."

뜨거운 손이 그녀의 볼을 톡톡 건드리고 있었다. 스치는 손길에 얼굴이 타오른다.

"눈이라도 떠 보아라."

"여기가 어디……."

어렵게 눈을 뜬 신율은 긴 속눈썹을 깜박였다. 흐릿한 시야 속에 걱정과 염려가 가득 담긴 따뜻한 눈빛이 그녀를 바라보고 있었다.

"제가 죽은 것입니까?"

"설마. 내 허락 없이 죽는 것은 용서치 않는다."

너 없으면 나도 죽는데 그런 무서운 소리를 잘도 하는구나.

미소를 짓고 있었으나 목소리에 담긴 위엄은 그가 진심이라고 말하고 있었다. 그는 신율이 어디 도망이라도 갈 것처럼 그녀의 손목을 꽉 부여잡고 있었다.

아, 이 사람이다. 이 사람이 나와 함께 그 얼음물에 들어갔고 그 불구덩이에서 날 이끌어 줬다. 신율은 그제야 그간의 사정이 떠올랐다.

"살아 있는 거군요."

"그래, 너는 살았다. 그래서 이제야 나도 숨을 쉴 수 있구나."

나직한 중얼거림에 왕소가 깊은 안도의 한숨을 내쉬며 드디어 환하게 웃어 보였다. 그녀가 그의 곁에서 숨 쉬며 살고 있다.

신율도 마주 웃어 주었다. 이제 숨을 쉬며 그의 곁에 있을 수 있다. 이제 잠을 자도 될 것 같았다. 어렵게 떠서 나른하게 풀린 눈이 다시 감기고 있었다.

황자는 잠든 그녀 옆에서 한참을 앉아 있었다. 깊은 속눈썹이 하얀 볼 위에 그림자를 만든 채 그녀는 깊은 숙면에 빠져 있었다. 균여대사는 당분간은 방 안이 뜨거울 만큼 더워야 한다고 했다. 그래서 아랫것들은 나무를 때느라 정신이 없었고 방 안의 화로도 지글거렸다.

황자는 땀으로 촉촉하게 젖은 신율의 하얀 이마에 붙어 있는 머리카락을 살짝 떼어 주며 마음속으로 안도하고 또 안도했다. 살아 있다는 것이 얼마나 중요한 일인지, 이렇게 함께할 수 있다는 일이 얼마나 가슴 벅찬 일인지, 황자는 잠든 신율을 고스란히 두 눈에 담으며 심장이 뜨거워지는 자신을 진정시켜야 했다.

황자는 머리맡에 놓인 수건을 들고 신율의 이마에서 또르르 흘러내리는 땀을 조심스럽게 닦아 냈다. 그리고 바짝 마른 입술에 젖은 삼베를 올려놓았다. 그러다 황자는 신율의 베개 머리맡에 놓인 낯익은 작은 옥패를 발견했다. 비록 가죽 끈이 아닌 명주실을 꼬아 만든 실타래에 묶여 있기는 하여도 분명 그가 가진 것과 같은 모양의 옥패였다.

아니 왜 이것이 여기에 있는 것일까. 황자는 잠시 옥패와 신율을 번갈아 보았다. 그리고 자신의 가슴속에 있는 옥패를 벗어 신율의 옥패와 나란히 하였다. 반으로 갈라진 연꽃 문양의 옥패가 하나가 되어 곱게 피어나고 있었다. 분명히 처음부터 한 짝이었다.

옥패. 그것은 분명 가짜 혼인의 증표였다.

개봉에서 그날 밤, 납치까지 하여 가짜 혼인을 한 어린 신부가 내어 준 인연의 표시. 나를 지켜 줄 것이라는 행운의 부적이 된 혼인의 예물. 그런데 이것을 왜 신율이 가지고 있는 것일까. 아무리 생각해도 답은 하나밖에 없었다.

그럼 설마 그날 밤 혼인하였던 그 꼬맹이가 신율이라고?

어떻게 이런 일이 일어날 수 있는 것일까. 황자는 내내 그날의 기억을 되살리려 애썼다.

붉은 너울.

어린 신부의 당돌함.

달빛만이 고고하던 어둠 속에서 너울을 걷어 올렸을 때의 작은 얼굴. 그리고…… 짧은 입맞춤.

맙소사!

옥패를 손에 쥔 채 황자는 신율을 물끄러미 바라보았다.

우리…… 이미 오래전에 인연이 있었구나. 그리고 네 말대로 난 정말 운이 좋은 사내였구나.

드디어 만나게 된 어린 신부를 바라보던 황자의 얼굴에 감출 수 없는 기쁨의 표정이 역력하였다.

신율은 하루 반나절이 지나서야 겨우 눈을 뜰 수가 있었다. 함빡 땀으로 젖은 옷을 갈아입고 겨우 몸을 일으킨 그녀의 피부는 이제 핏줄이 보일 만큼 푸른 기운이 사라지고 봄날에 피어나는 복사꽃 같은 빛깔을 띠고 있었다.

"이제 좀 기운을 차렸어?"

"백묘 할멈이 하도 권해서 죽 그릇을 다 비웠습니다."

"그깟 미음 한 그릇이 뭐라고."

진작에 허여멀건 미음 그릇을 확인한 왕소가 다 알고 있다는 듯 구시렁거렸다. 어디 그걸 먹고 기운을 차릴까 싶었지만 처음부터 많은 식사량은 무리일 것이다.

"어디 불편한 데는 없고?"

"너무 더워요."

신율의 투정에 황자가 피식 하고 미소 지었다.

"왜 웃는데요?"

"네 입에서 덥다는 얘기가 나온 게 정말 처음이라서."

"그러고 보니 정말 그러네. 더운 게…… 이런 거였네요."

왕소의 지적에 신율이 정말 그렇다는 듯 고개를 끄덕였다. 태어날 때부터 몸속에 얼음이 있었다. 그런 이유로 태양이 작열하는 한여름에도 그녀는 땀 한 번 흘려 본 적이 없었다.

신율은 자기도 모르게 송송 땀이 맺힌 이마에 손가락을 가져갔다. 작은 방 안은 경과 강명이 밤을 새워 가며 군불을 때는 통에 후끈거리는 기운으로 가득했다.

대사는 뜨거운 방 안에서 마지막 냉기를 녹이는 일이 중요하다고 했고 보름은 지나야 몸이 회복될 수 있다고 하였다. 그 때문에 신율의 식솔들은 조금이라도 찬 바람이 들어갈까 쉴 새 없이 불을 지피고 있었다.

신율은 자신의 이마에 송알송알 맺혀 있는 땀방울이 신기한 듯 작은 손으로 이마를 닦아 올렸다. 그런 신율에게 황자의 시선이 계속하여 머물렀다. 그는 꽤나 새삼스러운 듯 그녀의 작은 얼굴을 구석구석 살펴보고 있었다.

"많이 컸구나."

"많이 나은 게 아니라요?"

감회가 담긴 황자의 말을 제대로 알아듣지 못한 신율이 고개를 갸웃거렸다.

"그때는 꼬맹이였는데 말이야. 어느새 어른이 되었지?"

꼬맹이라니, 무슨 뜻일까. 설마, 이 사람…… 아는 건가?

갑작스러운 황자의 질문에 신율의 눈이 휘둥그레졌다.

"혹시 이것이 무엇인지 기억해?"

신율은 그의 손가락에 걸려 달랑거리는 옥패를 바라보며 아차 싶은 얼굴로 난감한 표정을 지어 보였다.

제대로 들켰구나. 어찌 그 옥패를 모르겠는가.

신율이 홱 하고 옥패를 빼앗으려 들자 황자가 얼른 큰 손으로 감싸 숨겨 버렸다.

"미안하지만 이것은 내 것이다. 내가 받은 혼인 예물이거든."

이미 모든 것을 다 알아 버린 황자의 표정이 제법 진지했지만 눈빛 가득한 장난기만큼은 감추지 못하고 있었다. 생각보다 꽤나 짓궂은 황자였다.

"나한테 할 말이 있을 텐데."

"그것이……."

황자의 물음에 신율이 대답을 하지 못한 채 눈을 깜박였다.

"넌 처음부터 알고 있었지? 내가 너와 혼인한 사람이란 것을?"

"그게……."

"오늘 여러 가지로 처음을 경험하는구나. 네가 말문이 막힌 것은 또 처음 본다."

"말문이 막힌 게 아니라…… 비밀이라 말 못 하는 것뿐입니다. 꿈에서조차 입 밖에 내지 말라 했거든요."

그날 밤, 황자가 그녀에게 몇 번이나 다짐받았던 경고였다. 왕소는 그날 밤 개봉에서의 일을 찬찬히 떠올리고는 고개를 끄덕이며 웃어 보였다.

―절대 어디 가서 너와 내가 혼인했다는 소리를 입 밖에 내어
　서는 안 될 것이야. 이 시간부터 꿈에서도 너와 내가 혼인
　했다는 사실을 잊는 것이 좋을 것이다.

"그거야 다른 사람들한테나 그렇지. 혼례를 올린 사이에는 그 정도는 얘기해도 되느니라."

"싹 잊으라 하셨잖아요."

그녀가 새침한 표정으로 입술을 비죽였다. 하얀 볼에 붉은 입술이 훔치고 싶을 만큼 예뻤다.

"그래서 잊었나?"

"아니요."

황자의 질문에 신율이 솔직하게 대답했다.

어찌 잊을 수 있겠는가.

납치까지 해서 혼인한 남자인데.

그도 잊지 않았고 그와의 계약도 잊지 않았다. 그래서 내내

그를 찾았었다.

"나도 잊지 않았다."

"경국지색이 아니었는데요?"

그녀가 다시 새초롬히 중얼거린다. 아, 내가 그런 말도 했었지. 신율은 그날의 일을 모두 기억하고 있는 듯했다.

"그래서 그런 거지. 측은지심이라는 것도 있잖느냐. 지나 보니 내가 확실히 좋은 사람이었더구나."

"고약하기도 하였지요."

느긋하고 태평한 황자의 대답에 신율이 정색을 한 채 대꾸했다. 서로를 마주하는 두 사람의 입가에는 웃음이 가득했다.

"가끔 보고 싶었다. 그리고 내내 생각했었다."

"저는 가끔 생각했어요. 그리고 내내 보고……."

내내 보고 싶었다는 말은 다 하지 못하였다. 그의 입술이 아까부터 탐났던 그녀의 입술을 덮었다. 그저 숨결을 나누는 것만으로도 충분할 것 같았는데 자꾸만 욕심이 나고 있었다.

입맞춤이 길어지고 깊어진다.

뜨거운 방 안의 기온이 자꾸만 올라가고 있었다. 심장은 터질 듯하였고 숨결은 자꾸 거칠어지는데 서로를 품에 안은 두 몸은 떨어질 줄을 몰랐다.

第25章

참아 봐

널 품을 수 있도록

황제는 왕소를 개경으로 소환하였다. 황궁 축성을 위한 야간 작업을 막는 왕소로 인하여 숙부가 머리끝까지 노하였기 때문이었다. 한시라도 빨리 황궁을 축성하여야 했으나 감독관인 왕소는 왕식렴의 어떠한 지시도 강경하게 거부했다.

그가 보기에 더 이상의 노역은 무리였다. 이미 서경에는 노역을 피해 도망간 백성들이 부지기수였고 그들은 산적이 되거나 제 발로 호족의 노비가 되어 가고 있었다.

결국 양민은 사라지고 노비는 늘어나며 호족만 배부르게 하고 있는 것이다. 숙부는 황궁을 핑계로 백성의 피와 땀을 착취하고 있었다. 왜 서경 천도를 위해 개경의 백성들이 죽어 가야 한단 말인가. 고집스럽게 야간의 노역을 허락하지 않는 왕소 황자로 인하여 계획보다 축성의 시간이 길어지자 결국 왕식렴은 화를 참지 못하고 황제의 명을 빌려 그를 개경으로 쫓아 보냈다.

"넷째 황자가 개경으로 갔으니 작업에 더욱 박차를 가하도록 하겠습니다."

"당연한 일이다. 그리고 왕소의 움직임은 놓치지 말아라. 위험한 녀석이다."

엄숙한 얼굴로 왕 집정이 명하였다. 왕소는 결코 가볍게 볼 황자가 아니었다. 그의 조카였지만 기개와 권위는 황제에 걸맞았다. 그래서 절대로 황제가 되어서는 안 되는 인물이었다.

서경에서는 이제 천년은 버틸 튼튼한 주춧돌 위에 황궁의 위대한 모습이 갖추어져 가고 있었으며 서경을 둘러싼 주변의 성곽들도 쌓여 올라가고 있었다. 이제는 천도만이 남아 있었다. 물론 개경을 떠나기 싫어하는 몇몇 공신들이 난색을 표하고 부역을 하는 백성들이 반란을 일으키기도 했지만 큰일을 위해서는 어차피 감수해야 할 일들이었다. 형님이신 태조마마께서도 이 서경의 땅에 도읍을 정하려 하지 않으셨던가. 그것은 훈요십조(訓要十條)에서도 분명히 전하신 뜻이었다.

"황제가 결단을 못 내리니 일이 이 모양인 게야."

"넷째 황자도 황제의 명을 받은 게 아닌가 의심스럽습니다."

"아니다. 그 녀석은 황제의 뜻이라 하여 순순히 받들지는 않을 것이야."

권직의 투덜거림에 왕식렴은 고개를 흔들었다. 왕소는 그보다 훨씬 그릇이 큰 인물이었다.

"그보다 황제가 중독된 지 오래되었는데 아직도 숨이 붙어 있는 이유가 무엇이냐?"

"아마도 나름대로 해독을 하고 있는 듯합니다."

황제는 중독된 지 오래였다. 지금은 나름대로 해독할 방법을 찾고 있는 듯했으나 결코 살아나지는 못할 것이다. 하지만 왕식렴을 그때까지 기다릴 틈이 없었다.

"황주가에 전언을 보내거라. 기다릴 시간이 없으니 당장 황제를 없애라고."

"당장은 어려운 일이옵니다. 황제는 지난 일을 하나도 잊지 않고 있습니다. 음식도 그냥 먹는 법이 없고, 조의선인들 또한 황제를 지키고 있습니다."

"조의선인이 어찌 황제를 지킨다는 것이냐."

조의선인. 왕소가 지금껏 서경에 있었음에도 불구하고 그들은 아직도 황제의 곁에서 황제의 사람이 되어 움직이고 있었다. 분명 그 또한 왕소의 것이리라.

"그렇다면 군사라도 풀어서 죽여."

"그보다는 좋은 방법이 있습니다."

"무슨 방법이냐?"

"조의선인이 사람은 지키고 있으나 짐승까지는 지키지 않을 것이옵니다."

조용히 듣고만 있던 측근 한 명이 나직하게 속삭이자 사람들은 고개를 끄덕이기 시작하였다.

그럼 그렇지. 사람이 머리를 맞대면 방법이 생긴다. 왕식렴은 만족한 얼굴로 고개를 끄덕였다.

"그럼 그 발해 여자와 왕소는 어찌할까요. 없애 버릴까요?"

"그건 좋은 방법이 아니다. 우리의 목표는 황제이지, 그깟 발해 여자가 아니다. 더욱이 그 여자는 살려 둬야 해. 그래야 나중에 왕소에게 역모 죄를 씌울 수 있다."

왕식렴의 지시에 가신들이 머리를 끄덕였다. 삼 년 전의 혁명이 다시 일어나고 있었다. 혁명이 성공하기 위해선 황제가 죽어야만 했다. 왕식렴의 계획은 차곡차곡 진행되고 있었다.

"세원아, 네가 황주로 가거라."

"한데 황주 가문은 믿을 수 있는 것입니까? 또 충주처럼 우리 뒤에서 다른 짓을 하면 어찌합니까. 이제는 누구도 믿을 수가 없습니다."

세원이 명을 받들고 방을 나서자 왕식렴의 부하들이 의심스럽다는 듯 물어 왔다.

"황주가 배신을 하면 또 없애면 그만이다. 그리고 그때는 개경이 아닌 서경에서 황제를 죽일 것이다."

그리고 그다음은 태조 형님의 황자가 아닌, 그의 아들들을 황제로 세울 것이다. 형님인 왕건의 핏줄이 아닌 그의 핏줄이 제국의 황제가 된다 해서 누가 뭐랄 것인가.

그는 제국에서 가장 강력한 힘을 가진 종친 아닌가. 그도 그의 아들도 똑같은 왕씨의 자손이었다. 왕욱. 그 녀석은 잠시 앉혔다가 서경 천도를 하는 책임을 다하게 되면 그대로 죽일 것이다. 그리고 이제 대대손손 그의 자손이 이곳 서경에서 황제가 될 것이다.

황제는 애써 노여움이 가득한 눈빛으로 왕소를 바라보았다.

문무백관의 눈빛이 황제를 주시하고 있었다. 여기서 그가 왕소를 꾸짖지 않는다면 조정의 신하들은 또 하나같이 왕소를 죽이라 하겠지. 그렇게 둘 수는 없었다.

"도대체 잘하는 것이 하나 없구나."

"황공하옵니다."

"네 모든 직을 폐한다. 당분간 근신하거라."

황제의 명에 왕소는 고개를 숙이고 뒷걸음질로 편전을 빠져나갔다. 황제는 가쁜 숨을 내쉬며 아우의 모습을 눈에 담았다. 왕소가 제국을 위하여 어떤 일을 하고 있는지 누구보다 잘 알고 있는 황제였다.

서경의 천도를 위하여 개경의 장정들이 뽑혀 나갔다. 노역이 끊이지 않았고, 개경에 가족을 두고 온 사람들은 항상 그곳을 그리워하고 황실을 원망했다. 수만 명의 역부가 노역장에서 도망치고 그들 중 대부분이 주변의 산야에서 폭도로 변하여 황실을 향하여 칼을 겨누고 있었다. 그럼에도 불구하고 숙부는 황성을 쌓는 일을 멈추지 않고 있었다.

하지만 아무도 그를 저지할 수 없었다. 감히 숙부에게 고개를 흔들 수 있는 자는 많지 않았다. 아니, 지금의 황제도 그리하지 못한다. 오직 딱 한 명, 왕소만이 숙부의 뜻을 거역한 채 노역을 쉬게 하고 군량미를 풀어 그들을 구제하고 있었다.

황제는 그런 아우에게 감사했고, 그런 아우가 있어서 그나마 다행이라고 생각했다. 그런데 이제 그조차도 할 수 없게 되었다. 이제 왕소는 서경이 아닌 개경의 광군을 위해 땀을 흘려야 할 것이다. 분명 그의 아우는 황제가 명한 '근신'의 의미를 알아차릴 것이다.

머리가 핑핑 돌았다. 왕욱이 준 해독제는 처음에는 약효가 있는 듯하였으나 지금은 아무런 효과도 발휘하지 못하고 있었다. 아마도 저들이 독을 바꾼 모양이었다. 얼마나 더 버틸 수 있을까. 황제는 휘청거리는 몸을 지탱하며 이를 악물었다. 조금 더, 조금 더 견뎌야 했다.

황제의 재위 3년. 날씨가 좋은 가을이었다. 황제가 친히 천덕전에서 동여진에서 온 소무개의 하례를 받았다. 흑마 7백 필과 함께 호피, 송이버섯 등의 조공을 바친 그들을 황제는 모처럼 편한 표정으로 맞이했다. 광군을 키우고는 있으나 그것은 어디까지나 만약을 대비한 준비였다.

거란도 시끄러운 마당에 동여진까지 같이 세력을 키운다면 고려는 또다시 어지러워질 것이다. 이렇게 국경이 조용한 것만으로도 황제로서는 큰 짐을 던 셈이었다.

"이것은 아바마마가 왕소에게 준 비천과 같구나."

비단처럼 반짝이는 털을 가진 흑마를 바라보던 황제가 친히 말 위에 올랐다.

천둥과 번개가 친 것은 그때였다. 황제를 태운 말은 무엇에 놀랐는지 미친 듯 날뛰기 시작했다. 다행히도 황제는 말에서 떨어지기 직전 주변의 신하들의 부축을 받아 중광전으로 향할 수 있었다.

황제는 깊은 궁궐 안에서 무서움에 몸을 떨었다.

이것이 무슨 뜻이란 말인가. 마른하늘에 날벼락이라니. 왠지 온몸에 열이 나는 듯했다. 그뿐이 아니었다. 그는 제 몸을 가눌 수가 없었다. 무언가 잘못되고 있었다.

뜻하지 않은 비가 마치 한여름의 장마처럼 억수같이 쏟아져 내리고 있었다. 하늘이 찢어질 것 같은 천둥 번개 소리도 요란했다. 황궁으로 급하게 달려오느라 흠뻑 젖은 왕소가 물기를 제대로 닦지도 못하고 황제가 누워 있는 궁으로 향했다.

"왕소야, 다행히 시간에 맞춰 왔구나."

"폐하, 죄송합니다."

왕소는 죽음의 기색이 완연한 황제의 얼굴을 차마 보지 못하고 고개를 숙였다. 이 모든 것이 그의 죄인 듯했다. 그렇게 조심을 하였음에도 불구하고 그는 황제를 지켜 내지 못하였다.

황제가 차오르는 숨을 한꺼번에 몰아내며 희미하게 미소 지었다.

"지금은 날 그리 부르지 말아라."

황제의 명령에 잠시 멈칫하고 걸음을 멈추었다. 그런 왕소를 바라보며 황제는 희미하게 미소 지었다.

"나는 황제이기 전에 같은 어머니를 둔 네 형 아니더냐."

"네, 형님."

"좋구나. 아무도 날 그리 부르지 않는다."

황제의 용안에 다시 희미하게 미소가 지나갔다. 잠시이기는 하지만 황제와 신하가 아닌 어린 시절을 함께했던 형제가 되어 지난날을 기억하는 듯했다.

"부탁이 있다. 아니, 명령이다."

"말씀하십시오. 이 아우가 명 받겠습니다."

"황제가 되어라."

천둥 치는 소리에도 불구하고 황제의 목소리는 또렷하게 들려왔다. 왕소는 분명한 목소리에도 불구하고 자신이 잘못 들었다 생각했다.

"무슨……."

어렵게 몸을 일으킨 황제가 잠시 멈칫거리던 왕소의 소매를 단단히 붙잡았다. 놀라울 정도로 강건한 힘이 실린 몸짓이었다. 황제가 형형하게 빛나는 눈빛으로 왕소를 똑바로 주시하였다.

"좋은 황제가 되어야 한다."

이번에는 마치 속삭이듯 중얼거린다. 소매를 잡고 있던 손이 풀렸다. 다시 황제의 숨이 넘어갈 듯 거칠어졌다.

"형님, 경춘원이 있습니다."

"그래, 경춘원…… 아쉽게도 그 아이는 아직 어리다. 너도 알고 있지 않느냐. 이대로 내가 경춘원군을 황제로 올린다 욕심 부리면 틀림없이 일 년이 되기도 전에 그 아이는 죽임을 당할 것이다."

두고 가야 할 핏줄에 대한 걱정으로 더더욱 얼굴이 어두워진 황제가 낮은 목소리로 중얼거렸다.

"하지만 너는 다를 것이다."

다시 번개가 쳤다. 왕소를 바라보는 황제의 얼굴이 하얀빛 속에서 섬뜩해 보였다.

"호족에게 양보하지 말거라. 결코 약한 황제가 되어서도 아니 될 것이다."

"폐하, 마음을 굳게 하시고 이겨 내셔야 합니다. 그래서 일을 이 지경으로 만든 자들을 직접 처벌하십시오. 아우가 돕겠습니다."

"아니…… 아니…… 이미 틀렸다."

엎드려 읍소하고 있는 왕소에게 황제는 고개를 흔들었다. 일을 이 지경으로 만든 건 힘없는 황제와 황실이었다.

그는 무늬뿐인 황제였다. 숙부의 도움으로 황제가 된 그는 만인지상이 되었지만 아무것도 할 수 없었다. 아직 해독되지 않은 독 때문이 아니라 아무것도 할 수 없다는 무력감이 그를 죽여 가고 있는지도 몰랐다.

"너는 꼭 강한 황제가 되어야 한다. 잊지 말거라. 꼭 호족을 없애라. 외척을 하나씩 하나씩 따로 죽여라. 알겠느냐?"

황제는 자신이 하고자 마음먹었으나 이루지 못한 일들을 아우인 왕소에게 다짐받고 있었다. 황제의 눈빛이 서늘하게 빛났다. 이대로 숙부에게 당한 채 허약한 황제로 죽을 수는 없었다. 그는 황제였다.

"무엇하느냐. 약속해라. 어서. 시간이 얼마 없다."

"……약속드립니다."

"그리고…… 경춘원을 부탁한다. 이건, 황제가 아닌 자네의 형으로서의 부탁이네."

"걱정 마십시오."

"아니야. 아니지…… 아마 그 아이도 황권을 위협하는 황자가 될 터이지……. 그래도 최선을 다해 주게. 마지막 순간이 오면 그 아이가 자네의 조카임을 잊지 말고."

"잊지 않겠습니다."

왕소는 그렇게 대답했다. 하지만 황제도 알고 있었다. 그것은 지키지 못할 약속이라는 것을.

강한 황제는 절대 그냥 만들어지지 않는다. 제압당하지 않고 남은 호족들은 살아남기 위해 어린 경춘원을 손에 쥐고 쉴 새 없이 흔들 것이 분명했다. 그때 과연 왕소가 경춘원을 살려 줄 수 있을까. 아마도 그는 불가능하리라. 황제의 얼굴이 미래에 대한 절망으로 어두워졌다. 내 무엇을 위하여 황제가 되었던 것일까.

문득 끝끝내 자신에게 양위하지 않고 꼿꼿하게 죽어 갔던 혜종마마가 생각났다. 형님 역시 이런 마음이었을까.

선황이 지어 주신 '요(堯)'라는 이름만큼이나 그는 좋은 황제가 되고 싶었다. 요 임금이 누구인가. 그 넓은 중원 대륙을 태평성대로 지배한 황제의 이름 아니던가. 하지만 그의 백성들은 부역에 시달리고 굶주림에 죽어 가고 있다고 한다.

그렇지만 그로서는 천도를 막을 수가 없었다. 하지만 왕소라면 다르지 않을까. 아니, 달라야만 했다.

"지금보다 몇 배는 더 어렵고 힘들 것이다. 그런데 이겨 내거라. 나처럼 굴복하지 말거라."

황제의 절절한 명령에 왕소는 저도 모르게 깊은 숨을 토해 냈다. 안 된다 할 수도, 못 한다 할 수도 없는, 어쩌면 황제 폐하의 마지막 명령일지 몰랐다.

저주받은 황자라.

황제는 이제 그 의미를 깨닫고 있었다.

난세에 태어난 황자에게 형을 죽이고 아우를 없애는 일이 무슨 대수이겠는가. 살아남으려면 그래야 한다. 그 역시 그렇지 않았는가.

새로운 세상을 만들기 위하여서는 피를 봐야 할 것이며 기존의 사람들을 뛰어넘어야 할 것이다. 왕소는 이제 껍질을 깨어 가고 있었다. 저주받은 황자는 결국 황제가 될지도 모를 일이었다.

그것도 어쩌면 제국에서 가장 강력한 힘을 가진.

황자는 객잔에 모여 있는 사람들을 바라보았다. 뜻하지 않은 변고에 객잔은 쥐 죽은 듯이 조용했다. 서경에서 결코 조용히 넘어가지 않을 거라는 걸 알고 있었기에 진작부터 각오하고 준비하고 있었다. 황제의 주위에 있는 모든 사람을 경계하고 조심하였다. 하지만 감히 말에 손을 댈 것이란 생각은 미처 하지 못하였다.

"그렇게 조심하고 또 조심했는데 어찌 이런 일이……."

"황제 폐하 가까이에 분명 서경에서 보낸 간자가 있습니다. 그부터 찾아내야 할 것입니다."

"황궁을 드나드는 자는 많아도 감히 폐하에게 독을 쓸 수 있는 자는 그리 많지 않을 것입니다."

은천의 말에 왕소의 눈빛이 가늘어지며 생각에 잠겼다. 독이란 것은 쉽게 구할 수 있을지 모르나 황실에 들여오기 쉬운 물건은 아니었다. 독이라……. 황주 가문만큼 독을 자유자재로 사용할 수 있는 황족은 흔치 않았다. 게다가 그들은 숙부가 새로이 선택한 황자의 가문 아닌가. 설사 왕욱은 얌전히 있다 해도 황주 가문은 아닐 것이다.

"황제 폐하의 주변은 경계를 절대 늦추지 마시오."

"알고 있습니다."

신성과 은천이 당연하다는 듯 고개를 끄덕였다. 황제 폐하께서 지금 승하하시게 되면 아직 준비가 덜 된 그들로서는 왕 집정과 황보 가문을 상대로 꽤나 버거운 싸움을 해야 할 것이다.

황자는 자신을 다잡는 한숨을 깊이 몰아쉬었다. 황제 폐하는 그의 사람들뿐만 아니라 지몽과 서필 공이 보필하고 있으니 황권에 불순한 세력들이 다시 해하려 하지는 못할 것이다. 문제는 또 다른 황자들을 보위에 올리기 위해 움직이는 공신과 호족들이었다. 그들이 다 함께 움직이게 되면 또다시 개경은 내란에 휩쓸릴 것이다.

"아마도 숙부는 아주 은밀하게 개경으로 군대를 보낼 것이다. 그러니 서경에서 오는 모든 길을 각별히 신경을 써서 지켜봐야 할 것이다."

왕소 황자가 어두운 얼굴로 예측했다. 숙부는 지난번에도 그랬었다. 왕규 무리가 준비할 틈도 없이 어느새 개경까지 진격해 장군 박술희의 병사를 진압하였고 돌아가신 형님 폐하를 압박하였었다. 아마도 이번에도 같은 방법이 쓸 것이 분명했다. 그때가 언제인가가 중요했다.

"또한 그것이 기회가 될 것이다."

"역모를 증명할 기회라 말씀하시는 겁니까?"

신성의 질문에 황자는 고개를 흔들었다. 지금은 역모의 증거 따위가 중요한 것이 아니었다. 불순한 세력을 막아 내고 황실을 온전히 지키는 것이 우선이었다. 누구든 간에 마지막에 살아남은 이가 곧 정의가 되고 만인지상이 될 것이다.

"아니다. 서경의 군대가 분산된다는 뜻이다. 개경과 서경으로 병력이 나뉠 것이다."

숙부의 군사는 3만 명에 이른다. 한꺼번에 그들을 감당하기보다는 세력이 나뉘어 있을 때 진입하는 것이 훨씬 더 쉬울 것이다. 서경의 군사가 개경으로 떠나는 시간은 그들에게도 시작이 될 것이다. 숙부가 결심을 하였을 때 그들 또한 시작할 것이다. 이제 황제가 제국의 진정한 주인이 되는 시대가 올 것이다.

사람들이 나간 후 황자는 피곤한 눈을 비비며 잠시 생각에 잠겨 있었다.

황제 폐하가 언제까지 버텨 주실까.

숙부는 언제 개경으로 향하게 될 것인가.

황주 가문은 과연 숙부와 손을 잡을 것인가.

그렇게 되면 과연 개경이, 황실이, 그가 버틸 수 있을 것인가.

황자의 고민이 깊어지고 있었다.

"걱정 마요. 할 수 있으니까."

"응?"

예상치 않았던, 언제나 그리워했던 목소리에 황자가 고개를 번쩍 들었다. 꿈을 꾸고 있는 것인가. 눈앞에 서 있는 이는 분명 신율이었다.

내가 헛것을 보고 있는 것인가. 황자는 다시 눈을 깜박였다. 신율이 그의 눈앞에 서서 그를 향해 해사하게 웃고 있었다. 황자는 자신의 앞에 나타난 신율을 바라보며 놀라움을 감추지 못하였다.

"정말 너인가."

"네, 저입니다. 황자마마의 아우이자 벗이고…… 황자마마를 납치하였던 그 신율이 맞습니다."

"아!"

왕소는 짧게 한숨을 내쉬고 한걸음에 그녀를 가슴에 부여안았다. 폭 하고 사라지지 않는 체온이 느껴진다. 신율의 가느다란 팔이 황자의 등을 감싸 안았다. 두근두근. 서로의 가슴에서 서로의 심장 소리를 느끼고 체온이 전해져 온다.

"이렇게 움직여도 되는 것인가?"

"겨울이 오기 전에 움직여야 한다고 해서 서둘러 왔습니다. 놀라셨습니까?"

"놀랐다. 그런데 이렇게 놀라는 건 얼마든지 상관없구나."

여전히 그녀를 품에서 떨어뜨리지 않은 채 황자가 중얼거렸다. 내내 보고 싶었다. 황제 폐하의 목숨이 달려 있고 나라의 존망이 걸려 있는 일에 여인이라니, 스스로 한심하다 생각하면서 미칠 듯 보고 싶은 감정을 참아 눌렀었다. 그런데 그녀를 보니 꾹꾹 눌러 참았던 감정이 갑자기 폭풍처럼 몰아치고 있었다.

황자와 신율이 자리를 옮긴 객잔의 방은 어느새 부지런한 아 랫것들이 불을 올려서인지 후끈거리는 열기로 가득했다.

아직은 온전히 낫지 않은 몸이라 주변이 더우면 더울수록 냉 기가 완전히 빠진다 하여 계절과 상관없이 신율이 가는 곳에는 온기를 멈추지 않고 있었다.

"여전히 덥구나."

"그래도 참을 만해요."

숨이 막힐 정도는 아니지만 홧홧한 열기에 어느새 신율의 콧 등에도 송알송알 땀이 맺혀 있었다. 하지만 이것 역시 낫기 위 한 치료법이니 참아야 할 것이다.

"나도 그렇다."

"응?"

"나도 이제 겨우 참을 만하다고."

황자가 그녀를 끌어당겨 깊이 품에 안으며 말했다. 숨이 막힐 만큼 더운 것은 보고 싶은 것에 비하면 얼마든지 참을 수 있는 일이었다.

"보고 싶었어요."

"보고 싶었다."

설레는 감정을 애써 누른 황자는 자신과 함께 뛰고 있는 신 율의 심장 소리에 안도하며 그녀와 같은 대답을 전했다. 사람의 욕심이란 얼마나 간사한 것일까.

살아서 이 사람의 심장 소리를 들을 수 있다면 더 이상 바랄 것이 없다고 생각했었다. 하지만 이렇게 품에 안고 있으면 자꾸만 욕심이 난다. 같이 있고 싶고, 만지고 싶고, 안고 싶고, 함께 살고 싶었다.

"음, 더워요."

"참아 봐."

그에게 방 안의 온도 따위는 아무것도 아니었는데 신율은 아니었나 보다. 여전히 바르작거리는 신율을 고쳐 안은 왕소의 이마 위로 땀이 흘러내렸다.

아직도 여전히 뜨거운 마음만큼이나 방 안의 공기도 더웠다. 하지만 아직은 함부로 문을 열 수 있는 상황이 아니었다. 한 해만 잘 넘기면 될 일이었다. 이렇게 온전하게 다시 여름을 맞이하면 그때는 더 이상 심장 안의 얼음 때문에 생명을 위협받는 일은 없을 것이다. 그러니 참아야 했다. 이 작은 몸을 다시 품에 안을 수 없을 것이라는 생각에 절망한 적도 있었다. 그런데 이렇게 함께 있을 수 있다니. 그저 단순히 참기만 하면 된다는 것이 행복할 정도였다.

"갑갑한데요."

"그것도 참아 봐라."

"뭐, 그러지요."

할 수 없다는 듯 가볍게 고개를 끄덕인 신율이 두 팔을 들어 그의 목을 꼭 끌어안으며 매달리자, 왕소는 마치 기다리고 있었다는 듯 두 손으로 그녀의 허리를 바짝 잡아당겨 진작부터 탐이 났던 입술을 베어 물었다. 땀과 열기로 가득하던 방 안은 어느새 달뜬 호흡이 섞인 두근거림으로 채워지고 있었다.

참아야 한다고 아무리 되뇌어도 가슴속에 감춰 두고 있던 열망이 모락모락 피어오르고 있었다. 더 참아 내지 못할 정도로 온몸이 그녀를 원하고 있었다. 조금 그녀를 떼어 낸 황자는 확하고 신율의 손을 잡아당겼다.

"왜요?"

"빨리…… 하루라도 빨리 건강해져라."

"지금도 많이 괜찮아졌거든요."

"아니, 이보다 더 많이 건강해져야 한다. 내가 널 품을 수 있도록, 놓쳐 버린 첫날밤을 보낼 수 있을 만큼."

열정으로 가득한 황자의 뜨거운 고백에 신율의 얼굴이 붉어졌다. 또다시 두근두근 심장이 튀어나올 듯 뛰고 있었다. 그리고 그녀를 품에 안은 황자의 가슴 안에서도 같은 속도로 뛰고 있는 심장 소리가 들려왔다.

어느새 호흡이 거칠어지고 가느다란 등뼈를 훑어 내리던 황자가 못 참겠다는 듯 고개를 들어 깊이 입술을 담아 온다. 숨결을 담뿍 받아 마시니 이제야 살 것 같다는 생각을 하면서 더 깊이 그녀를 안아 들었다.

같이 있어서 좋은 사람.

함께할 수 있어서 다행인 사람.

안고 싶고, 안기고 싶은 사람.

서로이기에 충분하다.

신율이 주춤주춤 더 깊이 몸을 기대어 오자 가는 등을 감싸 안고 있던 그의 팔에 바짝 힘이 들어가며 갑자기 입맞춤이 격해졌다.

하지만 그것도 잠시, 숨 쉴 틈을 찾지 못하고 색색거리는 그녀를 위해 간신히 자신을 자제하고 입술을 떼어 낸다. 왕소는 그녀를 더 가까이 끌어안은 채 머리카락 위로 짧게 입을 맞추었다.

"이제 다 큰 거 같으니, 어서, 어서, 건강해져야 한다."

한숨 같은 황자의 중얼거림에 작게 웃는 신율의 웃음소리가 그의 가슴 속에 울려왔다.

달이 가득 차오르고 공기는 더욱 청명해진다. 밤이 깊어 가고 서로를 품에 안고 있는 연인들의 눈빛도 갈망으로 뜨거워진다.

조금만 더 기다리자. 그녀가 그저 건강해질 수 있도록. 그래서 조금이라도 더 깊이 내 품에 안을 수 있도록.

꼭 붙어 있는 연인의 그림자가 달빛에 더 고운 밤이었다.

개경에서 연락을 받은 왕식렴은 회심의 미소를 지어 보였다. 드디어 황제가 병석에 누웠다.

이제 시간이 얼마 남지 않았다. 왕소만 죽이면 될 일이었다.

물론 왕소는 황제 폐하를 시해하고 역모를 꾸민 죄를 감당해야할 것이다. 이제 전군의 준비를 마치고 개경으로 입성할 시간이다가왔다.

그리고 그들의 동태는 세밀하게 왕소에게 보고되고 있었다.

서경과 개경에는 팽팽한 전운이 감돌고 있었다.

그 무렵, 황주 가문에 머물러 있던 황보부인은 언제나처럼 반듯한 모습으로 서경에서 전언을 가지고 온 세원을 마주하고 앉아 있었다. 여전히 아름다운 황보의 얼굴에서는 아무런 표정도 읽어 내릴 수 없었다. 세원은 곁에서 물끄러미 황보부인만을 바라보고 있었다.

이제 황제는 죽게 될 것이다. 그리고 그녀의 아우가 황제가될 것이다. 그리고 그녀는 그에게 오게 될 것이다.

"아직도 우려하고 계시는 일이 있습니까?"

"아우가 아직 결심을 못하고 있습니다."

"하게 될 것입니다. 원하건 원치 않건 여섯째 마마님은 황제가 되실 것입니다."

"그리 되어야지요."

하지만 황보부인의 기대와는 달리 왕욱은 여전히 고민하고있는 눈치였다. 그리고 아우의 깊은 고민 안에는 발해의 공주라는 그녀가 있었다. 신율, 그 여인이 문제였다. 황보부인의 단아한 이마가 살짝 찡그려졌다.

"어찌해야 할까요?"

286

"어찌하고 싶으십니까?"

"숙부님은 내 아우를 위하여 황제를 죽인다 하니 저는 가문을 위하여 그 여인을 죽여야 하지 않겠습니까?"

담담하기에 더 오싹한 황보부인의 말에 세원이 아무 말 없이 고개를 끄덕였다.

"욱이가 황제가 된다면 전 제 가문을 위하여 제가 해야 할 일을 다한 것입니다."

"알고 있습니다."

"그때는 아무도 곁에 없을지 모릅니다. 황실의 주인공은 황제가 될 터이니까요."

"그 역시 알고 있습니다. 그래서 다행이구요."

세원의 눈빛이 말하고 있었다.

아무도 없는 당신의 곁에 내가 있을 것이라고. 그것은 내내 기다리던 일이고 소망하던 꿈이라고.

오랜 갈망이 가득 담긴 세원의 눈빛을 마주한 황보부인의 얼굴에 그제야 수줍은 미소가 스쳐 지나갔다. 조금만 더 기다리면 그들도 다른 연인들처럼 버거운 짐을 내려놓고 함께할 수 있을 것이다.

왕소는 은밀히 자신의 뒤를 좇는 시선들을 바라보며 쓴웃음을 지었다.

멍청한 녀석들.

끊임없이 그를 쫓는 이들이 있었다. 분명 숙부의 사람들일 것이다. 객잔을 벗어나기만 하면 여지없이 따라붙고 있었다. 하지만 집요한 감시에도 불구하고 광군은 차곡차곡 그들의 훈련을 마쳐 가고 있었다.

숙부가 칼끝과 말 머리를 개경으로 향할 날이 얼마 남지 않았음을 그는 잘 알고 있었다. 그날을 대비해 황자는 한시도 틈을 내주지 않고 있었다.

"충주에서는 연락이 왔습니까?"

"모든 힘을 모아서 돕겠다 합니다."

장사치가 되어 충주에 연락을 취한 강명이 대신 대답하였다. 당연한 일이었다. 지금껏 같은 핏줄임에도 애써 그를 무시하던 충주 가문에서도 황제 폐하의 목숨이 위태로운 상황에서 다음 보위에 오를지도 모를 황자에게 모든 지원을 아끼지 않을 수 없을 것이다. 다른 지역에서 황제가 나오는 것보다는 차라리 저주받은 황자라도 충주 유씨의 자손이 황제가 되는 것이 낫다고 판단한 것이다.

권력 앞에서 더없이 얄팍하고 매정한 핏줄의 선택을 바라보는 왕소의 표정은 그리 밝지만은 않았다.

"강기주 어른께서도 은밀히 조정 내신들을 다잡으시는 모양입니다."

이미 알고 있는 일인지라 왕소가 그제야 고개를 끄덕였다. 기꺼이 그의 어머니가 되어 주신 신주원부인으로 인하여 신주 지역에서도 황자를 지지하고 서경의 세력을 경계하고 있었다.

그렇다면 이제 남은 곳은 황주였다. 과연 황주 가문에서는 어떤 선택을 할 것인가. 여섯째는 지금 개경에서 꼼짝도 하지 않고 몸을 사리고 있었다.

황제는 심해지는 병세에도 불구하고 틈틈이 아우인 왕소에게 밀서를 보내 하나씩 황제의 권력을 이양할 지시를 내리고 있었다. 황제의 서한을 화롯불에 태워 버리는 황자를 신율이 아무 질문도 하지 않은 채 바라보고 있었다. 그런 신율을 바라보며 왕소가 싱긋 웃어 보였다.

"걱정 마라. 다른 여자의 연서(戀書)는 아니니."

"그래서 더 걱정되는데요."

신율의 말에 왕소의 눈썹이 치켜 올라갔다. 한눈에 봐도 심통이 난 얼굴이었다. 요즘 들어 황자는 점점 단순해지고 있었다.

"기분이 굉장히 나빠지고 있어. 다른 여인의 연서가 차라리 낫다, 그 소리인가?"

"다른 여인의 연서라면 황자마마랑 그 여자랑 머리채라도 잡고 흔들겠지만, 불에 태워 흔적을 없애야 할 만큼 위험한 편지라면…… 제가 도울 방법이 없잖아요."

정직한 신율의 대답에 금세 마음이 풀린 왕소는 키득거리는 웃음을 터뜨리며 그녀에게 시선을 주었다.

"머리채를 잡는다? 네 힘으로는 아직 어림도 없을걸."

"머리채를 잡아야 할 일이 있는 겁니까?"

신율이 눈을 가느다랗게 뜨고 삐딱한 목소리로 되물었다. 그는 그녀의 이런 표정과 목소리가 너무 좋았다.

"아니. 지금도, 앞으로도 그런 일은 절대 없어. 그리고 네가 잘못 알고 있는 것이 하나 있다."

"음, 그게 뭘까요?"

"네가 옆에 있는 것만으로도 난 도움이 된다."

처음 눈을 떠 품 안에 있는 그녀를 바라보고 그렇게 서로를 품에 안은 채 아침을 맞이하고 함께 밥을 먹고 땀을 뻘뻘 흘리며 서책을 읽는 그녀의 곁에 있는 것이 얼마나 커다란 행복인지 아마 신율 또한 함께 느끼고 있으리라.

별것 없는 일상, 그 평범한 시간들이 얼마나 소중한지 그녀 또한 알고 있으리라.

"다행입니다. 저 역시 다른 여인의 머리채를 뜯는 것보다는 이렇게 함께 있는 것이 훨씬 좋습니다."

마치 그의 속내를 다 알고 있다는 듯 신율이 그를 향해 다시 환히 웃어 보였다.

"이렇게 함께 있으니 좋구나."

"도와드릴 것은 함께 있는 것뿐인데 이걸로도 괜찮으시겠습니까?"

"아니, 그것은 아니다. 전혀 괜찮지 않아."

단호하게 고개를 흔드는 황자를 바라보던 신율의 눈이 동그래졌다.

무언의 질문에 대한 대답은 깊은 입맞춤이었다. 황자가 허리를 숙여 그녀의 입술을 탐했다. 입맞춤이 깊어질수록 간절해진다. 그녀를 향한 갈증 또한 더 깊어진다.

괜찮냐니, 전혀 괜찮지 않다. 안고 싶어 미칠 것 같았다.

아무 걱정 없이 서로만 바라볼 수 있는 시간이 언제 또 올 것인가. 아니 오기는 할 것인가. 다가오지 않은 미래를 향한 편치 않은 마음을 애써 감춘 채 황자는 신율을 향해 웃어 보였다.

"숙부가 또 새로운 허수아비 황제를 원한다. 아니면…… 이번에는 본인이 황제가 되려는지도."

"그렇게는 안 될 겁니다."

"왜, 하늘에 그렇게 써 있나?"

"여전히 천문을 무시하시는군요."

불신이 가득한 황자의 질문에 신율이 입을 비죽거렸다.

"여전히? 난 한 번도 뭐라 한 적이 없는데."

"말로 해야 압니까? 딱 봐도 그냥 아는 거지."

"그건 더 못 믿겠다. 그러니 차라리 그냥 하늘의 뜻이라고 해라."

슬쩍 한쪽 눈을 찡그린 왕소가 그녀를 향해 몸을 돌리며 대답했지만 신율은 아무 말 없이 피식 미소만 지어 보였다.

누구든 궁금해할 미래임에도 불구하고 황자는 단 한 번도 자신의 앞날에 대해서 물어보지 않았다. 그것이 하늘의 뜻이건 헛된 점쟁이의 말도 안 되는 예언이건 그는 신율과 지몽을 옆에 두고도 그 비슷한 질문도 결코 입에 담는 일이 없었다.

"어찌해야 숙부를 이길 수 있을까."

"마마는 생각보다 많은 것을 가지고 계십니다."

"내가? 내가 훈련을 시키고는 있지만, 광군은 어찌 됐든 호족의 병사다."

황자가 쓰게 웃으며 고개를 흔들었다. 지금은 광군이 그에게 충성을 다하고 있었지만 그들은 어디까지나 가족과 형제를 고향에 두고 온 호족의 사병들이었다. 외부의 적과 관련해서는 그의 말에 복종할지 모르지만 고려 제국 안의 일이라면 어찌 될지 모를 일이었다. 황자는 가족을 지켜야 하는 그들에게 절대적인 복종을 요구할 권리가 자신에게는 없다고 생각했다.

"황제 폐하께 계시는 충주는 틀림없이 마마의 편을 들 것입니다. 신주도 그럴 것이고."

"평산은 황제 폐하와 혼인을 맺은 집안이니 쉽게 등을 돌리진 못할 테고…… 문제는 황주다."

왕소가 잠시 인상을 찡그렸다. 숙부의 심복인 세원이 얼마 전에 황주에 도착하였다. 그들이 무엇을 도모하고 있는지 우려가 되지 않을 수 없었다.

"황주라면 여섯째 마마의 도움을 받으세요."

"그는 너 때문이라도 나에게 절대 협조하지 않을 것이다."

"그럼 황자마마가 협조를 하시면 되겠습니다."

"내가?"

담백한 신율의 조언에 황자의 눈이 커졌다. 지금 누가 누구보고 협조를 하란 말인가.

왕욱이 신율에게 어떤 마음을 품고 있는지 뻔히 알고 있는데 이제 그에게 고개를 숙이라니, 그것이야말로 정말 어림도 없는 일이었다. 그런 일은 지금껏 단 한 번도 해 본 적이 없는 일이었고, 앞으로도 하고 싶지 않은 일이었다.

"네, 마마가요. 어차피 두 사람이 힘을 합치면 되는 일인데 누가 고개를 숙이든 그게 뭐가 중요합니까."

"네가 뭘 몰라 그러는데 그건 굉장히 중요하다."

그녀는 정말 몰라도 너무 몰랐다.

"황주 가문이 정말 마음먹고 변심하면 피곤해지는 것은 형님입니다. 어려운 일이 있으면 서로 돕기도 하고 필요한 게 있으면 아쉬운 소리도 해야지요."

신율의 진지한 충고에 왕소가 단호하게 고개를 흔들었다. 정색을 해 가며 몇 번이고 싫다고 딱 잘라 말하는 황자를 바라보며 신율은 한숨을 내쉬었다.

어차피 황주 가문과 손을 잡아야 할 것이다. 황자가 바보가

아닌 이상 이번 일이 얼마나 중요한지 이해할 것이 분명했다. 영
민하다는 넷째 황자마마가 바보는 아니지 않은가.

"형님, 그러니까 제 말은……."

"그만. 여기까지 하자. 쉬어야겠어."

신율의 입을 입술로 막아 버린 황자는 앵돌아진 얼굴로 무작
정 그녀를 그의 가슴팍에 안았다.

허허, 내가 정말 뭘 몰랐구나. 이 사람, 바보였구나.

第26章

그의 부탁

소중한 사람입니까?

황제 폐하의 상태가 점점 위중해지고 있었다. 서경에서는 잠잠하기는 했지만 이미 진군의 움직임을 끝낸 눈치였다. 앞으로의 일을 준비하느라 황자의 사람들은 오늘도 꽤 긴 하루를 보내야만 했다. 밤이 깊어지고 새벽이 다가오자 사람들은 두 사람만을 남겨 두고 모두 자리를 비웠다. 잠시라도 눈을 붙여야 또다시 오늘을 버텨 낼 수 있을 것이지만 머릿속은 여전히 복잡하기 이를 데 없었다. 그가 어쩔 틈도 없이 세상은 빠르게 움직이고 있었다. 지금 상황에서 잠시라도 방심한다면 세상은 그대로 멈추고 뒤로 돌아가게 될 것이다. 지난 황제 폐하께서 아무리 노력을 해도 변화시킬 수 없었던 것처럼.

"형님 폐하를 걱정하십니까?"

"두 분의 형님 모두 내가 지켜 드리지 못하였다. 그것이 아바마마가 나에게 내린 명이었는데."

왕소가 쓰게 웃으며 중얼거렸다. 혜종마마도, 그리고 지금의 황제도 그는 지켜 내지 못하였다. 도대체 조의선인의 수장으로서 그는 무엇을 했단 말인가.

"형님 잘못이 아닙니다."

"내 잘못이야. 내가 방심했어."

혜종마마의 죽음, 그리고 죽음 앞에 서 있는 형님. 왕소는 다시 입술을 꽉 깨물었다.

"황자가 그 모든 것을 혼자 다 할 수 있으면 진작에 황제가 되셨어야죠."

"너 정말 그러다 큰일 난다. 역모는 삼족을 멸한다는 소리, 들어 봤느냐?"

아무리 황제 폐하가 위중하다지만 아직까지 황좌를 지키고 계신데 참으로 무엄한 말을 눈도 깜짝이지 않고 번번이 잘도 했다.

"삼족까지 없다니까요. 고집 센 황자마마 한 분은 알고 있어도. 그리고 전 누구와는 다르게 꽤 신중합니다."

"남색을 하고 천하를 거래하는 네가 참으로 신중하구나."

신율의 대꾸에 왕소가 지난 일을 생각하며 어이없다는 듯 중얼거렸다.

"그 역시 걱정할 일은 아니옵니다. 다만 이 밤에 제가 걱정하는 것은……"

"네가 걱정하는 것이 무엇이냐."

내가 걱정하는 것은……

부디 황자가 세상에 흔들리지 않기를.

부디 그 세상 속에서 상처 입지 않기를.

그리고 아픈 상처 속에서 살아남기를.

신율은 그렇게 기원했다. 그래서 부디 함께할 수 있기를 소망했다. 단숨에 술잔을 비워 내는 왕소를 바라보며 신율은 자신의 깊은 눈빛을 감추었다.

"말해 보아라. 무엇인지. 그 조그만 머리 괴롭히지 말고."

"이 밤, 황자께서 제 귀한 술을 다 축내는 것이옵니다."

"술이 그렇게 아까운가?"

"아니요. 우리 둘이 함께할 수 있는 시간이 아까워요."

황자의 손에서 술병을 빼앗아 든 신율이 새침한 어조로 중얼거리자 왕소가 기쁜 듯 웃음을 터뜨렸다. 서경과 금강산에서 오랜 시간 헤어져 있었다. 그리고 이제 겨우 개경에서 얼굴을 보게 되었지만 바쁜 왕소로 인하여 함께할 수 있는 시간은 극히 짧았다. 왕소는 전혀 그녀답지 않은 신율의 투정이 반가웠다.

"아, 그렇구나. 정말 우리가 함께 있구나."

"아, 그렇다니까요. 그런데 형님은 제가 옆에 있는 걸 잊으신 듯합니다."

"그럴 리가 있겠느냐. 다른 사람은 몰라도 너는 내가 절대 잊지 못할 것이야. 날 납치해서 혼인까지 한 사람은 너뿐이다."

"저한테 형제의 연을 맺자고 무작정 우긴 사람도 황자마마 한 분뿐이셨습니다."

왕소의 능청스러운 대답에 신율이 살짝 입술을 비죽이며 대꾸했다. 서로가 함께했던 오래전 기억에 두 사람은 얼굴을 마주보고 피식 웃음을 삼켜야 했다. 이제 그들에게도 남들처럼 웃으며 이야기할 수 있는 소중한 추억들이 차곡차곡 쌓여 가고 있었다.

"그래서 다행이구나."

"뭐가 말입니까?

"나와 첫 번째 혼인을 한 사람이 너인 것도, 너와 첫 번째 인연을 맺은 사람이 나인 것도. 모두 다행이구나."

황자의 진지한 중얼거림에 신율도 고개를 끄덕일 수밖에 없었다.

"제가 진작에 그랬잖아요. 마마는 운이 참 좋은 사람이라고."

"그래, 네 말이 옳다. 넌 역시나 머리가 좋아."

"그러니까요. 거기다 눈치도 빠르고. 어째 암만 생각해 봐도 전 부족한 게 없는 거 같아요."

"그렇지. 겸손 빼고는 다 있지."

뻔뻔하지만 밉지 않은 대꾸에 황자가 피식 하고 웃어 보였다.

"저처럼 완벽한 사람한테도 그런 흠 하나는 있어야죠. 안 그럼 정 떨어질걸요."

"뭐 아주 그렇게 큰 흠은 아니다. 난 참아 줄 만하다."

조금 더 웃음이 깊어진 황자가 관대한 표정으로 고개를 끄덕였다.

"그것도 알고 있어요. 암튼, 제 걱정은 하지 마시고 형님이나 너무 고집부리지 마세요. 황자마마는 융통성이 없어 다른 사람들이 숨 막혀 죽기 딱 좋습니다."

"융통성이 없다고? 내가?"

"모르셨어요?"

그걸 여태 몰랐느냐는 듯 신율이 눈이 동그래져서 되물었지만 황자는 그녀의 냉정한 평가가 꽤나 뜻밖인지 단호하게 고개를 흔들었다.

"무슨. 말도 안 된다. 난 관대한 사람이다."

"이런, 정말 모르셨군요. 융통성은 관대한 거랑은 상관없는 문제거든요. 형님은 꽉 막혔어요. 그리고 엄격해요. 남한테도, 본인한테도. 거기다 고집도 장난이 아니시죠."

"너만 할까."

왕소가 심통 맞게 중얼거렸지만 그녀는 들은 척도 안 했다. 그러면서 나보고 꽉 막혔단다.

"그러니까 너무 재촉하거나 압박하지 마세요. 사람들이 다 황자마마 같지 않으니까. 아셨죠?"

"별반 인정하고 싶지는 않지만 네 부탁이니 들어주지."

"뭐 부탁까지는 아닌데요. 그냥 황자마마를 위해서……."

"그냥 부탁이라고 해 두자. 네 말대로 내가 융통성이 없으니."

여전히 못마땅하다는 표정으로 그가 중얼거렸다.

그런 황자를 바라보며 신율은 픽 하고 미소를 지었다. 뭐 별것도 아니니 그럼 그렇게 하도록 하자. 그깟 부탁을 이 사람을 위해서 왜 하지 못하겠는가.

"그럼 그렇게 하죠. 제가 부탁하는 거예요."

"그래. 그럼 그렇다 치고…… 이제 내 부탁도 하나 들어줘야지. 그래야 공평하니까."

엥? 이게 무슨. 장사꾼은 그녀인데 약아빠지긴 그가 한 수 위인 듯했다. 흠, 이건 뭔가 손해 보는 기분이다. 하지만 진지한 그의 눈빛을 보면서 신율은 고개를 끄덕였다.

오늘 같은 밤, 그의 부탁 하나는 들어줄 수 있었다.

"좋아요. 원하는 게 뭔데요?"

애매한 표정으로 묻는 신율을 빤히 바라보던 황자의 눈빛이 깊어졌다. 어느새 떠오른 달빛에 빛나는 검은 눈망울이 너무 예뻐서, 하얀 얼굴이 너무 고와서 황자는 숨을 쉴 수가 없었다.

"너. 너 하나면 되는 것 같다."

"그게…… 나는……."

신율이 동그래진 눈으로 황자를 바라보았다. 짙어진 그의 눈빛이 무엇을 말하고 있는지 더 말하지 않아도 알 것 같았다. 심장이 빨라지고 있었다.

"나의 새벽."

검을 잡느라 못이 박힌 그의 커다란 손이 희고 작은 얼굴을 감싸 안았다. 내려 감긴 속눈썹이 바들거리고 마주 잡은 손끝은 차갑기만 하다. 잔뜩 긴장한 모습이 한입에 삼켜 버리고 싶을 만큼 예쁘고 고왔다.

"숨을 쉬거라. 이 밤에 널 잡아먹으려는 게 아니다."

말은 그리하고 있지만 황자는 당장이라도 잡아먹을 것 같은 눈빛이었다. 작은 얼굴을 두 손으로 잡고 반듯한 이마에 입을 맞추고, 다시 곱게 감은 그 눈썹에 입을 맞추었다. 다음은 동그란 콧망울과 부드러운 볼에 입을 맞추고, 빨갛게 무르익은 입술에 머물렀다. 조곤조곤 윗입술을 물고 아랫입술을 빨아들이며 고른 치아를 두드리고 마지막에는 가쁜 숨소리조차 삼켜 버렸다.

너무 늦은 첫날밤은 서툰 수줍음과 갈증 난 격렬함으로 시작되었다.

"너와 함께해서 좋다. 너여서 좋아."

"저 역시 당신이라서 좋습니다."

서로의 고백에 맞대고 있는 가슴이 대답이라도 하듯 미친 듯이 두근거리기 시작했다. 급한 손길 속에 한 겹 한 겹 입고 있는 옷들이 사라지더니 결국에는 오로지 따뜻한 체온만이 서로를 감싸 안았다. 황 촛대의 그림자가 조금씩 흔들리다 황자의 거친 숨에 혹 하고 꺼져 버린다. 먹물 같은 어둠 속에서 이제 달빛만이 고고하게 스며들었다.

"힘들게 할지도 모르겠다."

신율을 온전하게 품에 안은 왕소가 팔꿈치에 힘을 주어 자신을 지탱하며 나직하게 중얼거렸다.

"아마 참을 수 있을 거예요."

"그래, 그래야 할 것이야. 그동안 나도 너 때문에 많이 참았으니."

단단히 굳어진 황자의 몸과는 달리 신율을 바라보는 눈빛만큼은 부드럽기 그지없었다. 신율이 두 손을 들어 황자의 얼굴을 감싸고 살짝 입술을 가져갔다.

"알고 있습니다. 그래서 고마워요."

"진작부터 이러고 싶었다."

신음처럼 중얼거린 황자의 입술이 조심스럽게, 하지만 강하게 파고들어 왔다. 그리고 겨우 입술이 떨어지자 숨을 몰아쉬기가 무섭게 황자의 입술이 귓가에, 쇄골에 묻히고 가슴을 찾는다.

소담한 가슴 자락에 커다란 황자의 손이 덮이자 어쩔 줄 몰라 신율이 낮은 신음을 토해 낸다.

"널 많이 아낀다. 알고 있느냐?"

"알고 있지요. 저도 그러니까요."

신율의 속삭임에 황자의 미소가 짙어지는 것도 한순간이었다.

갈증이 나듯 다급하게 시작하였지만 황자도 조금씩, 천천히, 완벽하게 그녀를 배려하였다. 그리고 또한 철저하게 그녀를 소유하였다.

머리카락 한 올, 작은 호흡 한 톨까지도 양보할 생각이 없어 보였다. 밤이 점점 깊어 갈수록 서로를 향한 마음도 뜨거워져 갔다.

꼭 잡은 두 손과 흐르는 땀방울, 간간히 내뱉는 작은 희롱과 나직한 숨소리로 별이 총총한 그날 밤이 채워지고 있었다.

땀에 젖은 부드러운 몸을 안고 그녀의 가는 목에 고개를 떨구며 황자는 깊은 숨을 들이쉬었다. 이제 온전히 그만의 여인이 된 율이의 체취가 그를 가득 채웠다. 왕소는 몸을 다시 바로 해 신율을 가슴에 끌어당겨 안았다. 그러고는 기진한 듯 눈도 뜨지 못하는 율이의 깊은 속눈썹에 입술을 가져갔다. 한 번도 버거운 초야에 자꾸만 욕심이 나고 있었다. 아직 식을 줄 모르는 몸은 여전히 따뜻한 여인의 몸을 원하고 있었다. 두고두고 나쁜 놈 소리를 듣지 않으려면 내 욕심은 그만 부려야 할 것이다.

"괜찮은가?"

"살아는 있는 듯합니다."

이마 위의 젖은 머리카락을 올려 주는 그의 손길을 느끼며 신율이 여전히 눈을 감은 채 가늘게 중얼거렸다.

미묘한 아픔과 함께 뭐라 더 표현할 수 없는 생소한 느낌. 그것은 그녀를 내리누르는 그의 무게만큼이나 버거웠지만 밀치고 싶지 않은 온기였다. 멈추지 않고 밀고 들어오는 그로 인하여 숨이 멈출 만큼 아팠지만 차마 내칠 수 없었던 생경한 감각이었다. 달래듯 중얼거리는 그 남자의 나직한 목소리와 욕망 가득한 눈빛에 신율은 눈을 감아야 했고 그의 거친 숨소리에 그녀의 호흡도 급해졌다. 손을 맞잡고 살을 맞대어, 몸속 깊은 곳까지 채워지는 주체할 수 없는 열기 때문에 저도 모르게 그에게 매달릴 수밖에 없었다. 몸과 마음을 제 욕심껏 가져가 버린 그는 한참을 멈출 줄을 몰랐다.

"당신은…… 괜찮은가요?"

"난 전혀 괜찮지 않다."

나직한 황자의 대답에 신율이 겨우 눈을 떴다.

"진작에 널 품에 안았어야 했어. 그동안 놓쳐 버린 시간이 아까워 죽겠다."

진심으로 아쉬움이 뚝뚝 떨어지는 중얼거림에 그의 품에서 웅크리고 있던 신율이 작게 수줍은 미소를 지어 보였다.

"서필 공의 말이 옳았어."

"무엇이요?"

"여인 때문에 망친 황자는 얼마든지 있다더니 그들을 이해할 것 같아서."

"여인 때문에 망한 게 아니라 황자 본인이 모자라서 망한 것입니다. 여인은 그저 핑계이지요."

사내 품에 안겨서도 그녀의 대답은 냉정하였지만 그럼에도 여전히 뜨거운 그의 가슴은 식지 않았다. 아니, 그녀를 품에 담은 그의 몸은 점점 뜨거워져만 갔다. 안고 또 안아도 자꾸만 부족하였다. 한 번만, 한 번만 더 안는다면 율이는 뭐라고 할까.

"너 때문이라면 내가 좀 모자라도 상관없다."

"그럼 안 되지요."

"왜?"

"왜긴요? 형님이 황자이기 때문이지요. 부족한 사내야 제 한 몸으로 어찌어찌 감당할 수 있겠지만 부족한 황자는 백성이 대신 죽습니다."

얼굴에 미간을 모으고 있을 것이 분명한 그녀가 몸을 움직여 잠시 품에서 떨어져 나가자 황자는 얼른 가는 허리에 팔을 휘감아 당겨 안았다.

"불공평하구나. 내가 원하는 것은 너 하나뿐인데."

"거짓말."

"거짓말이라고?"

"마마가 원하는 것이 또 있을 거예요. 그걸 저도 알고 당신도 알고 있으니 거짓말이지요."

황자가 원하는 것. 강한 황실, 분란 없는 제국, 그 안에서 편안한 백성. 그가 꿈꾸는 세상을 그의 연인은 진작부터 알고 있었다.

"그래. 들어 보니 네 말이 맞구나. 그래도 난 정말이지 너 없으면 안 될 거 같다. 그건 절대 거짓이 아니야."

"아, 아, 그건 믿어 드리지요."

어느새 나른해진 목소리로 그녀가 그의 가슴에 대고 웅얼거렸다. 잠이라도 오는 것인가. 나는 저 때문에 숨도 쉴 수 없는데 잠이라니. 다시 한 번 불퉁해진 황자는 신율에게 깊숙이 입을 맞추었고 어느새 그녀는 나직한 신음을 내뱉으며 색색거렸다. 신율의 가쁜 호흡에 겨우 입술을 뗀 황자는 그녀의 어깨로 입술을 옮겨 지분거렸다.

"으음."

"힘들어?"

"아마도?"

신율의 귓가에 입김을 불어넣으며 황자가 초조하게 물었고 신율이 흐릿한 미소를 담아 대답했다.

"참을 수 없을 만큼?"

"아마도……."

"끙."

황자의 신음이 들리자 신율이 다시 배시시 미소를 지어 보였다. 허리를 두르고 있던 황자의 손길이 풍성한 머리카락으로 옮겨진다. 그 부드러운 손길에 그의 소중한 마음이 느껴지고, 마주 뛰는 그의 심장 소리에 사내의 욕망도 전해진다.

"그래도 어찌어찌 참을 수 있을 거 같습니다."

신율이 수줍게 팔을 들어 그의 목을 감으며 그의 품에 묻힐 듯이 다가서자 황자의 숨결이 급해졌다. 달빛 속에 하얗게 빛나는 그녀의 여린 몸을 감싸 안으며 뜨거운 입술이 그녀의 입술을 그대로 삼켜 버렸다. 부드러운 살결에 단단한 피부가 겹쳐지고 온몸 구석구석을 손길과 입술이 조심스럽게, 그리고 빠짐없이 스치고 지나갔다.

천천히, 천천히 해야 하는데 자꾸만 몸은 뜨거워지고 마음은 급해진다. 천천히는 나중 일이다. 아무래도 이번에는, 이번만큼은 그냥 나쁜 놈이 되어야 할 듯하였다.

　　　　　　　　　✦

　왕식렴의 인내력은 이제 바닥을 보이고 있었다. 한시라도 빨리 황제를 죽이고 그가 움직일 수 있는 세상을 만들어야 했다. 시간을 끌어 봐야 전혀 그에게 도움이 되지 않았다. 왕식렴은 그의 군사들을 이끌고 개경으로 말 머리를 움직이고 있었다.

　"황제가 아직 죽지 않았다 합니다."

　"무슨 상관이냐. 죽이면 되는 것을. 그리고 무엇보다 먼저 왕소를 죽여야 할 것이다."

　"알겠습니다."

　"세원이에게 전언을 보내거라. 그 계집부터 죽이라고."

　결코 찾을 수 없을 거라 생각했던 왕소의 약점은 바로 그 발해 여자였다. 그 계집을 죽이게 되면 왕소는 무너지게 될 것이다.

　명을 내리는 왕식렴의 표정은 차가웠다. 왕소와의 숨바꼭질은 이제 끝을 내야 한다. 감히 그 어린것이 겁도 없이 자신에게 반기를 드는 것을 더는 참아 줄 수가 없었다. 그가 태어나기 전부터 왕식렴은 태조마마와 전장을 누비던 장수였고, 그래서 삼한 통일을 이루었다. 그런데 아무것도 한 것 없는 녀석이 이제와 그에게 덤비는 꼴을 참아 줄 수가 없었다.

　"이번에도 지난번과 마찬가지로 속전속결로 황궁을 장악하여야 할 것이다. 방해하는 자가 있다면 가차없이 죽여라!"

왕식렴은 그의 군사들에게 차가운 목소리로 지시하였다. 지난번이라 함은 제국의 두 번째 황제인 혜종 황제 때를 의미하는 것이었다. 지난번에도 왕식렴은 왕규가 난을 일으켰다는 빌미로 개경으로 진입하여 수백 명의 사람을 가차 없이 죽이며 개경을 피로 젖게 하였다.

"황주에서도 준비를 하고 있다고 전하여 왔습니다."

"당연하지. 내가 왕욱이를 황제로 만들어 주는 것인데."

참으로 무엄한 발언이었지만 모두들 당연하다 고개를 끄덕이며 호탕하게 웃어 보였다. 겨울이 오기 전에 황제를 바꾸어야겠다고 결심한 왕식렴이었다. 황제를 바꾸고 바로 천도를 하여야 했다. 서경은 제국의 수도로서의 모든 준비를 끝마친 상태였다.

☙

숙부의 군대가 드디어 움직이기 시작했다는 소식은 바로 왕소에게로 전해졌다. 군사의 이상 조짐을 전해 들은 왕소는 바로 회의를 소집하였고, 그 회의는 짧았다. 진작부터 경계하고 예상했던 일이었다. 이것은 역모였고, 그들은 역모를 막아야 하는 자들이었다.

하지만 황자는 쉬이 결정을 내리지 못하고 있었다. 예상보다 숙부의 공격이 조금 빨랐기 때문이었다.

"결정을 내리셔야 합니다."

"광군과 서경의 병사가 이대로 부딪히게 되면 너무 많은 사람이 죽는다."

게다가 추수철이었다. 일 년 동안의 백성의 노고가 고스란히 사라지게 될지도 모를 일이었다. 불쌍한 백성들이 또다시 굶주리게 될 것이다. 어찌하면 피를 보지 않을 수 있단 말인가.

"피할 수 없는 일입니다."

"숙부가 추수철을 택한 이유가 뭐라 생각하십니까?"

한구석에서 조용히 그들의 이야기를 듣고 있던 신율이 입을 열어 왕소에게 물었다.

"숙부님은 손무의 병법을 그대로 행하고 계십니다."

손자가 말하기를 '군사를 잘 이끄는 자는 백성을 두 번씩 징집하지 않고, 군량미를 세 번씩 운반하지 않는다. 또한 식량은 적지에서 조달한다. 그러므로 군량이 넉넉하다.'라고 말했었다.

그런 이유로 아마도 숙부는 이 가을철을 택한 것이리라.

"그래서? 지금 나보고 다 지어 놓은 백성의 농사를 전부 태워 없애기라도 하라는 뜻이냐?"

"바보십니까?"

"너…… 그러다 정말 죽는다."

신율의 타박에 황자의 눈썹이 확 하고 올라가자 회의 탁자에 앉은 사람들은 눈을 동그랗게 뜨고 두 사람을 바라보았다. 이 심각한 상황에서 이렇게 대놓고 황자를 타박하는 여인도, 그리고 여인에게 이렇듯 말이 많은 황자도 처음 보는 모습이었다. 은천만이 피식 웃음을 삼키며 익숙한 그들의 대화를 지켜보고 있었다.

"그럼 어떤 방법이 좋겠습니까?"

"서경의 군사들은 군량미를 준비하지 않았습니다. 그러니 식량을 구할 수 없는 곳으로 그들을 보내면 됩니다."

황자를 대신한 은천의 질문에 신율이 가볍게 대답하였다.

"고려에 그런 곳이 있던가?"

"있지요. 백성들이 가장 고생하고 핍박받는 곳이요."

모두의 시선이 집중된 가운데 신율이 담담하게 말하곤 황자를 바라보았다. 황자는 금세 신율의 말을 이해했다.

고려에서 제일 핍박받는 곳. 그곳으로 숙부를 다시 되돌아가게 한다. 좋은 방안이었다. 하지만 어떻게 해야 그것이 가능할까. 생각에 잠긴 황자의 눈빛이 더없이 깊어지고 있었다. 그리고 황자는 마침내 입을 열었다.

"은천아, 넌 서경으로 가라. 황궁의 경계는 조의선인이 맡아서 할 것이다."

"알겠습니다."

"서경이 비어 있다. 숙부가 없는 서경은 분명히 빈틈이 있을 것이다. 광군의 절반을 움직여 그쪽으로 향하게 하거라."

거란이 호시탐탐 세력을 늘리고 있는 와중에 결코 왕식렴이 모든 병사를 이끌고 개경으로 오지는 않았을 것이다. 황좌에 욕심이 있는 숙부이지만 눈앞에 외적을 두고 국경을 무방비 상태로 만들 만큼 무책임한 장수는 아니었다. 그렇다면 결국 숙부의 군사는 지금 반분되어 있을 것이다. 언젠가 말한 그 기회가 될지도 모른다.

"외조부께서는 신주의 사병을 이끌고 개경으로 들어오는 다른 진입로를 막아 주시기 바랍니다. 충주에서도 도울 것입니다."

"걱정 말거라."

"숙부를 최대한 서경에서 끌어내야 할 것입니다. 그리고 개경에도 발을 들이지 못하게 해야 할 것입니다. 퇴로가 막히고 서경에서 난이 일어나게 되면 숙부도 결정을 해야 할 것입니다."

서경에서 난이 일어날 것이라는 황자의 이야기에 사람들이 멈칫거렸다. 그것은 항상 왕식렴이 쓰던 방법이었다.

황자는 각 지역의 호족들을 동원해 민란을 일으켜 황실을 흔들던 숙부에게 똑같은 방법으로 되돌려 줄 생각인 듯하였다.

황자의 눈빛에서는 단호한 결의가 넘쳐났고 그를 바라보는 신율의 입가에도 다행스러운 미소가 스치고 지나갔다. 서경이 공격을 당하게 되면 그곳을 근간으로 하고 있는 왕식렴은 되돌아갈 수밖에 없을 것이다.

"이제부터 시작이다. 황제 폐하를 지키고 숙부의 공격에 대비해야 하니 그 어느 때보다 각오들을 단단히 하고 있어라."

"목숨을 바쳐서 황자마마를 모시겠습니다."

"목숨을 가벼이 여기는 자는 필요 없다."

신성과 몽유가 두 주먹을 꾹 쥐고 충성을 다짐하자 황자가 날카로운 목소리로 질타했다.

서경의 군사를 제대로 제압하지 못하면 분명 피를 보게 될 것이다. 하지만 황자는 한 명의 백성이라도, 한 명의 친구라도 잃고 싶지 않았다. 그러기 위해서는 황제 폐하에게 무슨 일이 일어나기 전에 어떻게든 상황을 정리해야 할 것이다.

"어떻게든, 어떤 일이 일어나든 살아남아라."

"네, 마마. 살아남을 것입니다. 그래서 꼭 마마를 황제로 모실 것입니다."

앞으로 닥칠 일에 우려 반 기대 반을 간직한 채 황자의 사람들은 제 할 일을 하기 위해 조용히 움직였다.

텅 빈 객잔에 홀로 남은 황자는 몸을 움직여 누각으로 향했다. 생각 많은 머리와 복잡한 가슴속과는 달리 새까맣게 어두운 하늘에는 별빛이 총총했고 공기는 청명했다. 바람이 서늘하게 스쳐 지나가자 왕소는 자신을 다잡는 한숨을 깊이 몰아쉬었다. 그 모습을 신율이 물끄러미 지켜보고 있었다.

왕욱은 자신의 눈앞에 나타난 왕소를 바라보며 놀랍다는 듯 눈썹을 치켜 올렸다. 황제가 말에서 떨어진 후 왕소는 지금 제국에서 가장 바쁜 이였고, 이제 가장 힘 있는 자가 되어 가고 있었다. 게다가 지금 황주 가문에서 무슨 짓을 하고 있는지 알고 있는 것이 분명한 상황에서 그를 직접 만나러 온 것은 왕욱에게는 꽤나 의외의 일이었다.

"무슨 일이십니까? 제 처소를 다 찾으시고."

"부탁할 일이 있어 왔다."

부탁이라는 말에 왕욱의 입꼬리가 슬쩍 움직였다.

왕소 형님도 부탁 같은 걸 할 줄 아는 인간이었구나. 하기는 황제가 되기 위해서라면 그깟 부탁이 대수이겠는가. 결국 그도 평범한 인간이었다. 이 난세에 황주 가문의 도움 없이 황제가 되는 것은 쉽지 않으리라.

"말씀하십시오. 이제 와서 숙부를 모른 척해 드릴까요, 아니면 숙부와의 싸움에 선봉으로 나가 드릴까요?"

"아니. 이번 전쟁에서 네 녀석 도움 따위는 필요 없다."

진심과 빈정거림이 반씩 섞여 있는 왕욱의 제안을 왕소는 가차 없이 잘라 내었다.

"그렇다면······."

황주 가문의 도움 말고 그가 부탁할 것이 무엇이란 말인가.

"내가 이곳에 없는 동안 신율을 보호해라."

"그게 무슨?"

뜻밖의 부탁에 왕욱의 한쪽 눈썹이 의문으로 꿈틀거렸다.

"누구에게나 약점이 있기 마련인데······ 나한테는 율이가 그렇구나. 숙부가 율이에게 손을 댈 것이 분명한데, 지금 그녀를 지킬 수 있는 방법이 내게는 없다."

숙부가 이번 전쟁을 이기고 끝낸다면 분명 누군가에게 역모 죄를 씌워야 할 것이다. 그리고 그렇게 된다면 그 누군가는 그와 신율이 될 확률이 컸다.

"나한테 신율 아가씨를 부탁하는 것은 불안하지 않습니까? 내가 무슨 짓을 할 줄 알고요?"

"어쨌거나 그녀의 목숨을 건질 수 있을 터이니 그걸로 됐다."

왕소는 그가 그의 편이 되거나 아니거나 별반 상관이 없는 표정이었다. 오직 한 사람, 신율의 안전을 위해 자신의 목숨을 걸고 그에게 부탁이란 걸 하고 있는 것이다.

"한 가지 묻고 싶습니다."

"말해라."

왕욱의 진지한 표정에 왕소가 덤덤히 그를 향하였다.

"대신율라는 여자가 그럴 만한 가치가 있습니까? 형님이 내게 고개 숙일 만큼, 그럴 만큼 소중한 사람입니까?"

왕욱의 연이은 질문에 왕소가 방에 들어온 이후 처음으로 작게 웃어 보였다. 그 이해할 수 없는 묘한 미소에 왕욱은 은근히 부아가 치밀어 올랐다.

"무엇이 그리 우습습니까?"

"그리 질문을 하는 걸 보니 분명 네가 나보다 그녀를 덜 좋아하는 것 같구나. 그게 기쁘다. 나한테는 선택의 여지가 없는 일이었으니까."

정말로 기뻤는지 왕소의 미소가 짙어지고 있었다. 왕욱에게는 보기 드문 광경이었다.

"내게 신율보다 중요한 것은 없다."

"그런데 왜 그런 그녀를 나한테 맡기고 숙부와 싸우러 나가는 겁니까? 어느 산골에 묻혀 살던가 아니면 중원으로 피해도 될 일일 텐데 어찌하여 이 난중에 몸을 맡기는 것입니까?"

"재수 없게도 내가 황자로 태어났기 때문이지."

왕욱 역시 제국의 황자였다. 하지만 그의 대답을 완전하게 이해할 수 없었다.

"고려의 백성을 위하는 일, 그게 황자가 해야 할 일이라더군."

"도대체 누가 그런……."

"신율이."

오직 그 말만이 진리라는 듯 왕소 황자가 희미하게 입꼬리를 늘려 웃어 보였다.

그렇군. 그의 말대로 그는 확실히 왕소보다 신율을 덜 아끼는 모양이었다. 그리고 고려의 백성도 그만큼 아끼지 못하고 있었다. 이것이 황제의 그릇인가.

"왠지 이번 전쟁에서 형님이 지지 않을 듯합니다만."

"전쟁이 되지 않게 할 것이다."

왕소의 뜻을 제대로 이해하지 못한 왕욱의 눈썹이 올라가자 왕소가 귀찮다는 듯 말을 이었다.

"추수철이다. 일 년을 배고파하며 기다려 온 백성들이니라. 그들의 농사를 망칠 수는 없는 노릇이다."

"그게 가능할 거라 믿습니까?"

"지키려는 신념이 있으면 시도해 볼 만한 가치는 있는 것이고, 힘이 있으면 불가능한 일은 없다."

아무 말 없이 무거운 시선으로 왕소를 바라보던 왕욱이 천천히 입을 열었다.

"믿으실지는 모르지만 전 형님의 신념이 이루어졌으면 합니다. 형님을 위해서, 그녀를 위해서, 그리고…… 가여운 이 땅의 백성들을 위해서 꼭 이루시길 바랍니다."

그것은 왕욱의 진심이었다. 그 또한 제국의 황자였다. 황제가 되고 싶었다. 좋은 성군이 되고 싶었다. 하지만 잠시 그것을 잊은 듯하였다. 이제 누군가 때문에 보이지 않던 것들이 보이기 시작하였다. 만에 하나 왕소가 이번 전쟁에서 죽게 된다면 그가 왕소를 위해서 대신 보이지 않는 적들과 싸워야 할 것이다.

황자로 태어났으므로.

第27章

참으로 잔인한

괜찮을 리 있겠습니까

월향루는 급하게 돌아가는 바깥세상과는 상관없이 여전히 음악이 넘쳐났고, 기녀들의 웃음소리로 가득하였다. 오랜만에 사내 옷을 챙겨 입은 신율은 고개를 갸웃거리며 기루로 발걸음을 옮겼다. 아니, 이 정신없는 마당에 넷째 황자는 왜 이곳에서 그녀를 만나자 하였을까. 내일이면 서경으로 떠날 황자였다. 이 중요한 시간에 기루에서 만나 술을 마시자는 왕소의 속내를 완전히 이해하지는 못하였지만 어쨌거나 마지막 밤을 그와 함께 한다는 것이 중요했다.

신율이 기루에 들어서자마자 월향루의 집사가 얼른 인사를 하고는 미리 준비된 방으로 그녀를 안내하였다. 조용히 방 안으로 들어서자 기녀들이 고개를 숙이며 두 사람을 위해 자리를 비켜주었다. 신율은 자신을 기다리고 있는 사내를 바라보며 눈을 깜빡였다. 신율을 반기는 사람은 다름 아닌 여섯째 황자 왕욱이었다.

"어서 오세요."

"마마가 어쩐 일이십니까?"

"형님이 아니라 실망하셨습니까?"

"뭐, 조금은요."

솔직한 그녀의 대답에 왕욱은 희미하게 쓴 미소를 지어 보였다. 조금의 여지도 없는 대답이었다. 이곳까지 오면서 자신이 무엇을 기대하였던가.

"오늘 밤, 아가씨를 저희 집으로 모실 것입니다."

"제가 왜 거길 가야 하는지 물어도 되겠습니까?"

신율이 눈을 깜빡이며 황자에게 물었다. 묻기는 하였지만 어쩐지 그의 대답을 알 것도 같았다.

"선택의 여지가 없으실 것입니다. 전 어떻게든 아가씨를 제 집으로 모실 것이니."

"제가 싫다고 해도요?"

"형님의 마지막 부탁인데도 싫다 하시겠습니까?"

그녀의 반응을 예상하고 있던 왕욱이 천천히 입을 열었고 신율이 희미하게 미간을 모았다.

"제가 형님과 거래를 하나 했습니다. 저는 무슨 일이 있어도 그 약속을 지킬 것이니 아가씨께서도 협조해 주셔야 할 것입니다."

'거래'라는 단어에 그녀가 의아한 표정으로 왕욱을 바라보았다. 왕소 황자는 누군가와 쉽게 협상 같은 것을 하는 사내가 아니었다. 처음 만날 때도 그녀의 아쉬운 부탁에 눈 하나 깜빡하지 않던 그였다. 그런데 그가 다른 사람도 아닌 왕욱과 거래를 하였다니 놀랄 일이었다.

"무엇을 거래하셨습니까?"

"마음에 드실 얘기가 아닙니다."

"그 거래 내용에 제가 들어 있으면 마음에 들지 않아도 알아야 할 거 같은데요."

"만약에 일이 잘못됐을 경우, 제가 신율 아가씨를 목숨을 걸고 지킬 것이라 하였습니다."

만약에 일이 잘못되어 왕소가 죽게 된다면 다음 황제는 분명 왕욱이 될 것이다. 황자는 왕욱에게 뒷일을 부탁한 것이었다.

세상에서 지키고 싶은 딱 한 사람. 그녀를 두고 황자가 왕욱을 찾아갔다는 사실에 신율은 살짝 입술을 깨물었다.

"그래서 형님은…… 넷째 마마는 그 대가로 무엇을 약속하셨습니까?"

"이번 일이 성사되면, 그래서 형님이 황제가 된다면 황보부인을 황후로 만들어 주기로 하였습니다."

잠시 망설이던 왕욱이 천천히 입을 열었다. 그녀에게는 그 어떤 것도 잔인한 거래였다.

신율의 눈빛이 더 어두워지고 깊어지고 있었다. 그녀는 자신의 감정을 감추기라도 하듯 눈을 감았다. 긴 속눈썹이 하얀 볼에 어두운 그림자를 만들고 있었다.

"괜찮으십니까?"

"괜찮을 리 있겠습니까?"

마침내 신율이 눈을 뜨고 쓰게 웃었다.

그가 살아남아 다른 여인의 남편이 되는 것이 나은 일인지, 그가 죽어서 그녀가 다른 이의 여인이 되는 것이 나은 것인지.

왕소가 그 둘 사이에서 얼마나 많은 고민과 갈등을 하고 그녀를 이곳 월향루에서 만나자고 하였을지 그 아픔이 신율에게도 고스란히 전해졌다. 왕소가 그랬듯이 그녀에게도 선택의 여지가 없는 일이었다.

"어느 쪽이길 원하십니까?"

왕욱은 자신이 잔인한 질문을 하고 있다는 것을 알고 있었다.

하지만 묻고 싶었다. 그녀를 순순히 그에게 맡긴 황자처럼 그녀 또한 같은 마음인지 궁금하였다.

"마마는 어느 쪽이셨으면 좋겠습니까?"

"저야……."

"저도 마마의 마음과 같습니다."

왕욱이 뭐라 말을 하기도 전에 신율이 살짝 웃어 보였다.

"제가 어떤 선택을 할 것이라 생각하고 그리 말씀하시는 겁니까?"

"알고 있습니다. 마마도 형님이 살아 계시기를 원하시는 걸."

"설마요. 전 그렇게 착한 사람이 아닙니다. 어떤 결정을 하여도 가문을 벗어나서는 할 수 없는 일입니다."

희미하게 미소 짓는 신율을 보며 황자는 속마음을 들킨 듯한 기분에 불퉁하게 인상을 쓰고 중얼거렸다.

그 또한 황실의 사람이었다. 황실이 아닌 다른 곳에서 태어난 평범한 사람들이었다면 그 같은 잔인한 거래는 하지 않았을 것이다. 하지만 그들은 다른 선택을 할 수 없는 이들이었다. 이번 거래는 만약을 위한 약속이었다. 그래서 더더욱 잔인할 수밖에 없었다.

"세상에서 가장 중요한 것은 살아 있는 것입니다. 그가 누구의 사람이건 그건 중요하지 않아요."

신율이 조용히 중얼거리며 몸을 일으켰다. 왕소가 원하는 일이었다. 그렇다면 들어주어야 할 것이다. 앞으로도 얼마 동안 모두에게 편치 않은 시간이 될 것이다.

서경의 군대는 개경 진입을 목전에 두고 있었다. 이제 황주의 사병과 결탁하여 각각 다른 곳에서 황궁을 공격하면 되는 일이었다.

하지만 그 무렵, 왕식렴은 믿을 수 없는 전언을 들어야 했다.

"집정마마, 큰일 났습니다."

"소란 떨지 말아라. 왜? 황제가 죽기라도 한 것인가?"

황제가 벌써 죽어 준다면 그로서는 나쁜 일이 아니었다. 황제의 죽음을 핑계로 얼마든지 역모를 꾀할 수 있지 않은가.

"그것이 아니라…… 서경에서 폭동이 일어났다 합니다."

"뭐? 그게 무슨 소리냐!"

서경에서 노역하는 인부들이 폭도로 변하기 시작한 것은 순식간이었다. 어쩌면 그것은 예견된 일이었다. 가족과 헤어져 이곳 서경에 온 개경의 백성들은 굶주린 채로 노역을 하여야 했고 죽어 가야 했다. 그동안 꾹꾹 눌러 가라앉히던 민심은 서경에서 유일하게 그들의 편이 되어 주던 왕소가 쫓겨 나가자 동요하기 시작하였고, 마침내 폭발하였다. 관군도 그들을 제압할 수 없었고, 왕식렴이 없는 상태에서 병사들은 혼란스러워했다. 병사들 역시 누군가의 아들이었고, 누군가의 아비였다. 그들 또한 노역하는 자들의 노고를 직접 눈으로 보아 왔었다.

결국 왕식렴이 서경을 떠난 잠시 동안 몇 년간 지속된 공사는 중지되었다. 더구나 그보다 왕식렴을 더욱 경악케 한 것은 왕소가 서경의 군권을 암암리에 그의 수중으로 흡수하고 있었다는 사실이었다. 축성 공사를 하였을 때 그를 따르던 군사들이 대부분 왕소의 편으로 돌아선 것이다. 설마 서경에 조의선인들을 심어 놓고 가리란 생각은 미처 하지 못하였다. 게다가 지방에서 소규모로 나뉘어 훈련 중이던 광군들 또한 속속들이 개경으로 모여들기 시작했다.

숫자로 보나 실력으로 보나 모든 면에서 30만 명의 광군은 서경의 일만 병사에 비할 바가 아니었으니 아무리 왕식렴이라 할지라도 무작정 개경으로 군사를 움직일 수는 없는 노릇이었다.

"허허, 왕소, 그 녀석을 내가 너무 허투루 여겼구나."

왕식렴은 그제야 사태의 심각성을 깨달았다. 황제가 무엇을 하는지, 황제의 힘을 빌려 왕소가 어떤 일을 했는지를 깨달은 것이었다. 나약하다고 생각했던 황제가 그를 배신한 것이다. 아니, 황제는 여전히 나약했으나, 왕소는 달랐던 것이다. 처음부터 위험한 녀석이라고 느끼고 있었다. 하지만 이런 식으로 그의 목줄을 죄어 오리란 생각은 하지 못했다.

"왕소, 그 녀석을 죽였어야 했는데."

어째서 황제가 왕소를 서경으로 보냈을 때 눈치채지 못했단 말인가. 아니, 서경에서 왕소가 서경의 세력과 치열한 싸움을 시작하였을 때 왜 보고만 있었던가.

백성의 편에 서 있던 왕소의 행동을 고스란히 지켜보고 있던 자신의 병사들이 왕소의 명령에 복종할 수밖에 없는 현실을 왕식렴은 인정할 수밖에 없었다.

왕식렴이 뒤늦은 후회를 하고 있을 때 왕소의 사람들은 순식간에 일사불란하게 움직이고 있었다. 그들은 조의선인으로 있을 때부터 훈련되었던 자들이었다. 무력하던 황실의 사람들과는 달랐다. 게다가 일단은 황실에서는 황제 폐하가 버텨 주고 있었다. 또한 지몽이 하늘의 뜻이라는 이유로 조정의 관리들을 통제하고 있었고, 충주와 신주에서는 주변의 호족들을 압박하였으며, 개경으로 움직이려던 서경의 군대는 광군의 기세에 막혀 한 걸음도 나아가지 못한 상태였다.

"군량미가 오는 길을 차단당한 것 같습니다."

"뭣이라?"

"그리고…… 황주에서 왕소 황자와 손을 잡은 듯하옵니다."

어렵게 보고를 끝낸 자신의 병사를 바라보며 왕식렴은 처음으로 눈앞이 하얘지는 것을 느꼈다. 그것은 목숨을 걸고 내달렸던 수많은 전쟁터에서도 느껴 보지 못했던 감정이었다.

개경으로 향하던 왕식렴의 군대는 다시 서경으로 돌아갈 수밖에 없었다. 서경의 군대가 반분되고 서경의 세력이 사라지고 있다는 전언은 역모를 시작조차 할 수 없을 정도로 왕식렴을 압박하기에 충분하였다.

왕식렴이 회군한 후 개경에서는 왕소가 이끄는 광군의 정예병이 서경으로 출발하였다.

가을 햇살이 쨍쨍하게 비추던 날, 황자는 숙부가 머무르고 있는 서경의 궁으로 들어섰다. 황자가 말 위에서 날카로운 눈빛으로 활짝 열린 성문을 지키고 있는 병사들을 바라보았다.

그들은 아직 난을 일으키지 않은 병사들이었다. 그리고 또한 고려의 백성들이었다.

"물러서라."

"죄송하지만 집정의 명이 없으셨습니다."

"난 집정의 조카이자 고려의 황자이다. 내가 숙부의 명을 받아야만 들어갈 수 있는 사람인가?"

황자의 목소리에는 지엄한 권위가 실려 있었다. 하지만 적의를 찾아볼 수 없는 목소리였다. 그러자 서로를 쳐다보기만 하던 숙부의 병사 중 한 명이 걸어 나와 깍듯하게 고개를 숙이고 황자의 일행을 위해 길을 터 주었다.

왕식렴은 허망한 얼굴로 벽을 바라보고 있었다. 어찌 이런 일이 일어난단 말인가. 왕소에게 순식간에 제압당했다. 개경을 공격하기 위해 진작에 그곳으로 보낸 그의 군사들은 서경으로 건너오지 못하고 왕소의 광군에게 포위당해 그의 군사력이 절반으로 줄어 버렸다. 그리고 믿었던 황주는 오히려 신주와 손을 잡고 서경 군대의 진입을 가로막고 있었다. 이것은 전부 왕소의 짓이었다.

왕소.

어째서 저 녀석을 처음부터 염두에 두지 않았단 말인가.

형님께 저주받은 황자라는 이야기를 들었을 때 손을 썼어야 했는데, 그때는 그 어린 핏덩이가 이렇게 그를 압박할 것이란 상상은 하지도 못했다.

숙부가 노한 얼굴로 왕소를 맞이했다. 아직도 숙부는 그 기세가 꺾이지 않고 있었다. 어찌 그렇지 않겠는가. 숙부는 아바마마와 전장을 넘나들던 장수였다. 산전수전 다 겪어 왔던 숙부가 순순히 머리를 숙이지 않으리란 것은 잘 알고 있었지만 이미 그의 시대는 지나가고 있었다.

집정 왕식렴은 자신의 앞에 서 있는 조카를 무서운 눈초리로 노려봤다. 겁도 없이 찾아와서 황제의 명을 전하더니 갑자기 서경의 공사 중단을 선언했다. 그뿐만이 아니었다. 군권을 분할하여 황실의 군사에게 이양하기를 명하였다.

"서경의 병권은 앞으로 조의선인이 맡을 것입니다. 그러니 집정께서 이해하시라는 명입니다."

"황제가 감히 나한테 군사를 내놓으라 해? 서경의 군사는 나, 왕식렴이 키운 병사들이다."

"숙부님, 예를 지키세요. 이것은 황명입니다. 고려의 풀 한 포기, 나무 하나, 황제마마의 것이 아닌 것이 없습니다. 그런데 어찌 그런 망언을 하십니까."

왕소의 지적은 냉정했다. 그리고 그것이 현실이었다.

그새 늘려 놓은 광군의 압력으로 인해 왕 집정은 더 이상 견딜 힘도 없었다. 서경의 공사가 중지되었고, 그의 군사들이 하나씩 광군에 합류하고 있었다. 이미 왕식렴이 어쩔 수 없는 상황이 벌어지고 있었다.

"감히 너 같은 애송이가 황제가 되겠다?"

"그런 말은 아직 하지 않았습니다."

"네가 감히 내 허락 없이 황제가 될 수 있을 것 같으냐?"

"숙부님의 허락은 필요 없습니다. 그것은 고려의 황제가 결정하실 일이니까."

왕소 황자의 대구에 왕식렴이 허탈한 웃음을 터뜨렸다.

그의 눈에 왕소는 아직도 한참 어린 황자였다. 저주받은 황자라 궁에서 제대로 교육조차 받지 못하던 황자였다. 난세에도 황실의 일에는 별반 관심을 보이지 않던 왕소였다. 그런데 이제 와서 황제가 되겠다니.

"황제가 결정할 일? 조카는 황제의 자리가 어떤 곳인지 알고는 있는가?"

"한 가지는 분명 알고 있습니다. 고려의 황제는 오직 한 사람뿐입니다."

"흥. 황제 한 사람이 제국을 만들 수 있다고 생각하나?"

"물론 아닙니다. 하지만 황제보다 강한 종친이나 호족은 필요치 않습니다."

왕식렴의 질문에 황자는 단호하게 선언했다. 황제 한 사람이 제국을 만들지는 못할 것이다. 하지만 제국을 움직이는 가장 강력한 이는 오직 황제 한 명이어야 했다.

"제가 만드는 고려는 외척에게도, 황실의 종친에게도, 호족에게도 휘둘리지 않을 것입니다."

"그것이 될 것 같으냐."

엄숙하게 선언하는 왕소를 바라보며 왕식렴이 비웃듯 중얼거렸다.

"되게 할 겁니다."

"아직도 순진하구나. 난 나를 이리 핍박하기에 그래도 조금은 세상을 아는 줄 알았어."

왕식렴은 허탈한 웃음을 터뜨렸다. 이리 어린 녀석에게 당하고 있단 말인가. 지금의 고려는 종친과 호족들이 세웠다. 황실의 종친이 곧 호족이었고, 호족의 세력들이 공신들이었다. 고려의 모든 힘과 권력은 그들에게서 나오고 있었다. 그럼에도 불구하고 종친과 호족을 배제하고 고려를 이끌겠다니. 그야말로 철없는 치기가 아닐 수 없었다.

"그런 겁니까? 강한 고려를 만드는 일이 저 혼자만의 순진한 생각인 겁니까?"

"강한 고려는 만들 수 있겠지. 하지만 지금의 네 힘으로는 어림도 없어."

"저는 그렇게 생각 안 합니다. 아바마마가 삼국을 통일할 수 있을 거라고 숙부님은 처음부터 그리 생각하셨습니까?"

물론 아니었다. 삼국의 통일이라니.

돌아가신 형님마마도, 그리고 그 역시도 하루하루 살아남기에 급급해서 그런 원대한 꿈조차 꾸지 못할 때가 있었다. 견훤에게 수없이 죽을 뻔했으며 수많은 전장에서 쫓겨 다닐 때 어찌 언감생심 고려의 건국과 황제를 꿈꾸었겠는가.

왕 집정의 눈빛에 설마 하는 기색이 떠올랐고, 그런 숙부를 바라보며 황자는 천천히 고개를 끄덕였다. 절대 이루어지지 않을 거라고 생각한 일들 또한 사람의 열정과 노력으로 바꿀 수 있다는 것을 그는 알고 있었다.

"고개 숙일 것입니다. 하지만 지지 않을 것입니다. 기다릴 것입니다. 그래도 멈추지는 않을 것입니다. 이 조카는 그것이 백성을 위하는 길이고 그것이 하늘의 뜻이라 믿습니다."

하늘의 뜻. 황제의 자리는 하늘이 내리는 것이다. 이제야 얻은 깨달음에 왕 집정은 섬뜩한 얼굴로 왕소를 바라보았다. 하늘이 선택한 자는 바로 이 녀석이란 얘기인가.

"그래서 어찌하겠다는 것이지? 당장이라도 네 녀석이 날 베고 싶은 것이냐?"

"그럴 리가 있겠습니까. 숙부님께서 모든 것을 내려놓으시고 조용히 은거하시면 그것으로 될 일입니다. 다시 종친이라는 이름으로 황실의 일에 개입하지 마십시오."

"차라리 나를 베어라."

"불가합니다."

당장이라도 눈에서 불이 튀어나올 것 같은 표정으로 집정이 소리를 질렀지만 왕소가 간단하게 고개를 흔들었다.

"네놈이 나를 가지고 놀 생각이더냐."

"그럴 리가요. 저 역시 지금 숙부님을 제거해서 황실의 안정을 찾고 싶은 마음이 간절하지만 참고 있는 것입니다."

"그럼 내 손으로 자결이라도 하랴."

"그 역시 불가합니다."

왕식렴이 분노로 부들부들 떨면서 왕소를 주시했다. 당장이라도 허리춤의 검을 빼서 그의 목을 날려 버리고 싶은 표정이었다.

"거란이 호시탐탐 노리고 있습니다. 지금 숙부를 베면 군사들이 동요할 것입니다."

"뭐라?"

"그러니 숙부님께서도 조금 참으십시오. 그것이 황실 사람으로서 고려를 위해 마지막으로 할 수 있는 일이니."

왕소 황자의 진지한 이야기에 왕식렴이 멈칫한 표정으로 행동을 멈추었다.

"벌써 잊으셨는지 모르지만 아바마마와 함께 삼국을 통일한 이유가 무엇입니까? 강건한 고려를 만들기 위해서, 그 안에서 백성을 편히 살게 하기 위해서였을 거라 믿습니다. 그 옛날의 기억을 조금이라도 가지고 있다면 그 목숨이 아무리 구차해도 함부로 하지 마시기 바랍니다. 저 역시 그런 이유로 숙부님을 살려 두는 것입니다."

왕소가 나직하게 충고한 후 방을 나섰다.

연금. 이제 이곳에서 꼼짝도 하지 못하고 죽어 가리라. 하지만 그에게는 선택의 여지가 없었다. 당장 자결조차 할 수 없게 왕소는 그의 발목에, 그의 가슴에 쇠줄을 달아 놓았다. 그는 고려 제국의 장군이었고 고려 황실의 종친이었다. 당장 코앞에 적이 있는데 이대로 그들의 입에 고려를 내다 바칠 수는 없는 노릇이었다.

허허, 내가 호랑이 새끼를 몰라봤구나. 저 녀석이 위험하다고 생각했을 때 죽였어야 했는데. 왜 그러지 않았을꼬.

이미 되돌릴 수 없는 일이었지만 털썩 무너져 내린 왕 집정은 나직하게 자신을 추궁했다.

해체된 서경의 군대를 광군으로 흡수하는 일은 은천이 도맡았다. 다행히 숙부의 연금이 별다른 폭력 없이 진행된 탓에 서경 군대의 대부분은 상황이 어찌 돌아가는지도 모르고 순순히 광군으로 재편성되고 있었다. 이로써 숙부가 다시 일어서서 황실을 위협하는 일은 완전히 사라지게 된 것이다.

"이것이 끝이다."

숙부를 연금시키고 되돌아오던 왕소가 알 수 없는 말을 중얼거렸다.

"내가 살아 있는 세상에서는 종친이 황제를 위협하는 일은 다시 없게 할 것이다. 다시는 내 백성이 시장 바닥에서 사고팔리는 물건이 되게 하지는 않을 것이다."

"마마."

황자의 말을 이해한 은천이 목이 메어 무릎을 꿇었다. 이제 황자는 황제가 되어 가고 있었다. 황제 폐하의 중독이 심각하여 회복이 불가능하다는 것을 이미 알고 있는 마당에 지금 황자의 선언은 황제로서의 첫 맹세를 다짐하는 것이었다.

종친도 호족도 결코 황제 위에 군림하지 못할 것이며, 백성이 노예로 전락하는 일도 사라질 것이다. 분명 그가 황제가 되는 고려는 그렇게 될 것이다.

"가자. 개경으로."

말 위에 올라탄 왕소의 등 뒤로 아침 햇살이 눈부시게 떠오르고 있었다.

마침내 제국의 새로운 시대가 열리려 한다.

第28章

둘이 함께

나도 너뿐이다

　황제 폐하께 일이 마무리되었음을 알리는 전언을 보낸 황자가 개경으로 급하게 말을 몰았다. 뒤도 돌아보지 않고 달려 나가는 황자의 뒷모습을 보면서 그들도 슬며시 미소를 지었다.

　황자는 그럴 자격이 있었다.

　가장 소중한 사람을 다른 남자의 손에 맡겨 두고 이곳에 왔다. 차마 발이 떨어지지 않았을 거라는 건 말하지 않아도 알 수 있었다.

　보고 싶어 미칠 듯한 마음을 어찌 표현하겠는가.

　개경으로 향하는 왕소의 움직임은 급하기만 하였다.

　쉬지 않고 달려 드디어 여섯째 황자의 궁에 도착한 왕소는 달라진 주변 공기에 겨우 말을 멈추었다. 어느새 쫓아온 경도 말을 멈추었다.

　마주하는 두 사람의 눈빛이 똑같은 기미를 느끼고 긴장했다. 날카로운 검날의 기운이었다. 사병이 굳건하게 지키고 있는 여섯째의 궁에서는 절대 느낄 수 없는 검기였다.

후다닥 새들이 날아오르자 왕소와 경은 말을 재촉했다.

설마, 설마 아닐 것이다. 그리고 백묘가 있지 않은가. 또 왕욱이 있다. 그러니 걱정할 일은 없을 것이다. 그래야만 했다. 하지만 그들의 바람과는 달리 조용한 공기 중에는 불길한 기운만이 가득했다.

왕소가 서둘러 궁의 문을 들어서자마자 수십 명의 고수들이 백묘를 둘러싼 채 공격하고 있었다. 백묘는 지금 이들이 왜 이곳에서 자신을 붙들고 있는지 알고 있었다.

지금 아가씨는 별채에 혼자 남아 있다. 이들은 지금 시간을 버는 것이었다. 한시라도 빨리 이놈들을 제거하고 신율에게로 돌아가야만 하는 백묘의 공격이 매서워졌다.

"할멈, 이것이…… 도대체……."

"아가씨가…… 아가씨께서 혼자 계십니다."

때마침 나타난 왕소와 경을 바라보며 백묘가 날카롭게 소리쳤다. 백묘의 말이 채 끝나기도 전에 홱 하고 왕소가 말을 몰았다. 그 모습에 백묘는 나직하게 안도의 한숨을 내쉬며 눈앞의 상대를 바라보는 눈빛이 잔인해졌다.

이제 제대로 한번 해 보자꾸나. 너희는 절대 여기서 살아 나갈 수 없으리라.

신율은 자신에게 다가오는 검은 복면의 남자를 똑바로 바라보았다. 그녀가 아무리 무술에 문외한일지라도 복면 속에서 그녀를 노려보는 남자의 눈빛에 가득한 살기를 눈치채지 못할 정도는 아니었다.

오늘, 죽는구나. 하늘을 읽으면 뭐하겠는가. 한 치 앞의 내 미래도 읽지 못하는데. 신율은 쓴웃음을 지어 보였다.

"왜 이러는지 알아야겠습니다."

"그건 네가 알 필요 없다."

"왕소 황자 때문입니까? 아니면 황보부인 때문입니까?"

신율의 질문에 상대가 잠시 멈칫거리는 것이 느껴진다.

그렇다면 황보부인 때문이구나. 날 죽이라고 그녀가 보낸 자객인 것일까? 왕소 황자가 황제가 되면 황보부인은 황후가 될 것이다. 그리 약조하였으니. 그래서 내가 걸림돌이 된다 생각한 것일까?

아, 좀 더 생각했어야지. 그렇게 쉽게 그녀를 단념하지는 않을 것이라고 생각했어야 했는데 왕소의 일에 정신이 팔려 신율은 정작 자신의 일은 신경 쓰지 못하고 있었다.

신율은 이제 죽는 것이 억울했다.

이제 겨우 건강해졌는데.

이제 겨우 황자가 자유로워지려 하는데.

이제 함께할 수 있는데.

복면의 사내가 검을 꺼내 들자 신율은 눈을 꽉 감았다.

황자마마, 미안해요. 너무 힘들어하지 말기를. 너무 슬퍼하지 말기를.

"멈춰라."

"아가씨!"

천장이 무너지는 소리와 함께 들리는 목소리에 신율이 눈을 뜨자 왕소와 경이 어느새 그녀의 앞을 가로막고 있었다. 안도의 한숨이 저절로 튀어나왔다.

드디어 그가 왔구나. 그렇다면 서경에서의 일은 잘 마무리된 것이겠지. 아주 찰나의 순간이지만 두 사람은 서로의 무사함에 안도했다.

"괜찮아?"

"네…… 아마도요."

황자의 걱정 어린 시선에 신율은 고개를 끄덕이고 희미하게 미소를 지어 보였다. 그를 다시 볼 수 있어서 진심으로 기뻤다.

세상에서 단 한 사람. 그를 불안에 떨게 하고 약하게 하는 그녀가 괜찮다는 이야기에 눈꼬리가 부드러워진 것도 잠시, 왕소는 홱 하고 몸을 돌려 눈앞의 상대를 바라보았다. 온몸으로 분명히 느껴지는 검기에서 왕소는 그가 보기 드문 절정의 고수라는 것을 짐작할 수 있었다.

뜻밖의 상황에 세원은 복면 속에서 미간을 굳혔다. 일이 복잡하게 돌아가고 있었다. 어쩌면 이곳에서 살아 나갈 수 없을지도 모른다. 그의 걱정대로 황주가는 순식간에 시끄러워지고 사람들도 하나둘씩 모여들었다. 그 안에는 황보부인과 왕욱도 있었다.

큰일이었다. 세원은 손목에 힘을 실어 검을 다시 부여잡았다.

"이것이…… 이것이 어쩐 일인가?"

"그것을 왜 나한테 묻는 거지?"

달려 나온 왕욱의 질문에 왕소가 날카롭게 대꾸했다. 자신의 앞으로 다가오는 세원의 몸짓에 왕소 또한 검을 고쳐 잡았다.

세원을 향하는 황자의 눈빛이 무섭게 번뜩이고 있었다. 그것은 마치 광기 같았다.

"너였구나. 너로구나. 그날 밤 혜종 폐하의 침실에 든 자가. 나와 은천을 공격한 자가 너였구나."

왕소는 한눈에 적을 알아보았다. 그는 적을 찾아내기 위해 세상을 돌아다녔고, 적이 쓰는 검법을 찾아 사방을 헤매었다. 이제 그 상대가 눈앞에 있다. 그리고 황보부인도 왕욱도 복면 속의 사람을 알아보았다. 그는 세원이었다.

"어떻게 이런 일이."

왕욱은 혼잣말처럼 중얼거리다 홱 하고 누이인 황보부인을 바라보았다. 세원이 이러는 이유는 단 한 가지뿐이었다. 예상대로 황보부인은 자신의 감정을 전혀 감추지 못하고 있었다. 그리고 황보부인을 바라보는 세원의 눈빛 또한 어둡게 가라앉았다. 두 사람의 시선을 눈치챈 사람은 왕욱뿐만이 아니었다.

"이 사내였던 건가? 혼인 전날, 부인에게 도망가자 했던 사내가 이자였습니까? 그날 밤 부인이 원하던 사내가 이자였던 것입니까? 그래서 내게 칼을 들이밀고 나의 사람을 죽음으로 몰아댄 것이었습니까?"

혼인 전날을 이야기하는 왕소의 물음에 황보부인의 얼굴이 창백하게 변했다. 이 사람은 진작부터 알고 있었구나.

"공주마마는 아무것도 모른다."

황자의 추궁에 세원이 황보부인을 대신해 드디어 입을 열었다.

나직하고 힘이 실린 목소리. 그날 밤의 그 목소리가 이랬던가. 황자의 얼굴에 쓴웃음이 스쳤었다. 잘못된 인연이 결국 이렇게 만나는구나.

"공주마마를 겁박하지 말아라. 네 상대는 나다."

"네가 지금 다른 사람을 걱정할 때가 아닐 텐데."

왕소가 냉정하고 건조한 목소리로 대꾸했다.

황자의 검이 곧장 세원을 향해 날아갔다. 오늘에야말로 원수를 죽일 수 있을 것이다.

왕욱은 뜻밖의 상황에 미간을 모았다. 이것이 어찌 된 일이란 말인가. 왜 세원이 이 자리에 있으며, 왜 왕소가 세원을 죽이지 못해 안달하는 것이며, 왜 황보부인은 저리 전전긍긍해하는 것일까. 혼인 전날, 그때 도대체 무슨 일이 있었던 것일까.

아무도 그에게 대답을 해 주지 않은 채 왕소와 세원의 검기가 사방을 에워쌌다. 하지만 한눈에 봐도 왕소는 세원이 이길 수

344

있는 상대가 아니었다. 왕소의 내공과 검술 실력은 주변을 압도할 만큼 놀라웠다. 이런 솜씨를 어떻게 지금까지 감추고 살았는지 그것이 더 놀라울 지경이었다.

왕욱은 그제야 깨달았다. 왕소와 제대로 맞붙는 날이 온다면 그는 절대 살아남을 수 없으리란 사실을. 또한 세원이 아무리 서경에서 숙부의 총애를 받을 정도로 특별한 능력을 지닌 사내라 할지라도 왕소의 실력을 이길 수는 없으리란 사실도.

검의 날이 부딪히면서 소름 끼치는 날카로운 쇳소리가 사방에 울려 퍼졌다. 그것도 잠시, 왕욱의 예상대로 한 발, 두 발 세원의 검세가 왕소에게 장악당하기 시작했다. 이제 반 치만 더 들어서면 세원은 이 세상 사람이 아닐 것이다.

차마 친구의 죽음을 바라볼 수 없었던 왕욱이 눈을 감으려 할 때 황보부인이 세원의 앞을 가로막았다. 아차 하면 그대로 죽을 수 있는 상황에서 왕소가 자신의 검을 회수했다. 그 모습을 보고 있던 왕욱의 눈빛이 다시 커졌다. 이미 펼쳐진 살수를 거두어들이다니 그야말로 대단한 능력이었다.

"비키세요, 부인."

"나으리, 이 사람을 살려 주세요."

어떤 일에도 흔들리지 않았던 그 오만하던 황보부인이 왕소에게 허리를 숙이고 사정하고 나섰지만 왕소의 얼굴은 더 굳어질 따름이었다.

"살려 달라니? 그렇게는 못 합니다."

"나으리."

황보가 그의 앞에서 무릎을 꿇었다. 그러자 왕욱은 물론 왕소 또한 놀라지 않을 수 없었다.

이 여인이 이런 일도 할 줄 아는 사람이었구나. 그 누구의 앞에서도 머리를 숙여 본 적이 없는 그녀가 사랑하는 사람을 위해서 고개를 조아리고 무릎을 꿇었다. 이렇게 은애하면서 어찌해서 그런 혼인을 수락했단 말인가. 무슨 일로 잘못된 인연을 엮었단 말인가. 이미 때는 늦어 버렸다.

"공주마마!"

"누님!"

"차라리 제 목숨을 가져가세요. 그러니 이 사람만은……."

"불가하오."

왕소는 단호하게 고개를 흔들었다. 저 사내가 저지른 일이 어떤 의미인지 황보부인은 절대 이해하지 못할 것이다.

저 사내로 인하여 황제 폐하이신 그의 형님들이 겁박당하였다.

저 사내로 인하여 나의 여인이 죽을 뻔했다. 내 한목숨 가져가려 하는 일이라면 참았을지도 몰랐다. 하지만 다시 그로 인하여 그의 사람들이 다치게 하는 일은 만들지 않을 것이다.

"차라리 처음부터 혼인은 못 한다 하시지 그랬소? 아니면 헤어지자 하시던지. 그랬다면 나도 잡지는 않았을 터인데."

"저는 황실의 공주입니다."

고개 숙이고 있던 황보가 뺏뺏하게 등을 펴고 황자를 주시했다. 당신도 알지 않느냐고. 황실에서 태어난 것이 무슨 의미인지. 하지만 왕소의 표정은 더욱 건조해졌다.

"그래서? 황실의 공주가 무엇인데? 겨우 가문의 간자 노릇을 하면서 아무렇지도 않게 사람을 죽이는 것이 공주인가? 당신 사람은 귀하고 내 사람은 사람이 아니더이까?"

"전부 제가 원했던 일은 아닙니다."

"천만에. 이 모든 일은 전부 부인이 선택한 일이오."

왕소의 노골적인 비웃음에 황보부인의 얼굴이 창백해졌다. 왕소는 세원을 살려 둘 마음 따위는 아예 없는 모양이었다. 하지만 이대로 그를 죽게 할 수는 없었다.

"비키시오."

"나으리……."

"함께 베어 드릴까요."

"넷째 형님, 그것은 안 됩니다."

기겁을 한 왕욱이 고개를 흔들며 개입했다. 누가 뭐래도 황보부인은 그의 누이였고, 고려의 공주였다. 이대로, 이런 일로 그녀를 죽게 할 수는 없었다. 왕욱의 표정은 단호했고 신율 또한 고개를 흔들었다. 지금 황보부인을 죽인다면 황주 가문과 또 다른 전쟁을 치러야 할 것이다. 왕소는 이를 악물고 검을 접었다.

"부인, 황실에서 태어난 걸 감사하세요. 이 자리에서 감히 황실의 공주를 내 손으로 벨 수는 없으니."

"나으리, 감사합니다."

경황이 없는 가운데 그의 용서가 자신과 세원을 향한 것이라 생각한 황보부인의 얼굴에 핏기가 돌았지만 왕욱과 세원은 아니었다.

왕소는 절대 황보부인도, 세원도 용서한 것이 아니었다. 다만 황보부인의 목숨을 빼앗지 않은 것뿐이었다. 세원은 결코 살아 남을 수 없으리라.

"감사할 거 없소. 용서한 것이 아니니."

그렇게 말하고 왕소는 세원을 바라보았다.

"너, 네 손으로 죽거라. 아니면 내가 지금 당장이라도 네 주인인 숙부를 죽이고 황주를 풍비박산 내고 말 터이니."

그것은 무시무시한 경고였고, 또한 절대 단순한 경고만으로 끝나지 않을 것임을 이야기하고 있었다.

가문의 몰살. 황자는 지금 그것을 경고한 것이다.

"나으리!"

"왜, 못할 거 같은가? 나를 부추기지 마시오. 이것이 내가 베풀 수 있는 마지막 자비이니."

황자의 매서운 단언에 황보부인은 그 자리에서 그대로 실신하였지만 왕소는 시선조차 돌리지 않은 채 신율의 손목을 잡고 그곳을 떠났다.

실신한 황보부인과 왕욱은 세원이 어떤 선택을 할지 그 결과를 이미 알고 있었다. 분명 가문을 위한, 그리고 그녀를 위한 마지막 일을 할 것이다. 남겨진 왕욱 황자의 얼굴도 무섭게 굳어졌다. 이제 어찌하여야 한단 말인가. 이로써 황보 가문은 왕소가 황제로 있는 내내 숨죽이며 살아야 할 것이다.

　　🦋

　얼굴이 하얗게 질려 있던 신율은 금세 기력을 되찾았지만 표정만은 심각했다. 잘못하다간 충주와 황주가 전쟁을 치르게 될지도 모를 일이었다.

　"그들을 죽여서는 안 됩니다. 황주가에서 숙부님을 돕지 않았다는 사실을 잊으셨어요?"

　"잊지 않았다. 그러니 네가 걱정하지 않아도 된다."

　"걱정이 되는데요. 형님은 중요한 것들을 잊지 않는 분이라서. 거기다 융통성은 아예 없고."

　신율의 한숨에 왕소의 눈썹이 치켜 올라갔다.

　"지금 융통성이 중요한 것이 아니다. 그보다 훨씬 더 중요한 일이 남아 있어."

　"뭔데요?"

　"한 번쯤 생각해 보겠느냐? 황궁에서 사는 것 말이다."

　황자의 진지한 질문의 의미를 알아차린 신율은 천천히 고개를 흔들 수밖에 없었다.

　"됐다. 그럼 나도 상관없다."

　황자는 그럴 줄 알았다는 듯 순순히 고개를 끄덕였지만 신율은 아니었다. 상관없다니, 그에게는 결코 무관할 수 없는 일이었다.

"형님! 마마! 그래서는 절대 안 되거든요."

"너 없는 황궁은 나에게도 필요 없다. 어차피 황제가 되고 싶은 욕심은 처음부터 없었어. 나 아니어도 할 사람은 많다."

정말이지 아무 미련이 없어 보이는 황자의 대답에 신율은 살짝 인상을 썼다. 그것은 참으로 바보 같은 이야기였다. 황자는 무엇 때문에 두 명의 형님이, 황제 폐하가 그렇게 고단한 삶을 살았는지 잊은 듯하였다.

"제가 있으면 황실은 더욱 어지러워질 것입니다. 아시잖아요."

물론 알고 있다. 이번 기회를 놓친 황주와 다른 호족들은 신율을 황후로 삼는 것조차 인정하지 않을 것이다. 게다가 황주 가문이 비록 숨죽이고 있다 하여도 황보부인을 내칠 수는 없는 노릇이었다. 또한 황제의 힘으로 그녀가 비(妃)가 되었다 해도 황제가 신율을 보호하는 일에는 한계가 있을 것이 분명하였다.

황제를 노리는 모든 이들은 그녀를 죽이는 일에 급급할 것이다. 신율은 황제의 유일한 약점이었다. 외척의 도움을 받을 수 없는 그녀가 황실에서 살아가는 것은 두 사람에게 도움이 되는 일이 아니었다.

"그거 아십니까? 황제가 되고 싶어 하는 황자마마들이 많으신 것처럼 숙부님이 아니었어도 그 역할을 대신할 사람은 많다는 것을? 지금 황자마마가 모른 척하신다면 지난 몇 년간 있었던 일들이 다시 일어날 것입니다. 그래도 괜찮으시겠습니까?"

신율의 지적에 황자의 얼굴이 대번에 굳어졌다.

그랬다. 숙부의 세력이 조금 무너져 내렸다고 해서 세상이 바뀐 것은 아니었다. 각지의 호족들은 여전히 호시탐탐 기회를 노리고 있었고 수많은 황자들 또한 그랬다.

"여인 한 명 때문에 제국의 백성들을 모른 척하지 마세요."

"그 여인 한 명이 나에게는 전부인데 어쩌랴. 너는 나 없이 숨 쉴 수 있는가? 나는 너 없이 사는 것이 의미가 없다."

신율이 뭐라 대답하기 전에 왕소는 자신의 질문에 스스로 답하였다.

지금껏 진심으로 갖고 싶은 것, 원하는 것은 단 하나였다. 신율이라는 이 여인. 누구도, 그 어떤 것도 그녀를 대신할 수 없다는 것을 어떻게 알려 주어야 하는 것일까.

"제가 죽는 것보다 나을 텐데요."

"참 독한 소리를 고운 입으로 잘도 내뱉는구나."

"그게 현실이니까요."

빙긋 웃는 신율이 더 원망스러워진 황자의 눈빛이 서운함으로 일렁인다. 그녀의 대답이 틀리지 않아 더 마음이 아프다. 힘들더라도, 아프더라도, 혹은 거짓이라도 그의 옆에 있어 주겠다 하지 않는 그녀가 서운했다.

"그렇게 안 봤는데, 너 생각보다 독하구나."

왕소가 한숨처럼 중얼거렸지만 신율은 그저 쓸쓸하게 미소 지을 수밖에 없었다. 그녀라고 왜 그의 옆에 함께 있고 싶지 않을까. 누구보다 그의 곁에 함께 있고 싶었다. 하지만 그는 황자였다. 그것도 앞으로 황제가 될. 그를 위해 기꺼이 목숨을 바친 사람들이 있었다. 그리고 황자가 지켜야 할 백성들이 있었다. 그들 때문이라도 황자는 절대 그녀를 선택할 수 없을 것이다.

신율은 누구보다 현실을 직시하고 있었다.

"그것은 형님이 할 소리가 아닙니다. 제가 해야지."

"무슨 소리냐? 내가 너보다 독하다고?"

황자가 도저히 인정할 수 없다는 듯 눈썹을 치켜 올렸다.

"개봉에서 그렇게 혼인을 하고 마마를 꽤 오래 찾아다녔습니다. 마마는 그 사이를 못 참고 혼인을 두 번이나 하였지만 말입니다."

"그거야 국혼이었어. 황명!"

뜬금없고 갑작스러운 예전 이야기에 당황한 왕소는 변명 아닌 변명을 해야 했다. 그로서는 어쩔 수 없는 국혼이지 않았는가. 아니 갑자기 왜 그 예전 이야기를 꺼내는가.

"아예 싹 잊으신 것은 어쩌구요."

"그거야…… 약속이지 않았는가. 잊기로 했잖아."

"거 봐요. 그러니까 마마가 저보다 훨씬 독한 겁니다. 아무리 가짜라 해도 혼인이란 게 잊으란다고 그렇게 싹 잊을 수 있는 약속이 아니거든요."

또박또박 야무지게 말하고는 있지만 말 사이사이에 서운함이 뚝뚝 넘치는 그녀의 질책에 황자는 딱히 둘러댈 만한 말이 떠오르지 않았다. 지금까지 야속한 사람은 분명 그녀였는데 어째 지금은 그가 죽을죄를 지은 기분이었다.

"아무튼 말은 참 잘한다. 말로는 널 이길 수가 없어."

"그러니까 이번에는 마마가 절 찾아오세요."

잠시 혀를 차던 황자는 신율의 요구에 눈이 커졌다.

"제가 몇 년간 찾아다녔으니 이제는 황자마마가 그리하셔야 공평하지요. 기다리고 있겠습니다."

더없이 진지한 신율의 제안에 한참 동안이나 생각에 잠겨 있던 황자는 피식 하고 낮게 미소를 지어 보였다.

"내가 황제가 되어도, 넌 여전히 내 여인일 것이다. 황제로서 혼인은 못 하더라도 네 사내가 되어 너와 함께할 것이다."

"제가 궁에 머무르지 않아도?"

"네가 궁에, 내 곁에 있다면 정말 좋겠지. 하지만 네가 숨 쉬며 나를 기다리고 있는 것만으로도 참을 수 있다."

그것은 진심이었다. 그녀가 숨을 멈췄다고 생각했을 때, 그녀를 다시 볼 수 없다고 생각했을 때, 그것으로 세상이 끝나는 줄 알았다. 살아 있다면, 그래서 함께할 수 있다면, 이렇게 안을 수 있다면 그것만으로 만족할 수 있을 것이다.

"뭐, 황자마마가 참을 수 있다면…… 저도 한번 해 보지요."

"해 본다? 어째 말에 성의가 없구나."

황자가 통통거리자 신율이 작게 웃음을 감췄다.

"다시 말해 봐라. 너도 나처럼 참을 수 있는가?"

대답은 알고 있었다. 당연히 그녀 역시 그럴 것이다. 말하지 않아도 그는 알고 있었다. 아주 진작부터 그녀가 그와 같은 마음이라는 것을. 태어날 때부터 이렇게 될 인연이라는 것을.

"저는 마마가 저를 생각하며 그리워하는 것만으로도 견딜 수 있을 것 같습니다."

신율의 말에 황자가 그제야 만족한 듯 웃어 보였다.

그런 것이다. 천하에 지기가 있음을 알면 하늘 끝도 이웃과 같은 것이니(海內存知己 天涯若比隣) 함께 살아 있다는 것만으로 만족해야겠지. 황자도 신율도 꾹꾹 자신을 내리눌렀다. 그래야만 했다. 무엇보다 지금은 두 사람의 미래를 걱정할 때가 아니었다. 그들을 둘러싼 세상이 미친 듯이 빠르게, 그리고 혼란스럽게 움직이고 있었다.

황제 폐하가 앓아누운 지 넉 달. 그사이 분을 참지 못한 숙부 왕식렴이 세상을 떴다. 그리고 두 달 후에 황제의 병세는 걷잡을 수 없이 나빠지기 시작했다. 결국 제석원으로 옮긴 황제 폐하는 동복의 넷째 황자 왕소에게 황위를 양위하시고 붕어하셨다.

제국은 이제 새로운 황제를 맞이했다.

황제의 나이 이제 25세. 젊고 새로운 황제가 등극한 것이다. 하지만 새 황제가 등극하였다고 해서 세상이 하루아침에 바뀌는 일은 전혀 없었다. 어찌 그렇지 않겠는가. 하룻밤 자고 일어났다고 해서 무엇이 변할 수 있겠는가.

"뭐 하나 내 마음대로 되는 일이 없구나. 호족은 여전히 강하고 공신들의 요구는 끊임이 없소."

"그럼 처음부터 황제 뜻대로 될 거라 생각하셨습니까? 그랬다면 선황 폐하께서 그리 고생하실 일은 없었을 겁니다."

"그래도 이 정도일 거라고는 생각하지 못했다."

황제가 된 왕소가 깊은 한숨을 내쉬었다.

황제는 책이 가득 쌓여 있는 서고에서 책을 베개 삼아 누워 있고, 신율은 그 옆에서 책장을 펼치고 있었다. 그러나 황제는 잠들지 않았고 신율은 책장을 넘기지 않고 있었다. 두 사람은 그저 눈빛을 마주치면서 미소를 나누고 걱정을 이야기하고 생각을 전하고 있는 중이었다. 황궁의 서고는 신율이 넓은 황궁에서 유일하게 머무는 곳이었다.

"그리 걱정할 일이 아니옵니다."

황제가 쓰게 웃었지만 신율은 그리 심각한 눈빛이 아니었다.

"너도 알고 있지 않아. 형님들께서 자신의 핏줄을 황제로 세우려는 외척과 호족들로 인해 얼마나 괴롭힘을 당했는지."

"마마는 아니 그럴 것입니다."

"그것도 천문에 나와 있느냐?"

삐딱하기만 한 황제의 물음에 신율이 고개를 흔들었다.

"아니요. 그건…… 그냥도 알 수 있는 일입니다. 왕후장상이라도 피할 수 없는 것이 세월이니까요."

"세월? 세월이라……."

황제가 벌떡 일어나 신율과 어깨를 나란히 마주하고 앉았다.

"長江後浪推前浪(장강후랑추전랑)이라 했습니다. 양자강의 앞물은 흘러가기 마련입니다. 달이 차면 기울고 새로 시작하기 마련이지요. 이제 곧 새로운 시대가 올 것입니다."

그렇게 생각하면 지금 고려의 새로운 황제가 된 왕소는 운이 좋은 것이리라. 선황의 강력한 공신들은 삼국을 통일하다 전사하였고 살아남은 자들은 그 후로 두 명의 황자의 난을 겪으면서 사라졌다. 그리고 이제 시간이 흐르고 있지 않은가.

"그럼 난 무얼 해야 하는 거지?"

"지금처럼 기다리셔야죠. 참고 기다리셔야 할 것입니다."

"참고 기다리라."

참으로 태평한 대답에 '끙' 하고 낮게 신음을 삼킨 황제였다.

"때가 올 것입니다. 그리고 그때가 되면 부디 자비를 베푸세요."

"자비라…… 도대체 왜 내가 저들에게 부처님의 자비를 베풀어야 하는지 모르겠군."

황제가 입을 거칠게 비틀며 대꾸했다. 백성이 노비가 되고 호족들이 그들 위에서 군림한 지가 벌써 몇 년째인가. 그런데 황제가 된 그는 여전히 아무것도 해 줄 수가 없었다. 누가 그에게 만인지상이라 하는 건가. 이대로 그가 참는다면 전쟁은 다시 일어나지 않겠지만 고려의 백성들은 전부 노예가 될 판이었다.

"내일모레 떠나는 것이지?"

서운함이 뚝뚝 묻어나는 황제의 말에 신율이 살짝 미소 지었다. 그녀는 이제 개경을 떠나 서경에서 자리를 잡을 계획이었다. 상단의 본체는 이미 서경으로 옮겨 가 새로운 객잔을 만들어 움직이고 있었다.

"황제 같은 것이 될 것이 아니라 그냥 네 옆에 있었어야 했어."

참을 수 있을 것이라 생각하고 약속했었지만 그녀가 그의 곁을 떠난다는 것을 받아들이는 일은 쉽지 않은 일이었다. 황제가 신율을 서경으로 보내는 이유는 오직 하나였다. 그녀가 계속하여 개경에 머무르게 된다면 호시탐탐 기회를 노리고 있는 호족들이 무슨 수를 써서라도 그녀를 역모로 엮을지 모른다는 불안감 때문이었다. 만에 하나 황제가 그의 손으로 신율을 죽여야 하는 일이 벌어지는 것보다는 비록 몸은 떨어져 있어도 그녀가 같은 하늘 아래 숨 쉬고 있는 것이 나았다.

"서경에 자주 갈 것이다."

"개경에 자주 오지는 못할 것입니다."

참 야박하다. 심기 불편한 황제가 슬쩍 눈을 흘겼지만 그녀는 익숙한 듯 생글거리기만 한다.

"아프지 마라."

"강건하세요."

"한눈팔지도 말고."

"불공평합니다."

황제의 주문에 신율이 발끈하여 인상을 썼다.

"왜?"

"폐하는 도처에 여인인데 저에게만 한눈팔지 말라 하면 안 되는 거지요."

신율이 입을 비죽이자 호탕한 웃음을 터뜨릴 것이라 생각했던 황제의 표정이 대번에 굳어지고 팩 토라진 그녀의 얼굴을 잡아 자신의 시선에 가두었다.

"미안하지만, 나도 너뿐이다."

"그래서 안 된다는 겁니다. 형님께서 황제 폐하라는 사실을 잊으셨습니까?"

"그것은 네가 걱정할 일이 아니야."

"걱정됩니다. 후사가 없으면 다른 황자마마들이 폐하의 자리를 노리고 덤빌 것입니다."

그녀가 낮은 목소리로 중얼거렸다. 황제에게 후사가 없는 일이 결국에는 어떤 결과를 초래하는지 황제도 알고 있고 신율도 알고 있는 일이었다. 언제까지 황제가 혼자일 수는 없는 노릇이다.

"네가 먼저 내 아이를 낳는다면 황실의 후사도 생각해 보마."

황제는 모른 척 그녀에게 졸라 보았다.

"제 아이는 절대 궁에서 키우지 않을 것입니다."

"낳아 주기는 할 것인가?"

"제 맘대로 할 수 있는 일이라면요."

신율이 진심으로 대답했다. 할 수만 있다면 꼭 그렇게 하고 싶었다.

이제 황제가 되어 버린 그와 평생을 함께하지 못할지도 모를 일이었다. 평생 그의 옆에 있는 여인은 그녀가 아닌 다른 여인일 것이다. 그렇다면 그의 아이만큼은 그녀가 처음으로 낳고 싶었다. 그럼 투기하는 마음이라도 잠시 감출 수 있을 테니. 그리워하는 마음은 달랠 수 있을지도 모르니.

"아무도 내가 황제가 될 것이라 생각하지 못했다. 그러니 앞으로도 우리가 미처 생각지 못한 소원들이 이루어질 것이야."

신율의 마음을 읽어 버린 황제가 나직하게 말했다.

누가 짐작이나 했겠는가. 저주받아 버림받은 황자가 고려 제국의 황제가 되다니.

신율은 황제의 말에 조용히 고개를 끄덕였다.

"보고 싶어서 미칠 거 같을 거야."

절대 하늘 끝이 이웃이 될 리는 없을 것이다. 그립고, 그립고, 또 그리울 것이 분명했다.

"내내 폐하를 기다릴 거 같습니다."

신율이 조용한 목소리 말했다. 나를 잊을까 두려워 밤잠도 설칠 것이다. 다른 여인과 함께일지도 모를 황제 생각에 속 태울 것이다. 지나가는 바람에도 그의 기척일까 조바심할 것이다. 이런 마음을 그는 모를 것이다.

"그랬으면 좋겠다. 내 생각만 하고, 나만 좋아하고 나만 기다려라."

"폐하는 그러시면 안 된다고 말하고 싶은데…… 오늘만큼은 저 역시 그랬으면 좋겠습니다."

마주 보는 두 사람의 눈빛이 애틋했다. 황제가 고개를 숙여 신율의 입술을 찾았다. 이 깊은 밤, 잠시라도 함께 있을 수 있다는 사실에 감사하며 그들의 입맞춤이 깊어졌다.

황제의 여인은 서경으로 떠났고, 그 후로 황제는 훈요십조를 핑계로 꽤나 자주 서경을 들락거렸다. 그리고 꽤나 긴 잠행을 다녀온 황제는 잠시 동안은 보기 드문 미소를 보여 주곤 하였다.

그리고 마침내 황제가 즉위한 지 7년째. 조용하고 느긋하기만 해 보였던 황제는 전쟁과 가난으로 인해 어쩔 수 없이 노비가 될 수밖에 없었던 고려의 백성들을 호족으로부터 해방시켰고 과거를 통하여 새로운 인재를 과감하게 받아들였다. 수많은 반발에도 불구하고 오랜 시간을 참고 인내하던 황제는 자신이 꿈꾸는 위대한 제국을 건설해 나가는 데 조금도 주저함이 없었다.

젊은 황제는 누구보다 강하였으며 흔들리지 않았다.

반석 위의 가벼운 돌이었던 어린 황자는 이제 단단한 기반 위에 제국을 세워 나가는 강력한 황제가 되었다.

새로운 제국의 역사가 그렇게 시작되었다.

에필로그

내내 그리워했어요

　상단 주인의 남편이 드디어 중원에서 도착한 모양이었다. 오랜만에 바깥주인을 맞이한 상단의 내부는 꽤나 들떠 있었고 번잡스러웠다.

　"참으로 한가한 모양이네. 떠난 지가 얼마나 됐다고 또 이곳에 들렀을까. 어쩌다 저런 분과 혼인을 하셔서."

　"처음부터 그이를 보쌈해 온 사람은 할멈이었어."

　"그러게 말입니다. 하도 급해서 이 사람 저 사람 가릴 수 없다 보니 그런 실수를 했습니다."

　"할멈이 한 실수 중 가장 좋은 일이었는걸."

　툴툴거리는 백묘를 향해 신율이 빙긋 웃어 보였다.

　"뭐, 저도 그것은 그렇다 생각합니다. 황제 폐하만 아니었다면 더 좋았을 텐데."

　"괜찮아. 하나쯤은 부족한 것도 있어야지 뭐."

　사실 백묘의 기준으로 볼 때 부족한 것은 더없이 많은 양반이었지만 자신의 주인이 그를 좋아하니 그냥 고개를 끄덕일 수밖에 없었다.

"그나저나 또 객잔은 문을 닫아걸어야겠습니다."

이곳 상단 사람들은 신율의 측근을 제외하고는 왕소의 신분을 제대로 알지 못한다. 그저 중원을 오가는 장사치이거니 생각하고 있었다. 황제가 들르는 곳에 무릇 사람을 많이 들일 수 없는 법이라 왕소가 신율을 찾게 되면 객잔은 모든 영업을 중지하는 것이 일상이었다.

"그럼 또 그이가 성격 고약한 사람이라고 소문이 나겠구나."

"별다른 핑계가 없으니 어쩌겠습니까."

"괜찮아. 뭐, 하나쯤은 그 사람도 감수해야지."

잠시 하얀 이마를 찡그리던 신율이 금방 고개를 끄덕이며 배시시 웃어 보인다.

세간에서는 객잔이 문을 닫아거는 이유가 모두 바깥주인의 괴팍한 성격 탓이라고 알고 있었다. 바깥주인이라는 자가 워낙에 질투와 시기가 심하여 객잔에 오는 사내들을 하나같이 의혹의 눈초리로 바라보는 바람에 아예 객잔의 문조차 열 수 없다는 소문이 파다하였다.

"그 정도는 얼마든지 감수할 수 있어. 질투와 시기가 심한 건 소문이 아니라 진짜니까."

문가에서 들려오는 왕소의 목소리에 신율이 홱 하고 고개를 돌리자 그가 그녀를 향해 환히 웃었다. 신율의 얼굴에 금세 햇살 같은 미소가 가득해지고 왕소의 발걸음이 빨라졌다.

백묘는 조용히 두 사람을 위해 몸을 피했다. 이제 객잔의 문을 닫아야 할 시간이 된 것이다.

낡아 빠진 가죽으로 덧댄 검은 포를 벗어던진 왕소는 자신에게 다가오는 신율을 순식간에 커다란 품에 꼭 끌어안았다. 신율 또한 그의 가슴에 안긴 채 허리에 팔을 두르고 더 가까이 안겨 들었다.

"배가 이제는 제법 부른 거 같구나."

"네. 조금 있으면 배불뚝이가 되어 형님 품에 제대로 안기지도 못할 것 같은데요."

"또 형님이란다."

몸을 조금 떼어 낸 왕소가 혀를 찼지만 신율을 바라보는 눈빛에는 애정만이 가득했다. 그녀는 점점 더 고와지고 있었다. 아이를 갖고 난 후부터 신율은 봄날의 목단 꽃처럼 화사해지고 있었다.

"전 좋은데요. 세상에 어떤 여인이 형님인 황제 폐하를 남편으로 두겠습니까?"

"그렇구나. 날 형님으로 부르는 여인은 너뿐이니."

"그렇다니까요."

신율이 고개를 끄덕이며 살포시 웃어 보였다. 그러자 황제의 입가에도 미소가 지나갔다.

요 조그만 얼굴과 동그란 입술, 맑은 눈빛을 지닌 그녀가 무척이나 보고 싶었다. 또 그녀를 닮은 아이는 얼마나 예쁠 것인가. 문득 황제는 눈앞의 고운 여인을 쏙 빼닮은 어린 여자아이가 욕심났다.

"그런데 이렇게 자주 오셔도 되는 것인가요?"

"상관없다. 서로 좋은 것이니. 내가 개경에 있으면 그들도 움직이기 불편하고 나도 그들을 참기 어려우니."

왕소는 희미하게 미소 짓고 있었지만 그 눈빛에는 서늘함이 가득했다.

생각 같아서는 당장이라도 황제 위에 군림하고 있는 그것들을 단칼에 베어 버리고 싶었지만 지금은 참아야 할 때였다. 새로이 황제가 된 왕소는 생각보다 충주나 평산, 청주 등의 다른 호족들과 좋은 관계를 유지하고 있었다. 공신들과 호족들이 하는 일에 트집을 잡는 일도 없었고 딴죽을 거는 일 또한 없었다. 정치에는 별반 관심을 보이지 않는 듯한 황제는 뻑하면 서경으로 긴 잠행을 나가기까지 하였다. 그것을 말릴 이유가 없었다. 황후와 사이가 좋지 않아 후계자가 없는 것도 그들의 마음에 드는 일이었지만, 무엇보다 황제가 없는 개경에서 그들은 마음 대로 제국을 흔들 수 있었다. 사실 황제가 개경에 있어도 그는 그저 정관정요(貞觀政要)를 읽으면서 시간을 보내기 일쑤였다.

황제가 협조적으로 나오기 시작하자 그들은 내심 쾌재를 부르며 황제의 등 뒤에서 세상을 제 뜻대로 움직이고 있었다.

'네놈들의 세상이 얼마 안 남았으니 지금 충분히 누리거라.'

그런 그들을 바라보며 황제는 낮게 비웃었다. 그는 결코 바보가 아니었다. 형님이셨던 두 분의 황제가 공신과 호족들에게 어떻게 죽임을 당하였는지를 두 눈으로 똑바로 봤고, 그들과 맞서 싸워 왔다. 숙부의 세력을 잠재웠다고 해서 제국 전체의 호족들을 상대로 싸워 이길 수 없다는 것을 누구보다 잘 알고 있었다. 신율의 말대로 오늘의 이 치욕은 분명 시간이 해결하여 줄 것이다. 재위 2년째, 황제는 무던한 인내심과 더없는 자제력을 발휘하며 호족과 공신들의 행태를 차가운 시선으로 지켜보고 있었다.

"그들이 나의 인내심을 시험하고 있다."

"지금은 참으셔야 합니다."

"알고 있어. 그래서 힘들다."

고려의 백성은 지금도 노비가 되어 가고 있었고, 그들을 착취하는 자들은 다름 아닌 호족과 공신들이었다.

그런 황제를 바라보며 신율은 나직하게 한숨을 삼켰다. 황제는 결코 그들을 용서치 않을 것이다.

"곽 장군을 기억하십니까?"

"곽 장군이 누구지?"

"저랑 혼인할 뻔한 사내였습니다."

"세상천지에 너랑 혼인할 사내는 한 명도 없다."

왕소가 발끈해서 인상을 쓰자 신율이 피식 하고 웃어 보였다. 황제는 곽 장군이 어떤 놈인지 모르지만 당장이라도 잡아넬 기색이었다.

"당신이 잡아넣을 수 있는 사내가 아닌데요."

"그건 걱정 말고 누군지 얘기나 해. 잡아넣는 건 내가 알아서할 터이니."

왕소가 잔뜩 인상을 쓴 채로 닦달했다. 정말이지 그는 지금당장이라도 황제의 명을 내릴 기세였다. 아니 황제의 명 따위는필요도 없이 그가 손수 몸을 움직일지도 모를 일이었다. 그의말대로 질투와 시기가 심하다는 것은 그저 헛된 소문만은 아닌모양이었다.

"한의 은제(隱帝)가 죽임을 당하였다 합니다. 아마도 개봉을중심으로 새로운 제국이 생길 듯합니다."

"그것과 곽 장군이란 녀석이 무슨 상관인데?"

"새로운 제국의 주인이 곽 장군이 될 듯하거든요."

차근차근한 신율의 대답에 황제의 미간에 작은 골이 생겼다.중원이 좀처럼 진정되지 않고 있었다. 그것은 고려에게는 기회이기도 하였고 위기이기도 하였다.

"그런데 네가 그 녀석을 어떻게 아는 거지?"

"나으리도 아시는 사람입니다."

"내가?"

"한 번 보셨을걸요. 개봉에서 우리가 그 가짜 혼인을 하였을 때."

아, 그렇다. 분명 신율과 혼인하겠다고 천하를 논하던 사내는 곽 장군이라 불렸었다. 그런데 그가 중원의 주인이 된다고? 왕소의 미간이 생각으로 모아졌다.

"그럼 그때 죽였어야 했나?"

"어차피 제가 혼인한 사람은 형님인데 뭐하러 죽이기까지."

심각한 황제의 혼잣말에 신율은 실소를 멈출 수 없었다. 이 사람의 소유욕은 그가 황제가 되었건 아니건 변함이 없었다.

"곽 장군이 중요한 게 아니라…… 그의 양아들은 아마 마마께 분명 도움이 될 것입니다."

"양아들?"

"몇 번인가 만난 기억이 있습니다. 현명한 사람이에요. 지금 그가 데리고 있는 사람들과 교류를 하시면 분명 도움이 되실 것입니다. 아마도 마마와 같은 고민을 하고 있을 터이니까요."

어느 누구도 혼자 힘으로 제국을 세울 수는 없는 노릇이었다. 그리고 그 제국을 만들기 위해서는 분명 없애야 할 것과 새로 만들어야 할 것이 필요했다. 그것을 어떻게 없애고 어떻게 만드는지를 황제는 무던히도 고민하고 있었다. 새로운 사람들로 예전 사람들을 견제하고, 호족의 사병이나 노비가 아닌 황제의 백성들로 가득 찬 세상을 만드는 일에 분명 그들은 도움이 될 것이다.

"상단에도 인연이 닿는 사람이 있으니 조만간 그들과 시간을 만들겠습니다."

"그게 중요한가?"

"중요하죠. 제국의 앞날을 걱정하는 것이 황제 폐하의 일이잖아요."

"넌 도대체 내가 왜 여기까지 왔다고 생각하는데?"

진지한 눈빛으로 조곤조곤 앞으로의 일을 설명하고 있는 신율을 빤히 바라보던 왕소가 한숨을 내쉬었다.

"당연히 저 때문이겠지요."

"그래. 너 때문에 이곳까지 온 나를 두고, 넌 남의 나라에 있는 사내 얘기를 하고 싶은가?"

"그거야 황제……."

"나와 있을 때는 나한테만 집중하거라. 제국의 일은 황제가 걱정할 일이니."

뭐라 대꾸를 하려는 신율의 입술을 왕소가 막았다. 아내는 달콤했고, 그는 언제나 아내가 그리웠다. 입술이 열리고 입맞춤이 길어지자 그의 아이를 품고 있어도 여전히 콩닥거리는 가슴에 신율은 얼른 눈을 감았다. 귓가를 채우는 거친 숨소리와는 달리 부드러운 손길이 온통 그녀를 휘어잡고 있었다.

"보고 싶었다. 내내 그리웠어."

"보고 싶었어요. 내내 그리워했어요."

입술을 마주하고 황제가 속삭였고, 황제의 연인이 답하였다.

다시 입술이 포개지고 단단한 몸이 한 치의 틈도 없이 꼭 겹쳐진다. 서로의 몸에 닿는 손길이 급해지고 호흡이 뜨거워졌다.

　달도 뜨지 않는 밤이었지만 아무 상관이 없었다. 그들은 그들만으로 충분했으니.

　유난히 조용한 이른 아침이었다. 이제야 겨우 새벽 기운이 가신 어렴풋한 하늘에서는 눈이 펑펑 쏟아지고 있었다. 아마도 밤새 내린 듯한 눈은 여전히 그칠 기세가 없어 보였다. 서늘한 기운에 그의 품에 파고들던 신율이 고개를 들고 말끄러미 창을 바라보며 중얼거렸다. 잠결에도 바르작거리는 그녀의 허리를 그가 힘을 주어 제 품 안으로 끌어당겼다.

　"눈 와요."

　"으음."

　"눈 온다니까요."

　"더 자. 아직 일러."

　눈을 뜨지도 않은 채 왕소가 낮게 신음하고는 이불 위에 드러난 그녀의 어깨에 얼굴을 묻었다. 오랜만에 갖는 일상의 시간이었다. 신율을 품에 안고 이렇게 느긋한 아침을 맞이하는 것이 얼마나 그를 행복하게 하는지 그 마음을 아는 사람은 아무도 없을 것이다.

　"우리, 나가요."

　"춥다."

"바람도 불지 않고 날이 포근합니다."

"그래도 춥다. 절대 안 돼."

신율이 침상에서 일어서려 하자 왕소가 얼른 그녀의 손목을 붙들어 다시 그의 품으로 끌어들였다. 신율을 어디에도 내놓지 않겠다는 듯 그의 두 팔이 그녀의 온몸을 단단히 옭아매었다.

"그럼 저 혼자 잠깐만 나갔다 올게요."

"지금은 안 된다고 했다. 눈이 그치면 같이 나가자꾸나."

아무래도 아쉬운지 그녀가 몸을 들썩이자 그는 처음보다 더 강한 힘으로 신율을 자신의 품에 가둬 버린 채 무심하게 중얼 거렸다.

"너무하십니다."

"네가 더 너무한 거 같구나."

"제가요?"

"어제는 혼인할 뻔한 사내 얘기를 내내 하더니 오늘은 날 놔 두고 저 혼자 눈을 구경하겠다니. 도대체 누가 더 너무한 건지 모르겠다."

황제가 언제부터 이렇게 말을 잘하였을까. 할 말을 놓치고 입을 비죽이는 신율의 입술을 왕소가 훔쳤다. 그리고 찬찬히 어젯 밤에 다 하지 못한 일을 다시 시작하였다. 아직은 이른 아침 아 닌가. 항상 그리움으로 갈증이 나고 보고픔에 몸살이 날 정도 인 그의 심정을 그녀는 하나도 모르는 듯하였다.

마음 같아서는 황궁 깊은 곳에 감춰 두고 누구에게도 보여 주지 않고 누구와도 나누지 않고 오롯이 그 한 사람만을 바라보게 하고 싶었다. 이렇게 먼 곳에 두고 이렇게 간간이 품 안에 두는 것을 참을 수 있는 이유는 오직 하나, 그래도 이곳에서 그녀와 함께할 수 있기 때문이었다.

하얗게 쌓인 눈을 바라보며 황제는 단박에 인상을 썼다. 그녀의 말대로 날은 그런대로 푸근하였으나 지난밤 날씨에 얼어 버린 길바닥은 미끄러울 게 뻔하였다.

"강아지도 아니고, 눈이 오는데 왜 네가 좋아하는 것이냐."

"눈이 와서 좋은 게 아니라 당신이랑 함께 있어서 좋은 거거든요."

"그건 저 안에서도 함께 있을 수 있다. 그것도 지금보다 훨씬 더 가까이."

조심조심 걸음을 내딛는 신율을 바라보며 왕소가 불퉁하게 중얼거렸다. 그는 아직도 그들의 체온이 고스란히 남겨 있는 침상이 욕심났다. 서로의 온기를 느끼며 하루쯤 쉬어도 될 일인데 그녀는 그런 사내의 마음은 전혀 헤아리지 않고 있었다. 다른 여인인 줄 알았더니 아직도 애였구나. 하지만 툴툴대던 것도 잠시, 한 손으로 부푼 배를 안고 자근자근 걸어가는 그녀를 걱정스럽게 바라보던 왕소가 다시 미간을 모았다.

"안 되겠다."

"네?"

신율이 뭐라 더 물을 틈도 없이 왕소는 그녀의 어깨를 한 손으로 감싸 안고 또 한 손으로는 허리를 잡은 채 그대로 안아 올렸다. 뜻밖의 행동에 놀란 신율이 얼른 그의 목을 팔로 감싸 안았다.

"두 몸이라 무겁습니다."

"상관없다. 어차피 둘 다 내 책임이니."

빙긋 왕소가 웃어 보였다. 불안한 그녀의 걸음걸이를 보고 있는 것보다 이것이 훨씬 마음 편했다. 그리고 더 가까이할 수 있으니 충분히 만족스러운 일이었다. 하얀 눈 위에 생기던 두 사람의 발자국. 이제는 신율을 품에 안은 왕소의 발자국만이 선명하게 새겨지고 있었다.

잠시 멈추었던 눈이 다시 날리고 있었다. 별채 뒤에 있는 정자에 도착한 왕소가 조심스럽게 신율을 나무 의자 위에 내려놓았다. 그러곤 자신의 장포를 벗어 얼른 그녀의 몸을 감싸 안았다. 그런 왕소를 바라보며 신율이 작게 미소 지었다.

"왜 웃는데?"

"기적이…… 이렇게 쉽게 이루어져도 되는가 싶어서요."

"응?"

"한 번쯤은 간절히 빌었던 적이 있거든요. 잠깐이라도 좋으니까 내가 좋아하는 사람이랑 함께했으면 좋겠다구요."

"우리는 그럼 둘 다 기적을 이룬 거로구나. 나는 너 하나만으

374

로 충분히 기적이니까."

왕소의 대답에 신율이 다시 살포시 미소 지었다. 그저 그와 함께 빛나는 이 아침을 맞을 수 있다는 것만으로 충분히 기적이었다. 다른 누군가에게는 그들의 기적이 별게 아닐지 모르지만 두 사람이 함께할 수 있는 것이 얼마나 큰 기적인지 그들은 알고 있었다. 절대 이루어질 수 없다고 생각했는데 지금 꿈꾸던 일들이 일어나고 있었다.

그 작은 가슴 벅참에 신율은 또 한 번 미소 지었고 황제는 허리를 숙여 예쁘게 웃음 짓는 연인의 입술에 입을 맞추었다. 여전히 눈발이 흩날리고 있었지만 하늘은 저만치 개어 가고 있었고 희미하게 비추는 햇살에 소복이 쌓인 하얀 눈이 빛나고 있었다.

빛
나거나
미치
거나 2

초판 1쇄 발행 2014년 7월 26일
신판 3쇄 발행 2015년 2월 25일

지은이 현고운 ┃ 펴낸이 강성욱 ┃ 책임 기획 전주예 ┃ 기획 디자인 이선영 ┃ 기획 편집 송진아
마케팅 손주영 ┃ 로고 김미현 ┃ 교정 서진영, 안진숙, 류혜선
펴낸곳 테라스북 ┃ 등록 제25100-2013-000012호
주소 (134-826) 서울특별시 강동구 동남로 65길 13 2층
전화 070-4794-5826 ┃ 팩스 0505-911-5826
블로그 http://terracebook.blog.me ┃ 전자우편 terracebook@naver.com
ISBN 978-89-94300-32-0 (04810)
ISBN 978-89-94300-30-6 (전2권)

테라스북은 오름미디어의 임프린트 브랜드입니다.

이 도서의 국립중앙도서관 출판시도서목록(CIP)은 e-CIP 홈페이지(http://www.nl.go.kr/ecip)에서
이용하실 수 있습니다. (CIP제어번호: CIP2014016677)